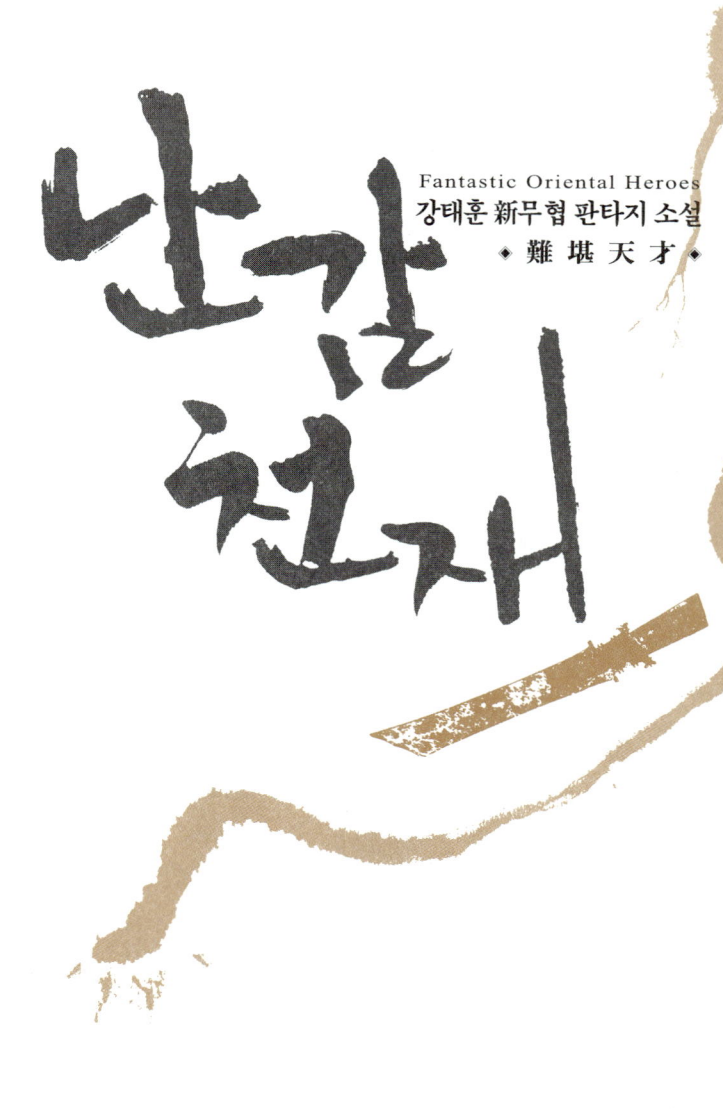

Fantastic Oriental Heroes

강태훈 新무협 판타지 소설

◆ 難堪天才 ◆

난감천재 1

강태훈 新무협 판타지 소설

초판 1쇄 찍은 날 § 2006년 6월 20일
초판 1쇄 펴낸 날 § 2006년 6월 30일

지은이 § 강태훈
펴낸이 § 서경석

편집장 § 문혜영
편집책임 § 이재권
편집 § 서지현

펴낸곳 § 도서출판 청어람
등록번호 § 제1081-1-89호
등록일자 § 1999. 5. 31
어람번호 § 제2-0940호

주소 § 경기도 부천시 원미구 심곡1동 350-1 남성B/D 3F (우) 420-011
전화 § 032-656-4452 팩스 § 032-656-4453
http://www.chungeoram.com
E-mail § eoram99@chollian.net

ISBN 89-251-0174-2 04810
ISBN 89-251-0173-4 (세트)

난감 천재

Fantastic Oriental Heroes

강태훈 新무협 판타지 소설

◆ 難 堪 天 才 ◆

1

도서출판 청어람

| 목차 |

작가서문 _6

서 _9

제1장 낡은 책을 얻다 _11

제2장 비급을 수련하다 _49

제3장 개안공을 익히다 _73

제4장 개이공을 익히다 _109

제5장 세가로 _153

제6장 검법과 개심공 _187

제7장 첫 만남 _233

제8장 개심공을 완성하고 검법을 익히다 _275

제9장 가문의 위기 _323

작가 서문

2006년은 저에게 참으로 운이 따르는 해 같습니다. 대학 문턱에서 몇 번의 좌절을 겪은 끝에 올해 대학에 들어갔고, 처음으로 출판이라는 것도 하게 되었습니다.

첫 계약이다 보니 여러 가지로 부담이 많이 됩니다.

이 글이 출판되어 얼마나 많은 사랑을 받을 수 있을지와 시작과 비교하여 그 끝이 흐지부지하게 되지는 않을까 하는 부담이 됩니다.

이 글은 기존 소설들과는 다른 설정으로 시작합니다. 어찌 생각해 보면 말이 안 되지만, 다르게 생각해 보면 참신하게 다가갈 수 있을 거라 생각됩니다.

처음 출판하는 글이고 이제 첫 걸음을 떼는 것인 만큼 조금은 어색하고, 조금은 말이 안 되는 부분이 있더라도 초보 글쟁이의 성숙해져 가는 단계 중의 하나라고 생각해 주시기 바랍니다.

이 글을 출판할 수 있도록 해주신 청어람 출판사 관계자 분들과 계약을 하고 글을 쓰는 데 많은 배려를 해준 가족들께 감사드립니다. 그리고 많은 조언을 해주셨던 선배 작가님들께도 진심으로 감사의 말씀 드리며, 제 책이 나오기까지 많이 기대하고 응원해 준 재호 형, 하니 형을 비롯한 우리 과의 형, 동생들과 선배들께도 감사의 말씀을 드립니다.

序

"**헉** 헉헉!"

한 청년이 산에서 뛰어내려 오고 있었다. 무슨 일이 있는지 상당히 다급한 모습이었다.

"잡아라!"

한 무리의 사람들이 청년을 뒤쫓고 있었다. 청년이 다급하게 뛰어내려 가는 이유가 그 사람들 때문인 것 같았다.

"아직도 따라오다니!"

뒤를 힐끔 돌아본 청년이 중얼거렸다. 상당히 오랜 시간 따라온 모양이다. 그리고 쫓는 것을 멈추지 않을 것 같았다.

그렇게 한참을 도망쳐 내려오던 청년이 참지 못하고 크게 소리쳤다.

"제길! 왜 내가 만든 무공은 주인이 있는 거야?!"

청년의 절규와도 같은 외침이 산속 깊이 울려 퍼졌다.

제1장

낡은 책을 얻다

　"휘야, 아버지 사냥 갔다 오마. 그러니 꼭 집 안에만 있어
야 한다."

　"네!"

　아버지의 말에 만휘는 씩씩하게 대답했다. 만휘의 나이 올
해로 열셋. 어린 만휘를 놓고 나가야 하는 아버지는 언제나
아들에게 미안했다.

　"자, 그럼 오늘은 어디로 가지?"

　아버지가 사냥을 나가고, 만휘는 시간이 조금 지난 뒤에 집
을 나섰다. 아버지는 이렇게 만휘가 집 밖으로 나오는 사실을

알지 못했다.

그 자신이 세상이 싫어 산속 깊은 곳으로 들어온 만큼 만휘를 세상과 되도록 만나지 않게 하려 했기 때문이다. 그 때문에 만휘는 아직도 글을 몰랐다.

어린 나이에 이곳 산속에서 혼자 지내는 시간이 많아 만휘는 많이 외로웠다. 없는 어머니가 보고 싶기도 했고, 아버지가 사냥을 나가지 않고 언제나 항상 자신과 함께 있어주었으면 하는 바람도 있었다.

지금도 겉으로 보기에는 만휘가 활기찬 듯하지만 그것은 어디까지나 외롭고 쓸쓸한 것이 싫어서였다.

집을 나선 만휘는 어제보다 더 위쪽으로 올라가 보기로 하였다. 어제는 여기저기를 돌아다니느라 많이 못 올라갔는데 오늘은 조금 더 위쪽으로 올라가 그곳에는 무엇이 있는지 보고 싶은 것이다.

"후하~! 엄청 힘들다."

어제 올라갔던 곳까지 가자 만휘는 조금씩 숨이 가빠오기 시작했다. 아직 어린 탓에 조금만 높은 곳에 올라가도 숨이 찼다.

잠시 나무 그루터기에 앉아 숨을 고른 만휘는 다시금 일어서서 위쪽으로 올라가기 시작했다.

얼마를 올라갔을까. 만휘의 눈에 그리 크지는 않지만 그렇다고 작지도 않은 아담한 크기의 동굴이 보였다.

"한번 들어가 볼까?"

만휘는 중얼거렸다. 집 근처에 있는 동굴에는 전부 들어가 봤기 때문에 새로운 동굴을 발견하자 호기심이 동한 것이다.

동굴 입구에 선 만휘는 그 동굴이 생각보다 깊다는 사실을 알 수 있었다.

지금까지 들어가 봤던 동굴과는 달리 이번 동굴은 그 앞에 서고 보니 소리의 울림이나 바람의 세기 등이 훨씬 강했다.

"이거 또 잘못 들어갔다가 집에 늦게 들어가서 다시는 집 밖에 못 나오는 거 아니야?"

만휘는 혹여 들어갔다가 제때 못 나와서 아버지께 혼날 생각을 하며 잠시 주저하였다. 하지만 그 망설임도 잠시, 만휘는 마음을 정하고는 동굴로 한 발을 내디뎠다.

"까짓 것, 될 대로 되라지."

동굴로 걸어 들어가면서 만휘가 한 말이었다.

동굴은 점점 들어가면 갈수록 더 넓어졌다. 신기한 것이, 들어갈수록 어두워져야 하는데 오히려 앞이 보일 정도로 밝았다. 중간에는 갈림길도 있었지만 한쪽은 어두웠고 다른 한쪽은 밝았기 때문에 만휘는 망설임없이 밝은 쪽으로 향했다.

그렇게 얼마를 들어왔을까. 만휘는 그 동굴 안에서 큰 석실을 발견할 수 있었다.

"와! 여기는 뭐지?"

그 석실의 천장에는 빛나는 돌이 촘촘하게 박혀 있었고, 벽에는 수정이 박혀 있었다.

"와!"

밝게 빛나는 돌에서 빛이 반사되어 아름답게 빛나는 수정의 모습에 만휘는 입을 다물지 못하고 계속해서 석실 안을 두리번거렸다.

"어라? 저 할아버지는 뭐야?"

입을 다물지 못하고 한참 동안 석실을 둘러보던 만휘는 자신의 정면에 앉아 있는 한 노인을 볼 수 있었다. 꽤 오랜 시간 이곳에 있었는지 옷도 다 찢어져 있었고, 수염 또한 상당히 길어서 앉아 있는 바닥에까지 길게 늘어져 있었다.

"할아버지? 할아버지?"

만휘는 천천히 다가가 할아버지의 어깨에 손을 가져다 대었다. 그 순간,

푸스스.

"으악!"

만휘는 너무 놀라 바닥에 바싹 엎드렸다. 그리고는 머리를 감싸 쥐고는 아무런 말도 하지 않은 채 가만히 있었다. 만휘가 어깨에 손을 대자마자 할아버지가 가루가 되어 사라졌기 때문이다.

그렇게 잠시의 시간이 흐른 뒤 만휘는 천천히 고개를 들어 올렸다.

"뭐지?"

산속에서만 살아왔고, 사람의 삶과 죽음에 대해서는 아무것도 알지 못하는 만휘였기 때문에 그저 어리둥절한 표정을 지을 수밖에 없었다.

"아, 누가 흙으로 사람 모양을 만들어놨나 보구나. 정말 진짜 사람처럼 생겼는데 조금 미안하네."

만휘는 먼지가 되어 사라져 간 노인을 누가 흙으로 만들어 놓은 것이라고만 생각했다. 그 정도로 만휘는 순수한 아이였다.

"이건 또 뭐야?"

만휘는 그 노인이 앉아 있던 자리에서 낡은 책 한 권을 발견했다. 그에 만휘는 그 책을 집어 들었다.

"엄청 낡았네? 무슨 책이지?"

만휘는 그 책의 앞뒤를 돌려보았다. 엄청나게 낡은 책인 데다가 글도 모르는 만휘였기 때문에 별 흥미가 생기지 않았다.

"그냥 두고 가야겠다. 주인이 와서 찾아가겠지."

그렇게 중얼거린 만휘는 책을 다시 제자리에 올려놓았다. 그리고는 자신이 들어왔던 길 쪽으로 몸을 돌렸다. 왠지 모르게 자꾸만 놔둔 책에 시선이 끌렸지만 늦게 귀가하면 안 되었기 때문에 만휘는 동굴 밖으로 향했다.

"어? 시간이 벌써 이렇게 됐나?"

동굴을 나온 만휘는 동굴 밖이 조금씩 어두워지기 시작하자 서둘러 집으로 향했다. 아버지는 항상 밤이 늦어서야 돌아오기는 했지만 그래도 간혹 일찍 들어오는 날이 있었기 때문에 발걸음을 빨리하여 집으로 향했다.

집에 도착한 만휘는 아직 아버지가 돌아오지 않은 사실을 알고는 안도의 한숨을 내쉬었다.

"휘야! 아버지 왔다!"

만휘가 돌아오고 얼마 지나지 않아 아버지가 돌아왔다. 아버지의 목소리에 만휘는 순간적으로 움찔했다. 자신이 먼저 와 있었고 아버지는 그런 사실을 모르고 있었지만 그래도 뭔가 찔리는 구석이 있었기 때문이다.

"아버지 오셨어요?"

만휘는 최대한 자연스러운 말투와 몸짓으로 아버지를 반겼다. 그런 만휘의 행동에 아버지는 아무런 눈치도 채지 못한 듯했다.

"숙부도 오셨단다!"

만휘는 아버지의 뒤를 따라 들어오는 한 아저씨를 보았다. 종종 찾아오는 아버지의 친구였다.

"안녕하세요?"

만휘가 방긋 웃으면서 인사했다. 그에 아버지의 친구는 만휘의 머리를 쓰다듬으면서 말했다.

"그래, 못 본 사이에 많이 컸구나."

숙부의 말에 만휘는 환하게 웃으면서 그를 바라보았다.

만휘는 숙부가 좋았다. 올 때마다 재미있는 이야기나 가지고 놀 것들을 가져다주었기 때문이다.

"그래, 오늘은 뭐 하고 놀았니?"

숙부가 물었다. 만휘의 아버지는 이미 저녁 식사를 준비하기 위해 부엌에 가 있는 상황이었다.

"그냥 이것저것 하고 놀았지요."

만휘가 대답하자 숙부가 웃으면서 입을 열었다.

"많이 심심했지? 심심할 거야, 혼자서 이 산속에 있으려면."

그 말에 만휘는 속으로는 동감했지만 차마 고개를 끄덕이지 못했다. 아버지가 보시면 많이 미안해하실 것 같았기 때문이다.

"자, 밥 먹자!"

잠시 후, 아버지가 저녁 식사를 가지고 부엌에서 나왔다. 그에 만휘와 숙부, 아버지는 모여 앉아 식사를 하기 시작했다.

"휘야, 오늘은 일찍 자거라. 아버지와 숙부가 할 말이 좀 있구나. 알겠지?"

저녁 식사 후 숙부가 만휘에게 말했다. 그에 숙부와 재미있는 시간을 보낼 생각에 잔뜩 부풀어 있던 만휘는 약간 실망한 기색을 보였다.

"예."

만휘가 힘없이 대답하자 숙부가 다시금 미소를 지으며 만휘에게 말했다.

"다음에 와서는 더 놀아주마. 알겠지?"

그 말에 실망한 표정을 지운 만휘는 웃으면서 고개를 끄덕이고는 침상으로 가서 잠자리에 들었다.

잠을 자기 위해 자리에 누운 만휘는 쉽게 잠을 이루지 못했다. 새로운 놀이터(?)를 찾은 이유도 있었지만 그냥 제자리에 놓고 온 책 때문이기도 했다.

'그냥 가지고 올 걸 그랬나?'

글을 모르는 자신이었지만 왠지 그 책에 자꾸만 신경이 쓰였다. 마치 그곳에 놓고 오면 안 될 것 같은, 그리고 자신이 가져오지 않으면 안 될 것 같은 생각이 자꾸만 들었다.

'내일 다시 한 번 가봐야지.'

그렇게 생각한 만휘는 그대로 잠에 빠져들었다.

다음날 아침. 그날 아침에도 만휘의 아버지는 어김없이 사냥을 하기 위해 집을 나섰다. 그러나 여느 때와는 달리 그의 표정이 밝지 않았다. 어젯밤에 무슨 이야기를 나누었는지는 모르겠지만 무언가 심각한 이야기가 오고 간 것 같았다.

그 시간까지도 만휘는 자고 있었는데, 아버지는 어젯밤 만휘가 잠을 잘 자지 못하는 것 같았기에 깨우지 않고 그냥 두고 사냥을 나갔다.

아버지가 나가고 한 시진이 지나서야 만휘는 잠에서 깨어났다. 눈을 뜨자마자 벌떡 몸을 일으킨 만휘는 어제 가봤던 동굴을 떠올리며 서둘러 옷을 입었다.

'벌써 누가 가져간 것은 아니겠지?'

동굴로 향하는 만휘의 얼굴에는 근심이 드러나 있었다. 그것 때문인지 그의 발걸음 또한 점점 빨라지고 있었다.

'잠깐, 내가 왜 이러지?'

갑자기 멈춰 선 만휘는 생각했다. 글도 모르는 자신이 책에 관심을 가진다는 것이 이상했던 것이다. 그렇다고 해서 자신이 글을 배울 생각이 있는 것 또한 아니었다.

"왜 이러지?"

만휘는 자신의 이러한 변화가 당황스러웠다. 그 때문에 만휘의 표정은 이상하게 변해 있었다.

"일단 가보자."

그렇게 중얼거린 만휘는 동굴을 향해 걸었다. 신경을 써서 그런지 좀 전보다는 발걸음이 느려져 있었다. 하지만 이내 그의 발걸음은 다시금 빨라졌다.

동굴 앞에 선 만휘는 크게 심호흡을 하고는 동굴 안으로 들어갔다. 점점 넓어지는 동굴이 어제보다도 더 크게 느껴졌다.

어제는 생각없이 동굴 안을 돌아다녔지만 오늘 동굴 안으로 들어가자 상당히 복잡한 느낌을 받았다. 어떻게 해서 이곳까지 오게 되었는지 자신도 의아할 정도였다.

하지만 기억력 하나는 무척이나 좋은 만휘는 어제의 기억을 더듬어 석실이 있는 곳으로 향했다.

"와~! 정말 복잡하구나! 어제는 어떻게 이곳까지 왔지?"

만휘가 방금 도착한 석실 앞에 서서 말했다. 그리고는 심호흡을 한 번 하고는 조심스럽게 석실 안으로 들어갔다.

석실 안은 어제와 마찬가지로 야명주의 불빛이 수정에 반사되어 아름다운 분위기를 연출하고 있었다. 어제 한 번 본 광경이었지만 만휘는 여전히 눈을 떼기가 힘들었다.

"아차! 책!"

야명주와 수정에서 눈을 떼지 못하던 만휘는 금방 정신을 차리고는 어제 책을 놓아두었던 곳으로 달려갔다.

"휴~ 다행이다. 아직 있구나."

만휘는 어제 그 자리에 책이 그대로 있자 안도의 한숨을 내쉬며 책을 집어 들었다.

"그런데 내가 왜 이 책에 끌렸지?"

책을 집어 든 만휘는 중얼거리며 책장을 넘겨보았다. 그러나 이내 책을 덮으며 말했다.

"역시 글자는 하나도 모르겠네. 아버지께 가져가서 읽어달라고 할까?"

하지만 아버지께 다짜고짜 책을 가져가서 읽어달라고 하면 그 책을 어디서 가져왔냐고 하실 것이 뻔했고, 그렇다면 이렇게 돌아다닌 것을 아버지께 다 말해야 한다.

"아~ 어떻게 하지?"

만휘는 머리를 긁적이며 말했다. 석실은 답답해서 못 견디겠고, 그렇다고 해서 책 내용이 궁금하지 않은 것도 아니었고, 정말 결정하기 어려운 문제였다.

"모르겠다. 일단 나가고 보자."

그렇게 중얼거린 만휘는 책을 가지고 석실을 나섰다. 석실을 나서는 만휘의 등 뒤로 야명주의 불빛이 밝게 빛나고 있었다.

"어딜 갔다 왔느냐?"

만휘가 동굴에서 나온 시간은 꽤 어둑해진 후였다. 산속이었기 때문에 산 아래에는 아직 조금 밝을지라도 산속은 저녁 때와 같이 어두웠다.

그에 서둘러 집으로 돌아온 만휘는 일찍 돌아와 있는 아버지를 보고는 당황했다. 아버지의 모습을 보아하니 자신 때문에 걱정을 많이 하고 찾아다닌 듯했다.

"죄송합니다."

만휘는 고개를 푹 숙이고는 아버지께 말했다. 그에 아버지는 큰 소리로 만휘에게 호통을 쳤다.

"함부로 돌아다니다가 혹여 맹수라도 만나면 어쩌려고 그런 것이냐! 집 주변이야 여러 함정이나 덫 등을 놓았으니 안전하다지만 더 멀리 가면 위험하다고 하지 않았느냐!"

사실 만휘가 돌아다니다가 산 아래로 내려가거나 다른 사람들을 만날까 봐 걱정했던 것이지만 만휘의 아버지는 그런 사실을 숨겼다.

그런 아버지의 호통에 만휘는 아무런 말도 하지 못하고 그저 고개만 푹 숙이고 있을 뿐이었다.

정말 잘못했다는 표정으로 서 있는 만휘를 보면서 아버지는 조금 화가 누그러졌다. 그리고는 만휘의 손에 들린 책을 발견하고는 물었다.

"그 책은 어디서 났느냐?"

아버지의 물음에 만휘는 자신의 손에 들린 책을 바라보았다. 그리고는 어차피 밖에 나간 것이 들켰으니 솔직히 말하자는 생각으로 아버지께 사실을 말하기 시작했다.

"사실은 제가 산 위쪽에서 동굴을 발견했는데 거기에 있었어요."

만휘의 말에 만휘의 아버지는 고개를 갸웃거렸다. 글을 모르는 아들이 책에 관심을 가졌다는 사실이 의아했기 때문이다.

"이리 줘보거라."

만휘의 아버지는 책을 달라며 손을 내밀었다. 그에 만휘는 아버지에게 책을 건네며 말했다.

"저도 모르게 호기심이 동하더라고요. 그래서 아버지께 읽어달라고 가져왔어요."

만휘의 말에 아버지는 책을 훑어보기 시작했다. 겉면에는 제목도 없었고, 안의 내용을 대충 살펴보니 그냥 일기 같았다.

"아버지가 조금 읽어보고 네가 들어도 되겠다 싶은 내용이면 읽어주마."

아버지의 말에 만휘는 뛸 듯이 기뻤다. 그리고는 크게 대답했다.

"네!"

만휘가 크게 기뻐하자 아버지는 웃으면서 만휘에게 물었다.

"그렇게도 좋으냐?"

"네, 새로운 것이잖아요. 솔직히 그동안 조금 심심했거든요."

만휘의 말에 아버지는 약간 씁쓸한 표정을 지었다. 자신 때문에 이렇게 산속에 처박혀 세상과 단절된 삶을 살아가는 만휘가 안타까웠고, 그런 만휘에게 제대로 신경을 써주지 못하는 자신이 정말 죄를 짓고 있는 것 같았기 때문이다.

"오늘은 씻고 일찍 자라. 아버지가 이 책은 읽어보마."

아버지의 말에 만휘는 얼른 가서 씻고 와서는 행복한 표정으로 잠자리에 들었다.

그날 밤 만휘의 아버지는 만휘를 위해서 그 책을 다 읽었다. 별로 특별할 것이 없는 한 도인의 인생살이 내용이었다.
만휘에게 해가 될 내용도 없고 하여 읽어주기로 하고는 바로
잠자리에 들었다.

　다음날 아침. 책에 대한 기대감 때문인지 만휘는 일찍 눈을
떴다. 그리고는 옆 침상에 누워 있는 아버지를 바라보았다.
　아마도 늦게까지 책을 읽고 잠이 든 듯 곤히 주무시는 아버
지의 얼굴을 보며 만휘는 입가에 미소를 지었다.
　"응?"
　만휘의 시선을 느꼈기 때문일까. 아버지가 천천히 눈을 뜨
고는 만휘를 바라보았다.
　"벌써 일어났구나?"
　아버지는 잠이 덜 깬 눈을 비비며 만휘에게 말했다. 그에
만휘는 고개를 끄덕였다. 그리고는 어서 읽어달라는 시선을
아버지에게 보냈다.
　"알았다. 좀 씻고 와서 읽어주마."
　그 시선의 의미를 알아차린 아버지는 웃으면서 만휘의 머
리를 쓰다듬었다.
　"자, 그럼 읽어주마."
　씻고 들어온 아버지는 그대로 자리에 앉아 책을 집어 들었
다. 맞은편에 앉아 아버지를 바라보는 만휘의 눈빛은 초롱초
롱하게 빛나고 있었다.

"노부는 그저 도를 닦는 노인이었다. 세상살이에 지쳐 산속에 들어와 수련을 시작한 지 정확히는 모르겠지만 꽤 많은 시간이 흘렀다. 그렇게 오랜 시간이 흐르고 나서야 나는 내 몸의, 그리고 내 주변의 변화에 눈을 뜨기 시작했다."

아버지가 첫 구절을 읽어주었다. 무언가 흥미진진하고 긴장감있는 내용을 기대한 만휘는 조금 시시해했지만 그래도 끝까지 책 내용을 듣기로 했다.

'음?'

첫 구절을 읽은 아버지의 얼굴이 약간 이상해 보였다. 왜 그런지 힘이 없어 보였고, 눈의 초점도 흐려 보이는 것이 무언가 이상했다.

만휘의 아버지는 첫 구절을 읽은 후 이상한 기운을 느꼈다. 지금껏 한 번도 느껴보지 못한 기분 나쁜 느낌이었다.

그러나 그것은 그것을 거부하려는 아버지의 의지를 뚫고 그의 온몸을 잠식해 버렸다.

"노부는 말년에 가서 한 가지 깨달음을 얻을 수 있었다. 그리고 나름대로의 참선 방법을 통하여 신체에 선기(善氣)를 쌓을 수 있었다."

만휘는 숨을 죽이고 아버지의 입에서 나오는 말에 귀를 기울였다. 아버지의 상태도 이상했고, 그 내용도 무언가 심상치 않게 느껴졌기 때문이다.

"첫 번째 단계는 개안공(開眼功)이다. 정자세로 가부좌를 틀고 앉아 두 손을 백회에 모으고 맑은 공기 안에서 크게 심호흡을 한다. 들이마시는 숨과 내쉬는 숨을 규칙적으로 해야 하며 최대한 깊이 들이마셔야 한다. 그렇게 오랜 기간 수련을 하다 보면 호흡을 통해서 자연의 순선한 기운이 체내로 들어오게 되고, 그 순선한 기운들은 체내의 불순물을 제거함과 동시에 백회를 중심으로 한 상단전에 순선한 기운이 자리 잡게 된다. 그렇게 되면 점차 시야가 밝아지게 되고, 지금껏 보지 못했던 새로운 세상의 밝음에 눈을 뜨게 된다."

만휘는 머리가 아팠다. 무슨 말인지도 잘 모르겠고, 아까부터 계속 이상한 상태의 아버지가 걱정되기도 하여 제대로 이해할 수 없었다.

"그 다음 단계는 개이공(開珥功)이다. 참선하는 방식은 개안공과 마찬가지로 정자세로 가부좌를 틀고 백회에 손을 얹고 참선을 한다. 하지만 이번에는 개안공과는 달리 맑으면서도 차가운 기운이 있는 곳에서 참선을 해야 한다. 이번 역시 규칙적으로 호흡을 해야 하며, 그렇게 오랜 시간 수련을 하게 되면 양쪽 귀로 차가운 기운이 모이게 된다. 원래 귀는 신체에서 가장 차가운 부분으로, 차가운 기운이 많이 모이게 되면 그 기능이 더욱더 발달하며 들리지 않던 새로운 소리까지도 들을 수 있게 된다. 그 다음은 개심공(開心功)이다. 개심공은 신체에 선기를 쌓는 가장 중요하고 어려운 단계라고 할 수 있다. 개이공의 단계까지 완벽하게 통달하게 되면 한동안 침체기를 걷게 된다. 이 시기가 가장 위험한 시기이다. 진척이 없다고 해서 조급하게 생각하고 휴식없이 참선에만 몰두하게 되면 상단전에 모여 있던 선기가 폭주하게 되고 결국 칠공에서 피를 흘리며 죽게 된다. 개심공은 백회가 아닌 명치 부근에 손을 모으고 참선해야 한다. 그리고 짧고 빠른 호흡을 계속 반복하게 되면 숨이 차서 힘이 들게 되는데, 그렇게 되면 상단전에 모여 있던 선기가 아래로 내려와 폐를 어루만져 준다. 그렇게 상단전에 있는 선기가 움직이기 시작하면 따뜻한 곳으로 자리를 옮겨 처음과 같이 규칙적이고 깊은 호흡을 한다. 그렇게 되면 명치 부근에도 선기가 쌓이게 되고, 마음이 안정되고 넓어지면서 자연과 마음이 일치되는 것을 경험할 수 있을 것이다."

가면 갈수록 더 복잡하고 알 수 없는 말만 나오자 만휘는 점점 지쳐 가 집중력도 떨어지고 있었다. 어린 만휘에게 재미없고 어려운 것이 흥미가 있을 리 없었다.

그러나 의식하지 못하는 사이에 그 내용은 만휘 자신의 머릿속에 각인되고 있었다.

"네 번째 단계는 개천공(開天功)이다. 마음과 자연을 일치시키게 되면 곧바로 하늘이 열리는 것을 느끼게 되는데, 이때 선기를 쌓는 이의 그릇이 작다면 목숨이 위험해진다. 혹 살아남게 된다 하더라도 지금까지의 모든 단계는 그저 한낮의 꿈처럼 허망한 것이 되어버리고 만다. 그리고 마지막 단계는 개우공(開宇功)이라고 한다. 개천공을 통해서 하늘을 열고 나 자신이 하늘이 되면 넓은 우주의 기운이 내 몸에 들어오게 된다. 하지만 개천공과 개우공의 격차는 상당히 크기 때문에 꽤 오랜 시간에 걸쳐 참선을 해야만 완벽하게 깨칠 수 있다. 이 다섯 단계에 모두 통달하게 되면 신선의 경지에 오를 수 있게 된다. 다섯 단계를 모두 깨치지 못한다 하여도 일반 사람보다 몇 배는 더 건강하게 오래 살 수 있게 된다."

그 말을 끝으로 아버지의 안색과 눈빛이 제대로 돌아왔다. 그리고는 아버지는 지금까지 아무 일도 없었다는 듯이 만휘에게 말했다.

"별로 재미없지?"

아버지의 물음에 만휘는 고개를 끄덕이며 대답했다.

"예. 무슨 말인지도 잘 모르겠고요."

만휘는 아버지의 입에서 나온 다섯 단계의 참선에 대해서 이야기한 것이었으나 아버지는 만휘가 세상에 대하여 아는 것이 없으므로 그것 때문에 이렇게 말하는 것으로 알아들었다. 책에 대해서 서로가 다르게 생각하고 있었던 것이다.

"그렇겠지. 지금까지 네가 했던 생활과는 많이 동떨어진 이야기들이 많으니까. 어때, 이제 되었지?"

아버지의 말에 만휘는 고개를 끄덕였다. 그에 아버지는 웃으면서 자리에서 일어났다.

"오늘은 조금 늦었구나. 서둘러 나가봐야겠다. 그러니 너는 너무 멀리 나가지 말고 놀고 있거라. 알겠지?"

아버지는 서둘러 사냥 도구를 챙겨 들고는 집을 나섰다. 아버지가 사냥을 나가고 나자 일찍 일어난 만휘는 졸음이 몰려와 잠에 빠져들었다.

그렇게 며칠 동안 만휘는 그 책의 내용, 정확히 말하면 아버지의 입에서 나온 말에 대해서 신경도 쓰지 않고 생활했다. 이해하기 어려웠고, 복잡한 내용에 신경 쓰고 싶지 않았기 때문이다.

하지만 만휘의 머리는 그 말을 토씨 하나 빠뜨리지 않고 모두 기억하고 있었다. 만휘가 일부러 떠올리기 싫어 생각하지 않고 있었지만 가끔 멍하게 앉아 있다가 보면 그 내용이 머릿속에 떠다니곤 했다.

그렇게 한 달이라는 시간이 흘렀다. 이틀 전에 나이를 한 살 더 먹어 열네 살이 된 만휘는 그냥 집에만 있는 것이 더욱 심심해졌다.

그사이 산속 이곳저곳도 거의 다 돌아다녀 봤기에 더 이상 갈 곳도 없었다.

"아버지, 요즘 너무 심심해요. 산 밑에는 무엇이 있나요?"

만휘가 아버지에게 물었다. 만휘의 물음에 아버지는 순간적으로 움찔하였지만 금방 그런 기색을 지웠다.

그런 만휘를 보며 아버지는 만휘가 이 작은 산속에서만 살기에는 너무 어리다는 생각을 했지만 그래도 자신이 겪어본 세상은 너무나도 타락해 있었기에 만휘에게 호통을 쳤다.

"산 밑으로 내려가면 재미있고 좋을 것 같더냐! 그런 소리는 하지 마라! 정 심심하면 아버지가 글을 가르쳐 주고 책도 몇 권 가져다주마."

아버지의 말에 만휘는 더 이상 산 밑에 대해서 아버지에게 물어볼 수 없었다.

그날 이후로 만휘는 아버지에게 글자를 배우기 시작했다. 글자 배우는 것이 어렵고 많이 헷갈렸지만 그래도 새로운 것을 배운다는 사실 자체가 만휘에게는 크나큰 기쁨이었다.

보통 아이들은 글자를 배우게 되면 그 과정이 어렵고 복잡한 글자도 많아 싫증을 내고 그 진도 또한 더디게 마련인데 만휘의 경우는 달랐다.

글을 배우는 것에 열성적이었고, 머리 또한 좋아 금방금방 기억을 해내었다. 그렇게 본인이 흥미를 가진 데다가 머리가 좋으니 만휘가 천자문을 떼는 데는 열흘밖에 걸리지 않았다.

만휘의 아버지는 만휘가 머리가 조금 좋다는 생각은 했지만 천자문을 열흘 만에 떼어버리자 자신의 아들이 신동이라고 놀라워하며 기뻐했다.

"자, 여기 책이 있다. 너는 아직 천자문밖에 배우지 않아서 쉬운 이야기책으로 가져왔단다."

만휘가 천자문을 떼고 나자 아버지는 만휘에게 얇은 책 한

권을 가져왔다. 그냥 옛날부터 전해 내려오는 이야기를 모아 놓은 책인데, 그 내용이 어렵지 않고 막 글자를 배우는 어린 아이들이 읽을 수 있는 책이라 만휘도 쉽게 읽을 수 있었다.

"와! 고맙습니다!"

책을 받아 든 만휘는 뛸 듯이 기뻐했다. 처음으로 자신이 글을 배우고 읽을 수 있는 책을 받았기 때문이다.

"이제는 조금 덜 심심할 거다. 그리고 모르는 글자는 내게 물어보거라. 그러면 다 알려줄 터이니."

"네!"

아버지의 말에 만휘는 책에 시선을 고정시킨 채 크게 대답했다. 그에 만휘의 아버지는 미소를 지으며 사랑스러운 눈길로 만휘를 바라보았다.

다음날도 아침 일찍부터 만휘는 독서 삼매경에 빠져 있었다. 그래서 아침에 아버지가 사냥을 나갈 때에도 인사를 하는 둥 마는 둥 했다.

"우와~ 재미있다! 모르는 글자도 몇 있었지만 그래도 재미있는 걸. 이것들은 저녁때 아버지께 여쭤봐야지."

책 한 권을 다 읽은 만휘는 정말 재미가 있었는지 그 책을 다시 펼쳐 들었다. 그리고는 처음부터 다시 한 번 읽기 시작했다. 그렇게 열 번을 넘게 읽고 나서야 만휘는 책 읽는 것을 그만두었다.

그렇게 시간이 흘러 저녁때가 되었다. 만휘는 아버지가 어서 돌아오시기만을 눈이 빠지게 기다리고 있었다.

만휘의 아버지는 다른 때보다 늦게 집에 돌아왔다. 그 시간까지 자지 않고 자신을 기다리고 있는 만휘를 보며 아버지가 입을 열었다.

"아직 안 자고 뭐 하고 있었니?"

말을 하는 아버지의 얼굴 표정은 약간 무거웠다. 하지만 그런 것에 전혀 개의치 않고 아버지의 물음에 만휘는 웃는 낯으로 책을 내밀며 말했다.

"모르는 글자가 있어서 아버지께 여쭈어보려고요."

만휘의 말에 고개를 끄덕인 아버지는 천천히 만휘가 물어보는 글자들을 알려주었다. 그 와중에도 아버지의 표정은 밝아지지 않았다.

만휘는 왜 그러냐고 아버지께 여쭈어보고 싶었지만 아버지가 워낙 심각한 표정이었기에 그만 포기했다.

다음날 원래는 사냥을 나갔어야 할 아버지는 사냥을 나가지 않았다. 만휘는 아버지가 사냥을 나가지 않고 자신과 함께 있을 것이란 사실에 들떠 있었지만 아버지의 표정은 어두웠다.

"휘야."

마당에서 혼자 이것저것을 하며 놀고 있는 만휘를 아버지가 불렀다. 그에 만휘는 손에 들고 있던 나뭇가지를 내려놓고 아버지에게로 달려갔다.

"아버지는 항상 네게 미안하단다, 이렇게 산속에서 혼자 지내게 만든 것부터 모든 것이 다."

아버지의 말에 만휘는 가만히 듣고만 있었다. 요즘 들어 아버지의 모습이 예전 같지 않았는데, 무슨 이야기가 나올 것 같았기 때문이다.

"하지만 세상은 나쁜 것이 아주 많단다. 지금 네게 말을 해주어도 모르겠지만 아버지는 그런 것들이 싫어서 이렇게 산속으로 들어온 거야."

그 말을 시작으로 아버지는 만휘에게 많은 이야기를 해주었다. 사람은 올바르게 자라야 하고, 살아 있는 생명을 소중하게 생각해야 하며, 특히 가족에 대한 사랑과 친구에 대한 우정을 소중하게 생각해야 한다고 했다.

그런 아버지의 말에서 만휘는 왠지 모르게 슬픔을 느꼈다. 마치 어디론가 떠날 것처럼 자신에게 이야기하는 것 같았다.

"아버지, 왜 그러세요? 이상해요."

만휘가 물었다. 그렇게 묻는 만휘의 표정에는 불안한 감정이 가득 담겨 있었다.

"아니야. 이제 너도 컸으니까 하나 둘씩 가르쳐 주어야 한다고 생각해서 얘기하는 것이다."

만휘는 아버지의 말에 고개를 끄덕였다. 그렇다면야 크게 불안할 것도 없었다.

고개를 끄덕이고 있는 만휘를 아버지는 씁쓸한 표정으로 바라보았다.

그 이후로 며칠 동안 아버지는 계속 사냥을 나가지 않으셨다. 그리고 만휘를 데리고 산속 이곳저곳을 돌아다니면서 많은 것들을 가르쳐 주었다.

어느 곳에는 어떤 동물들이 살며, 간단한 덫을 놓는 방법 등도 알려주었다.

처음 배우는 것들이었기에 만휘는 즐거운 마음으로 아버지를 따라다니면서 그런 것들을 배웠다.

그렇게 며칠이 지났을까. 아버지의 친구가 다시 한 번 집을 찾아왔다.

"숙부!"

오랜만에 만난 숙부가 반가웠는지 만휘는 문이 열리고 아저씨의 모습이 보이자 곧바로 달려가서 그에게 안겼다.

"어이쿠! 그래, 잘 지냈니? 많이 컸구나."

숙부의 말에 만휘는 환하게 웃으면서 바라보았다.

"아버지께 들으니 요즘에 글자를 배우고 있다면서? 자, 여기 책이 다. 선물이야."

숙부가 품속에서 책 하나를 꺼내며 만휘에게 건넸다. 그에 환한 만휘의 얼굴이 더욱 환해졌고, 얼른 책을 받아 들며 입을 열었다.

"감사합니다!"

만휘는 책을 받아 들고 숙부에게 인사를 하고는 얼른 침상에 올라가 엎드리고는 책을 펴 읽기 시작했다.

아버지는 그날 밤에도 숙부와 많은 이야기를 나누었다. 무슨 이야기를 하는지 목소리가 작아 만휘는 잘 들을 수가 없었다.

게다가 책에 푹 빠져 있었기 때문에 더 들을 수도 없었다.

다음날 아침, 만휘의 아버지는 일찍 일어나서는 사냥 도구를 챙기기 시작했다. 부스럭거리는 소리에 눈을 뜬 만휘는 사냥 도구를 챙기는 아버지의 모습을 보며 말했다.

"오늘은 사냥 나가시는 거예요?"

만휘가 물었다. 그에 아버지는 미소를 지으며 만휘에게 고개를 끄덕였다.

"그래, 한동안 안 나갔으니 이제 나가봐야지. 그래야 휘야한테 책도 사다 줄 것 아니냐."

아버지의 말에 만휘는 웃으면서 고개를 끄덕였다. 생각만 해도 신이 났기 때문이다.

"그럼 아버지 다녀오마."

아버지가 집을 나서며 입을 열었다. 그에 만휘는 웃는 얼굴로 아버지를 배웅했다.

아버지를 배웅하고 만휘는 다시금 책을 꺼내 들었다. 그리고는 읽다 만 부분부터 읽어 내려가기 시작했다.

"아, 재미있기는 한데 모르는 글자가 너무 많다. 아버지께 여쭤봐야지."

만휘가 책을 덮으며 말했다. 요즘은 하루하루가 너무 행복한 만휘였다.

"오늘은 많이 늦으시네? 왜 이렇게 늦으시지?"

저녁때가 지나고 밤이 깊었는데도 아버지는 돌아오시지 않았다.

만휘는 모르는 글자를 여쭤보고 싶은데 아버지께서 돌아오지 않자 초조해졌다. 그렇게 반 시진이 더 흘렀지만 아버지는 돌아오시지 않았다.

"모르겠다. 내일 아침에 여쭤보지, 뭐. 그만 자야겠다."

아버지를 기다리다가 쏟아지는 졸음에 눈이 감긴 만휘는 그대로 잠자리에 들었다.

다음날 아침 눈을 뜬 만휘는 아버지의 얼굴을 볼 수가 없었다. 어젯밤에 안 돌아오신 것인지, 아니면 아침 일찍 나가신 것인지 알 수가 없었다.

그에 만휘는 실망감을 감추지 못했다. 어제도 오늘 아침도 볼 수 없는 아버지 때문이었다. 아버지가 늦게 들어오고 일찍 나간 것이라고만 생각한 만휘는 아버지가 왜 그랬는지 알 수가 없었다.

"휘야!"

그때, 밖에서 목소리가 들렸다. 만휘는 아버지가 돌아온 것이라고 생각하고 방금 전과는 달리 밝은 표정으로 밖으로 달려나갔다.

"아버지에요? 왜 이렇게 늦게 왔어요?"

하지만 밝은 표정으로 문을 연 만휘는 금세 얼굴이 시무룩해졌다.

"숙부?"

찾아온 사람은 숙부였다. 숙부의 얼굴이 그다지 밝은 얼굴이 아니었기에 만휘는 잘은 모르겠지만 무언가 안 좋은 예감이 들었다.

"무슨 일이세요? 아버지는 안 계신데요?"

만휘는 아버지를 찾아온 것이라고 생각하고 그렇게 말했다. 하지만 숙부는 고개를 저으며 만휘에게 말했다.

"내가 찾아온 것은 너란다."

그 말에 만휘는 어리둥절한 표정으로 숙부를 바라보았다. 그에 숙부는 주저주저하였다. 마치 만휘에게 하기 힘든 무언가를 말하려는 듯했다.

그러더니 숙부는 한쪽 무릎을 꿇고 앉아 만휘와 눈높이를 맞추고는 만휘의 손을 꼭 잡았다.

그런 숙부의 행동에 만휘는 알 수 없는 불길함을 느꼈다.

"아버지께서… 돌아가셨단다."

청천벽력과 같은 말에 만휘는 선 자세로 몸이 굳었다. 아무것도 보이지 않았고, 아무것도 들리지 않았다. 손가락 하나도 움직일 수가 없었다.

"충격이 크겠지만 사실이란다. 네 아버지가 죽기 전에 너를 부탁했단다."

그 말에 만휘는 숙부를 바라보며 소리쳤다.

"아니에요! 아버지는 돌아가시지 않았어요! 분명히 이따가 저녁때 책 사 들고 오실 거란 말이에요! 절대로 아니에요!"

만휘는 눈물을 흘리면서 문을 쾅 닫았다. 그리고는 침상에 올라가 눈물을 흘리면서 쪼그리고 앉았다.

"그래, 분명히 한숨 자고 나서 책 읽고 있으면 아버지께서 오실 거야. 분명해."

만휘는 눈을 감았다. 하지만 눈에서는 계속해서 눈물이 흘러내리고 있었다.

칠 년 전, 산속 생활을 견디다 못해 어머니께서 집을 나가셨을 때에도 이렇게 슬프지는 않았다. 아니, 그때에는 어렸기 때문에 잠시 헤어지는 것이라고만 생각했다, 어머니도 그렇게 말했었고.

하지만 시간이 흐르고 만휘가 자라면서 잠시의 이별이 아니라는 것을 알았다. 어머니는 다시 이곳으로 돌아오지 않을 것이라는 사실을 어렴풋이 느끼고 있었다.

그래서 의지할 곳은 아버지밖에 없었고, 아버지는 그런 자신에게 엄청 잘 대해주셨다. 그런데 아버지께서 돌아가셨다니……. 만휘는 생각하기도 싫은지 누워서 고개를 좌우로 저었다.

그렇게 얼마를 울면서 누워 있었을까. 밖에 있던 숙부도 돌아갔는지 더 이상 아무런 기척도 없었고, 그렇게 만휘는 울다 지쳐 잠이 들었다.

한참을 자고 나서 만휘는 눈을 떴다. 눈을 떴을 때에는 이미 시간이 꽤 흘러 밖이 깜깜해져 있었다. 만휘는 자리에서 일어났다. 그리고는 침상 위에 쪼그리고 앉아 아버지를 기다렸다.

한 시진이 지나고 두 시진이 지나도 아버지는 돌아오시지 않았다. 문은 여전히 닫힌 채 미동도 없었다. 만휘의 마음은 초조해져 갔고, 이제는 '정말로 아버지께서 돌아가신 것일까?' 하는 생각이 들기 시작했다. 그럴 때마다 만휘는 세차게 고개를 흔들었다.

얼마를 그렇게 쪼그리고 앉아 있었을까. 밖은 점점 밝아오고 있었다.

만휘는 침상에 쪼그리고 앉은 채로 밤을 꼬박 새운 것이다. 하지만 아버지가 돌아오시지 않자 만휘의 눈에는 다시금 눈물이 고였다.

"휘야!"

그때 밖에서 문을 두드리는 소리가 났다. 만휘는 아버지가 아닐까 하는 생각에 고개를 번쩍 들었지만, 자신을 부르는 목소리는 아버지의 것이 아니었다.

만휘는 다시금 얼굴을 무릎 사이로 묻었다. 그렇게 계속 앉아 있었다.

"휘야!"

얼마의 시간이 지나고 다시 문을 두드리는 소리와 함께 숙부의 목소리가 들렸다.

만휘를 부른 숙부는 조심스럽게 문을 열고 안으로 들어갔다. 집 안으로 들어선 숙부는 침상에 쪼그리고 앉아 있는 만휘가 눈에 들어왔다.

숙부는 만휘에게 다가갔다. 하지만 아무런 말도 하지 못하고 만휘를 바라보기만 하고 있었다.

"숙부, 정말로 아버지께서 돌아가셨나요?"

만휘가 물었다. 그에 숙부는 안타깝고 미안한 표정을 지었다. 어린것이 어머니도 없는데 아버지를 잃었으니 얼마나 상심이 크겠는가.

"그렇단다."

말을 하는 숙부도 이를 꽉 깨물며 슬픈 목소리로 말했다. 그에 만휘는 힘없이 다시 얼굴을 무릎 사이에 묻었다.

숙부가 침상에 앉으며 말했다.

"이 숙부와 가자. 여기서 너 혼자 살 수는 없지 않겠니?"

숙부의 말에 만휘는 아무런 대답도 하지 않았다. 이미 만휘의 머릿속은 공황 상태였다. 그렇기에 숙부의 말이 제대로 들리지 않았다.

"이 숙부와 가자. 응?"

숙부가 다시금 만휘에게 말했다.

"거기가 어딘데요?"

그제야 만휘가 입을 열었다.

"숙부의 집이란다."

"숙부의 집이 어딘데요?"

"이 산 바깥에 있단다."

숙부의 말에 만휘는 고개를 저었다.

"아버지가 산 밑에 내려갈 생각은 하지 말라고 했어요. 나쁜 사람들이 많다고요."

만휘의 말에 숙부는 고개를 끄덕이며 만휘에게 말했다.

"그래, 물론 나쁜 사람도 많지. 너희 아버지는 그런 사람들을 많이 만났기 때문에 이렇게 깊은 산속까지 들어와서 산 것이란다. 하지만 그렇지 않은 사람도 많단다. 마음씨 착하고 상냥한 사람들도 얼마든지 있어."

숙부의 말에도 만휘는 계속 안 가겠다고 버틸 뿐이었다. 그에 숙부는 어쩔 수 없이 자리에서 일어서면서 만휘에게 말했다.

"내일 다시 오마. 그동안 잘 생각해 보거라. 다시 말하겠지만 너 혼자서 이곳에서 지낸다는 것은 불가능해."

숙부는 말을 마치고 밖으로 나갔다. 그러다가 다시 돌아와서는 식탁에 먹을 것들을 올려놓으며 말했다.

"이것들 좀 먹어라. 기운을 차려야지. 굶어 죽을 수는 없지 않겠니?"

음식을 식탁에 올려놓고 숙부는 밖으로 나갔다. 하지만 만휘는 음식을 쳐다보지도 않은 채 침상에 쭈그리고 앉아 있을 뿐이었다.

그 이후로도 숙부는 매일 다녀갔다. 하지만 계속해서 내려가지 않겠다고 우기는 만휘의 고집에 어쩔 수 없이 먹을 것만 놓고 갈 수밖에 없었다.

처음 며칠 동안 만휘는 아무것도 먹지 않았다. 슬픔의 충격이 꽤 큰지 전혀 움직이지 않았다. 먹은 것이 없으니 용변 볼일도 없었기에 마냥 그 자리에 쭈그리고 있을 뿐이었다.

그에 만휘의 몸은 날이 갈수록 야위어갔다. 그런 만휘를 보며 숙부는 항상 올 때마다 만휘에게 음식을 먹이기 위해 갖은 노력을 다했다.

그런 숙부의 노력 결과 만휘는 이제 조금씩 음식을 먹기 시작했다. 하지만 그동안 물조차도 제대로 먹지 않았기 때문에 죽밖에 먹을 수 없었다.

조금씩 음식을 먹고 기운을 차리면서 만휘는 아버지가 마지막으로 사다주신 이야기책을 바라보며 아버지를 떠올리고는 눈물을 흘렸다.

'내가 죽으면 아버지가 계신 곳으로 갈 수 있을까?'

만휘는 이런 생각을 하루에 수십 번도 더 했다. 하지만 스스로 죽으려고 생각하면 공포가 밀려오는 자신의 모습에 만휘는 더욱더 큰 슬픔을 느낄 수밖에 없었다.

그렇게 한 달이 지났다. 서늘했던 늦겨울이 가고 만물이 웅크렸던 몸을 크게 펼치는 봄이 되었다. 겨울에는 듣지 못했던 여러 동물들의 울음소리도 들렸고, 아침에 창문을 통해서 들어오는 햇살도 전과는 달리 더욱 밝았다.

"아직도 내려갈 생각이 없느냐?"

한 달 전과 달리 많이 회복된 만휘에게 숙부가 물었다. 그에 만휘는 미소를 지으면서 입을 열었다.

"아니요. 그동안 감사했어요. 하지만 아직 할 일이 있네요."

만휘의 말에 숙부는 궁금했다. 산속에만 살아서 세상을 모르고 아는 것이 별로 없는 만휘가 할 일이 있다니……. 숙부는 한 가지 생각나는 것이 있어 혹시나 하고 만휘에게 물었다.

"설마 아버지의 복수를 하려고 그러는 것이냐? 그 녀석들은 잔인하기 짝이 없는 놈들이다. 어린 네가 감당할 수 있는 녀석들이 아니야."

마치 사람을 빗대어 말하는 것 같은 숙부의 말에 만휘는 눈을 동그랗게 뜨며 숙부에게 물었다.

"아버지를 죽인 것이 맹수가 아니고 사람이었어요? 누구죠? 누구예요? 말씀해 주세요!"

만휘가 숙부에게 물었다. 그에 숙부는 아차 싶은 마음으로 만휘를 진정시키며 말했다.

"아니, 사람이 아니란다. 우리 사냥꾼들 사이에서는 엄청나게 강하고 포악한 맹수들을 이놈저놈 하기도 한단다."

숙부의 말에 만휘는 그 말 전부가 사실이라고는 믿어지지 않았지만 아버지가 누군가에게 살해당했다는 것보다는 나아 마음을 진정시켰다.

"할 일이 무엇인지는 모르겠지만 다시 한 번 생각해 보거라. 나와 함께 가는 것이 더 안전하고 더 편안하게 생활할 수 있단다."

숙부의 말에 이번에도 만휘는 고개를 저었다.

"아니요. 전 여기에 있겠어요. 죄송한 부탁이지만 먹을 것이나 떨어지지 않도록 도와주세요."

만휘의 말에 숙부는 어쩔 수 없이 한숨을 내쉬며 고개를 끄덕였다.

"그래, 그렇게 하도록 하마. 대신 멀리 나가지는 말아라. 산속은 언제나 위험하단다. 게다가 이제 봄이 되었으니 더 많은 동물들이 산을 돌아다닐 것이야. 그러니 부디 몸조심하여라."

"네."

만휘는 고개를 끄덕이며 대답했다. 만휘의 대답에 숙부는 집 밖으로 나왔다. 숙부가 집 밖으로 나가자 그동안 보이지 않던 다섯 사람이 그의 주변으로 나타났다.

"이 주변을 안전하게 지켜라. 형님의 단 하나뿐인 혈육이다. 그러니 절대로 저 아이의 몸에 생채기 하나 나지 않도록 잘 보호해야 한다. 단, 절대로 모습은 드러내지 말도록."

죽은 만휘의 아버지와 숙부가 어떤 사이였는지, 숙부는 죽은 만휘의 아버지를 '형님'이라고 부르고 있었다. 만휘가 들었으면 숙부에게 당장 물었겠지만 다행히도 안에 있는 만휘는 그 소리를 들을 수 없었다.

숙부의 부하인 듯 그 다섯 사내는 고개를 숙이고는 다시 사라졌다. 그들이 사라지고 숙부는 만휘가 있는 집을 측은한 눈길로 돌아보았다.

'휘야, 내가 꼭 지켜주마.'

그렇게 생각한 숙부는 집을 등지고 산을 내려갔다. 그날따라 유난히 고요한 산속이었다.

제2장

비금을 수련하다

비급을 수련하다

숙부가 밖으로 나가고, 만휘의 생각은 오직 한 가지뿐이었다.

"이 다섯 단계에 모두 통달하면 신선의 경지에 오를 수 있다."

아버지의 입에서 나온 마지막 구절이었다. 꽤 오랜 시간이 흘렀지만 만휘의 머릿속에는 바로 어제의 일처럼 생생하게 남아 있었다.

아버지의 입에서 나온 말 때문인지, 아니면 그 책의 이상한 현상 때문인지 그 내용은 또렷하게 남아 있었다.

'그래, 신선이 되면 분명 아버지께서 계신 곳으로 갈 수 있을 거야.'

만휘는 그런 순수한 생각을 하고 있었다. 세상의 때가 묻지 않은 만휘였기에 가능한 일이었다.

'해보자!'

한번 신선이 되는 수련에 대한 것을 떠올리자 그 생각은 쉽게 머릿속을 떠나지 않았다. 그 때문에 수련에 대한 확신은 점점 확실해졌고, 해보기로 결심을 하게 된 것이었다.

생각을 굳힌 만휘는 자신이 동굴에서 가져온 책을 집어 들었다. 그리고는 비록 천자문밖에 배우지 않았지만 책을 읽어 보려 하였다.

하지만 만휘가 아는 글자는 아직 많지 않았기 때문에, 대충 아는 글자로만 읽어본 결과 아버지의 입에서 나온 내용과는 거리가 있어 그냥 책을 내려놓았다.

"어쩌지?"

만휘는 그대로 털썩 주저앉았다. 그리고는 곰곰이 그때 들었던 내용들을 떠올려 보기 시작했다.

"첫 단계가 개안공이라고 했던가?"

첫 단계인 개안공을 생각해 낸 만휘는 그때 들은 대로 자세를 잡아보려 하였다. 하지만 여기서도 한 가지 문제에 봉착하게 되었으니, 바로 만휘가 가부좌가 무엇인지 모른다는 사실이었다.

"처음부터 꼬이네. 가부좌가 뭐지? 어떻게 앉아야 하는 거야?"

만휘는 여러 자세로 앉아보았지만 모두 다 편안한 자세는 아니었다. 그렇게 불편한 자세로 신선이 된다면 자신은 신선이 되지 않겠다고까지 생각될 정도였다.

"어쩌지?"

만휘는 이러지도 저러지도 못하고 계속 몸을 이리 틀고 저리 틀며 이상한 자세만 취할 뿐이었다.

"숙부가 내일은 오시려나? 지금까지는 매일 오셨는데……. 오셔야 여쭤볼 텐데……."

만휘가 중얼거렸다. 지금 이 상황에서 만휘가 기대할 수 있는 사람은 숙부뿐이었다.

"결국 오늘은 이렇게 그만둬야 하나 보다."

만휘는 중얼거리면서 침상에 누웠다. 그렇게 누워서 멍하니 천장을 바라보았다. 아버지의 얼굴이 잠시 나타났다가 사라졌다. 그에 만휘는 눈물이 나올 것 같았지만 꼭 신선이 되어 아버지를 만나겠다는 다짐과 함께 눈물을 참았다.

그렇게 눈물을 참으며 천장을 바라보던 만휘는 어느새 그대로 잠이 들어버렸다.

똑똑똑.

얼마나 잤을까. 문을 두드리는 소리에 잠에서 깬 만휘는 숙부가 온 것으로 생각하고 잘되었다 싶어 달려가 문을 열었다.

"숙부, 여쭤볼……."

만휘는 당연히 숙부가 있을 것으로 생각하고 말을 했는데, 정작 문을 열어보니 아무도 없자 더 이상 말을 이을 수가 없었다.

"뭐지? 아무도 없는데……."

이상하게 생각한 만휘는 그냥 몸을 돌려 들어가려 하였다. 하지만 몸을 돌리는 만휘의 시선에 이상한 것이 잡혔다.

"이건 뭐야?"

그 이상한 것은 다름 아닌 바닥에 그려진 하나의 그림이었다. 한 사람이 앉아 있는 모양이었는데 상당히 익숙한 자세였다.

"그런데 이건 누가 그린 거야? 참 못 그렸네."

만휘는 중얼거리며 그 자세를 머릿속에 각인시켰다. 아마도 그 자세가 가부좌가 맞을 것이라 생각하고는 문을 닫고 들어왔다.

이런 만휘의 모습을 멀리서 지켜보는 사람이 있었다. 바로 아까 숙부가 명령을 내린 다섯 사내 중 한 명이었다.

"무공을 익히려는 것일까요?"

그 사내에게 다가온 다른 남자가 물었다. 그에 사내는 고개를 저으며 말했다.

"모르지. 하지만 대공자님께서 무공을 가르쳐 주셨을 리 없다. 세상과 연이 닿는 것도 싫어하셨던 분이니까."

사내의 말에 남자는 고개를 끄덕였다. 그리고는 그림을 바라보는 만휘의 모습을 지켜보았다.

"그런데 이건 누가 그린 거야? 참 못 그렸네."

만휘의 중얼거림을 들은 사내는 순간 얼굴이 붉어졌다. 기껏 도와주었더니 투덜거리기나 하고. 아마 대공자의 혈육이 아니었으면 한마디 했을 것이다.

"아무튼 이것을 둘째 공자님께 알려야겠다. 다녀오마."

사내가 자리에서 일어서며 말했고, 함께 있던 사내는 그를 대신해서 그 자리를 지켰다.

"이 자세는 아버지께서 가끔 하시던 자세인데 이것이 가부좌일 줄이야."

만휘는 집에 들어와서는 평소 아버지께서 가끔 하던 자세로 그 자리에 앉았다. 처음에는 아무렇지도 않았지만 조금 시간이 흐르자 사타구니부터 종아리까지 전부 당겨오기 시작했다.

"으엑!"

만휘는 황급히 다리를 풀며 비명을 질렀다. 낯선 자세를 취하느라 근육이 놀란 것이었다.

"이 자세, 두 번 했다가는 몸이 성하지 않겠네. 아니, 이 자세로 어떻게 신선이 되라는 거야?"

만휘는 투덜거렸다. 하지만 잠시 후에 근육이 진정되자 다시 그 자세로 앉았다.

"그래도 포기할 수는 없지. 그 다음엔 어떻게 하라고 했지? 아, 맞다."

중얼거린 만휘는 그대로 두 손을 정수리에 가져다 놓았다. 물론 백회라는 말도 모르는 만휘였지만 이 수련을 하면 눈이 좋아진다 하였기에 머리에 손을 얹은 것이었다.

"호흡!"

만휘는 숨을 크게 들이마셨다. 그리고는 천천히 다시 내쉬었다. 그리고는 다시 들이마시고, 내쉬고…… 이런 과정을 규칙적으로 반복하였다.

평소에 하던 호흡과는 많이 달랐기 때문에 만휘는 몇 번 호흡을 하자 힘에 부치는 것을 느낄 수 있었다. 호흡의 변화로 인해서 신체에 산소 공급이 원활하게 안 되었기 때문이다.

"우와~ 정말 힘들다. 우선 이 숨 쉬기에 적응부터 해야겠다."

말을 마친 만휘는 가부좌를 풀고는 휴식을 취했다. 하지만 만휘는 몰랐다, 이 숨 쉬기가 나중에 자신을 어떻게 만들어놓을지에 대해서.

"결국 데려오지 못했습니다."

엄청나게 큰 장원의 한 방에 만휘를 찾았던 숙부와 그의 아버지로 보이는 노인이 마주 앉아 있었다.

숙부의 말에 노인은 얼굴을 굳히며 말했다.

"내가 백 보 양보하여 우리 가문의 자식으로 인정해 주겠다고 하였는데 그 어린놈이 그걸 거부해?"

노인은 꽤 심하게 화가 났는지 몸이 거의 반 이상 돌아가 있었다.

"세상이 무서워서 그렇겠지요. 태어나서부터 산속에서만 살았으니 세상으로 나오는 것이 두려울 것입니다."

숙부의 말에 노인은 크게 소리쳤다.

"두렵다고?! 이 세상을 살아가는 사람 중에 누가 이 세상을 두려워하지 않겠느냐! 나 또한 아직까지도 이 세상이 두려운 사람이다! 두려움은 극복해 나가면 되는 것이다!"

노인의 호통에 숙부는 아무런 말도 하지 못하고 그저 바닥만 보고 있을 따름이었다.

"그런 나약한 놈은 우리 가문에 필요없다! 그 아비나 그 자식이나 똑같구나! 그런 놈은 도와줄 생각도 하지 말아라!"

노인의 말에 숙부는 고개를 들었다. 그리고는 단호한 어조로 노인에게 말했다.

"형님은 비록 우리 가문을 등지고 살았지만 마지막에는 우리 가문을 위해 죽은 사람입니다. 그것도 제 부탁으로 말입니다. 마지막으로 하는 아우의 부탁을 차마 거절하지 못하고 이번 일에 뛰어들었다가 목숨을 잃으셨단 말입니다. 그렇기 때문에 저는 그 아이를 못 본 체할 수 없습니다."

말을 마친 숙부는 그대로 자리에서 일어나 방을 나섰다. 그런 그의 뒷모습을 노인은 그저 말없이 바라보았다. 하지만 노인의 표정에는 많은 생각들이 스쳐 지나가는 듯 상당히 복잡한 표정이었다.

"밖에 누구 없느냐!"

별안간 노인이 밖을 향해 외쳤다. 그의 외침에 한 사내가 노인의 방으로 들어왔다.

"부르셨습니까?"

"그 아이의 이름이 만휘라고 했던가? 그 아이에 대해 좀 알아보게."

노인의 말에 사내는 고개를 끄덕이고는 밖으로 나갔다.

"세상이 무섭다라……. 나도 그렇다. 하지만 그렇게 두려움 속에서만 살아서는 이 세상을 헤쳐 나갈 수 없다."

노인은 중얼거렸다. 그의 입에 물린 곰방대에서는 진한 담배 연기만 뿌옇게 올라올 뿐이었다.

한 시진가량 휴식을 취한 만휘는 다시 가부좌를 틀고 앉았다. 아까 가부좌를 틀고 조금 있어서 그런지 벌써부터 허벅지 부분이 아파왔다.

하지만 만휘는 이를 악물고 가부좌를 틀고 앉았다. 그리고는 두 손을 머리에 얹어놓고 다시 숨 쉬기를 시작하였다.

"후흡!"

크게 들이마시고 다시 크게 내쉬고. 이 호흡을 계속해서 반복하는 만휘의 얼굴에는 굳은 의지가 드러나 있었다.

"그래?"

만휘의 집에 온 숙부는 부하에게 보고를 받았다. 만휘가 가부좌를 틀고 무엇인가를 한다는 것이었다.

"그럴 리가? 형님이 무공을 전수하셨을 리가 없는데?"

숙부는 의아한 표정으로 문을 살짝 열었다. 그리고는 문틈으로 안을 들여다보았다.

"음."

문틈으로 본 만휘의 자세는 분명 무공을 익히는 자세였다. 손을 머리에 얹은 것은 조금 이상했지만 가부좌를 틀고 크게 호흡하는 것은 모든 무공의 기본 사항이었다.

"정말로 형님이 무공을 남기신 것이란 말인가?"

숙부는 중얼거렸다. 그리고는 조심스럽게 문을 닫으며 말했다.

"만약 정말로 형님이 무공을 남기셨다면 분명 몇 달 안에 약간이라도 내기의 느낌이 올 것이다. 그때 확인해 봐야겠다."

숙부의 말에 수하는 고개를 끄덕였다. 그리고는 숙부의 손짓에 다시 자리로 돌아가 주변을 경계하기 시작했다.

똑똑똑.

수하가 돌아가고, 숙부는 문을 두드렸다. 그 소리를 들은 만휘는 자세를 풀고 문으로 다가왔다.

"숙부인가요?"

만휘가 문을 열기 전에 물었다. 아까도 문을 열었을 때에 사람이 없었기 때문이다.

"그래, 숙부다."

그의 목소리에 안심을 한 만휘는 문을 열었다. 정말로 숙부가 있었다.

"숙부, 숙부! 백회가 뭐예요? 그리고 이 자세가 가부좌가 맞나요?"

문을 열고 숙부의 모습이 보이자마자 만휘는 질문을 퍼붓기 시작했다. 그런 만휘의 모습에 숙부는 만휘를 진정시키고는 차근차근 말하기 시작했다.

"일단 네가 지금 하고 있는 자세는 가부좌가 맞단다. 그리고 백회라 함은 머리에 있는 혈도의 한곳으로써 이곳 정수리를 가리키지."

숙부가 만휘의 정수리를 손가락으로 찍으며 말했다. 그의 말에 만휘는 고개를 끄덕이며 말했다.

"우와~ 큰일날 뻔했네. 여기에다가 손을 얹어야 하는구나! 난 그냥 머리 아무 데나 얹으면 되는 줄 알았는데."

만휘의 말에 숙부는 웃으면서 만휘를 바라보았다.

"숙부, 근데 숙부는 이름이 뭐예요?"

만휘의 물음에 숙부는 약간 곤란한 기색을 보였다. 하지만 이내 만휘를 바라보며 말했다.

"숙부 이름은 만총이라고 한단다."

만총의 말에 만휘는 눈을 동그랗게 뜨며 말했다.

"와! 그럼 우리 아버지랑 성이 똑같군요?"

"그래. 그것 때문에 너희 아버지와 나는 유난히 친했단다."

만총은 만휘가 혹여 자신과 만휘의 아버지가 형제임을 알아차리지 않을까 걱정했지만 그것은 기우였다. 형제가 없는 만휘에게 있어서 성이 같다고 해서 형제가 된다는 것은 생각할 수 없는 일이었기 때문이다.

"그래, 지금 뭘 하고 있었니?"

만총이 은근슬쩍 만휘에게 묻자 만휘는 웃으면서 대답했다.

"신선이 되는 수련을 하고 있었어요. 신선이 되면 아버지를 만날 수 있잖아요."

해맑게 웃으면서 대답하는 만휘의 말에 만총은 의아한 표정으로 물었다.

"신선이 되는 수련? 그것은 어떻게 알았니?"

의외로 만휘가 쉽게 말해주자 만총은 더 자세한 것을 물었다. 그 물음에 이번에도 만휘는 아무런 거리낌 없이 만총에게 말했다.

"아버지께서 이 책을 읽어주셨는데 거기에 그렇게 적혀 있었어요."

만휘가 책을 만총에게 건네며 말했다. 만휘에게서 책을 건네 받은 만총은 책을 대충 훑어보았다.

하지만 만휘의 말처럼 신선이 되는 수련에 관한 내용은 나와 있지 않았다. 자신이 보기에는 순수하게 도를 닦은 도인의 일생 이야기에 지나지 않았다.

"그래? 그렇구나. 그래, 오래하면 아마도 신선이 될 수 있을 거야. 그럼 아버지도 만날 수 있겠지."

만총은 만휘의 꿈을 깨기 싫어 그렇게 말했다. 신선이 되어 아버지를 만나겠다고 하는 만휘가 더없이 안쓰러웠기 때문이다.

만휘가 하는 행동은 자신이 보기에 신선이 될 수 있는 수련이 아니었다. 신선이 되려면 보통 하단전부터 내공을 쌓고, 오랜 수련과 깨달음을 얻어 중단전, 상단전까지 뚫었을 때 신선의 경지에 오르게 되는 것인데, 만휘가 하는 수련은 하단전에 내공을 쌓는 수련이라고는 볼 수 없었기 때문이다.

"숙부는 이만 가봐야겠구나."

만총이 자리에서 일어나자 만휘는 아쉬운 표정으로 만총에게 말했다.

"벌써요?"

아버지를 여의고 난 이후부터 부쩍 혼자 있는 것이 무섭고 싫었기에 하는 말이었다.

"그래. 다음에 또 오마. 알겠지? 아니면 나와 함께 내려가든가."

만총의 말에 만휘는 웃으면서 고개를 저었다. 사람이 없는 것은 싫었지만 그렇다고 산 밑으로 내려가는 것은 더욱더 싫었다. 게다가 신선이 되는 수련에서 맑은 공기가 필요하다고 했는데, 이곳의 공기보다 더 맑은 곳은 없을 것 같았기 때문이다.

"하하, 한번 해본 소리란다. 그럼 다음에 보자꾸나."

만휘의 머리를 쓰다듬으며 작별 인사를 한 만총은 집을 나섰다.

집을 나선 만총의 얼굴에는 그늘이 져 있었다. 아버지도 없이 혼자가 된 아이, 그리고 죽은 아버지를 만나기 위해 신선이 되겠다는 그 아이가 안쓰러웠기 때문이다.

그 집을 등지고 산을 내려가는 만총의 두 눈은 마치 저녁노을처럼 붉게 물들어 있었다.

"아마도 둘째 공자님께서 그 아이를 보호하고 있는 듯합니다. 자주 다녀가시는 것 같기도 하고, 공자님의 수하들도 눈에 띄었습니다."

보고를 받은 노인은 아무런 말 없이 곰방대에 불을 붙였다.

잠시 후 뿌연 연기가 피어올랐고, 곰방대를 뺀 노인이 다시 물었다.

"그 아이는 어떤 것 같은가?"

"굉장히 순수합니다. 나이는 올해로 열네 살인데, 신선이 되어 아버지를 만나겠다면서 이상한 수련을 하고 있답니다. 둘째 공자님께서는 그것이 허튼짓이라는 것을 알면서도 아이를 위해 아무런 말도 하지 않고 계십니다."

사내의 말에 노인은 이번에도 말없이 곰방대를 뻐끔거릴 뿐이었다. 그래도 이런저런 생각하는 듯 표정은 조금씩 변하고 있었다.

"성정이 순수하다니 그나마 다행이군. 일단 그 아이는 둘째에게 맡겨두도록 하지."

노인의 말에 사내는 고개를 숙이고는 방을 나섰다.

"뭐? 아버지의 호위가?"

만총은 부하의 보고를 받고 의외라는 표정을 지었다. 부하의 보고에 따르면 자신의 아버지가 보낸 사람이 이곳에 수시로 들러 만휘를 관찰하고 갔다지 않는가.

만휘에 대해서 부정적으로 생각하던 아버지가 사람을 보내어 만휘를 관찰한다는 사실에 만총은 기쁘기도 했지만 한편으로는 불안하기도 했다.

자신의 아버지는 부모와 자식 간의 연도 그 자리에서 끊어

버릴 정도로 강한 성격의 소유자이기 때문이다.

자신이 아니다 싶은 생각이 들면 저 어린아이에게도 해코지를 할 수 있는 사람이 자신의 아버지인 것이다.

"너희들은 이곳의 경계에 더욱 신경 써야 한다. 알겠나?"

만총의 말에 수하 다섯은 일제히 고개를 끄덕였다.

"만휘는 무엇을 하고 있는가?"

만총이 물었다.

"지금까지와 같습니다. 아직도 신선이 되겠다면서 매일 같은 수련을 하고 있습니다. 아니, 수련이라고 할 것도 못 되는 것을 하루도 거르지 않고 하고 있습니다."

수하의 말에 만총은 아무 말이 없었다. 옆에 있던 다른 수하가 만총에게 말했다.

"이제는 말해주고 멈추게 해야 하지 않겠습니까? 저렇게 가부좌를 틀고 심호흡을 계속한다면 체내에 기가 쌓일 수도 있습니다."

그 수하의 말에 만총은 고개를 저었다.

"일단은 저리 놔두도록 하지. 어차피 내공을 쌓으려면 일정한 구결이 있어야 하네. 하나 만휘가 하고 있는 수련에는 특별한 구결이 있는 것 같지는 않아."

만총의 말에 수하들은 묵묵히 고개를 끄덕였다. 만총의 말대로라면 그리 큰 문제는 일어나지 않을 듯했다.

"게다가 벌써 만휘가 저 수련을 시작한 지 두 달이 넘었

네. 하지만 아직까지 만휘의 몸에서 변화를 느끼지 못했지 않은가?"

만총의 말에 다들 고개를 끄덕였다. 그런 그들의 대답에 만총은 걱정하지 말라는 표정을 짓고는 집으로 향했다.

"휘야~!"

만총이 들어가면서 부르자 만휘가 달려나왔다.

처음 아버지가 돌아가셨을 때에는 심적 충격으로 인하여 사람 꼴이 아니었지만 지금은 많이 좋아져서 살도 오르고 키도 조금 커져 있었다.

"오늘은 일찍 오셨네요?"

만휘가 만총을 반갑게 맞았다. 만총은 웃으면서 만휘를 바라보았다.

"오늘 수련은 잘되었니?"

만총의 물음에 만휘는 웃으면서 말했다.

"매일같이 하고 있는 거죠, 뭐. 한데 꽤 오랜 시간이 흘렀는데 아직까지 아무런 변화가 없는 것 같아요. 분명 선기가 쌓인다고 했는데."

만휘의 말에 만총은 순간 안타까운 표정을 지었다.

'휘야, 네가 하는 수련은 다 소용없는 것이란다.'

이 말이 목구멍까지 흘러나왔지만 차마 그 말을 입 밖으로 꺼낼 수가 없었다. 만휘의 눈에는 분명 신선이 될 수 있다는 믿음과 그렇게 될 것이라는 의지가 서려 있었기 때문이다.

"자, 오늘도 책을 가져왔단다."

만총은 한 달 전부터 주기적으로 만휘에게 책을 가져다주었다. 만휘가 읽고 싶어하는 것 같기도 했고, 아버지의 빈자리를 조금이나마 채워주고 싶었기 때문이다.

"와~! 정말 감사합니다!"

만휘가 책을 받아 들고 기뻐하며 말했다. 만휘가 기뻐하자 만총도 흐뭇한 표정으로 만휘에게 물었다.

"그래, 지난번에 가르쳐 준 글자들은 모두 외웠니?"

만총의 물음에 만휘는 고개를 끄덕였다.

"그 많은 글자를 벌써? 대략 서른 글자는 넘었던 것 같은데."

만총의 물음에 만휘는 별것 아니라는 듯이 말했다.

"그 글자들, 몇 번 보니까 다 알겠던데요? 제가 원래 기억력 하나는 좋다는 소리를 많이 들었어요, 아버지한테요."

만휘의 말에 만총은 놀랐다. 기억력이 아무리 좋다고 한들 그 어려운 글자들을 이제 천자문을 갓 뗀 아이가 이틀 만에 다 알았다니.

만총은 다시 한 번 만휘를 보게 되었다. 만약 저 아이가 세상에 나가 무언가 하려 한다면 그 뛰어난 머리가 큰 도움이 될 수 있을 것이라는 생각이 들었다.

만휘는 만휘대로 모르는 것이 있었다. 사실 만휘의 기억력이 좋기는 했지만 최근 두 달 동안 수련을 하면서 상단전에 아주 조금씩 선기가 쌓이기 시작했다는 것을.

아직 미약한 정도의 선기이기 때문에 만휘 자신도 그다지 큰 변화를 느끼지 못했던 것이다.

"아무튼 정말 대단하구나, 정말 대단해."

만총의 칭찬에 만휘는 배시시 웃으며 고개를 숙였다.

"녀석, 그렇게도 쑥스럽냐? 하하하!"

만총의 말에 만휘의 얼굴은 더욱더 빨개졌다. 그 모습을 보며 크게 웃은 만총이 자리에서 일어섰다. 만휘도 만총을 배웅하기 위해서 함께 자리에서 일어섰다.

"오늘도 수련 열심히 하고 책도 재미있게 읽어라. 다음에 와서 모르는 글자들 꼭 알려주마."

만총의 말에 만휘는 고개를 끄덕였다. 만총을 배웅한 만휘는 만총이 사다준 책을 들고 침상 위에 엎드렸다. 그리고는 책장을 넘기며 책 속으로 점점 빠져들었다.

집에 돌아온 만총은 곧바로 아버지의 방으로 향했다. 그리고는 방에 들어서자마자 아버지에게 물었다.

"무슨 일로 만휘를 감시하시는 겁니까? 무슨 해코지라도 할 생각이십니까?"

만총의 물음에 그의 아버지는 만총을 빤히 쳐다보았다. 평소에는 아버지를 제대로 마주 보지 못하던 만총이었지만 오늘은 달랐다.

"그 아이 일이라면 눈에 불을 켜는구나."

그의 말에 만총은 아무 말 없이 그 노인을 바라보았다.

"이 아비에게 대들기도 하고 말이야."

노인이 곰방대를 입에 물며 말했다.

"네가 보기에는 내가 그런 사람으로 보이더냐?"

노인의 물음에 만총은 노인을 빤히 바라보며 입을 열었다.

"아버지는 충분히 그러고도 남으실 분 아니십니까? 형님도 그렇게 내치신 분입니다. 게다가 형님의 혈육이니 더욱더 마음에 안 드실 것 아닙니까."

만총의 말에 노인은 긍정도 부정도 하지 않았다. 다만 곰방대만 빠끔 피울 뿐이었다.

"물론 네 말처럼 그럴 수도 있겠지. 하지만 일단 내 입으로 우리 가문 사람이라고 인정한 이상 조금 지켜봐야겠다는 생각이 들더구나."

"그러다가 마음에 들지 않으면 죽이실 겁니까?"

만총이 물었다. 그에 노인은 천천히 입을 열었다.

"글쎄, 그것까지는 생각해 보지 못했다. 그리고 난 내 앞길을 가로막고 내 적으로 나타나는 사람들만 베어 넘길 뿐이다."

노인의 말에 만총은 그저 노인을 바라보기만 할 뿐이었다. 아버지의 저런 생각이 자신의 형을 가문에서 나가게 만들었고, 결국 죽음으로까지 몰았다는 생각에 화가 끓어올랐다.

"하지만……."

노인의 말에 만총은 화를 가라앉히려 애썼다. 물론 만총의 분노를 노인이 모를 리 없을 테지만, 그다지 신경 쓰는 눈치가 아니었다.

"아직까지 그 아이가 어떨지는 잘 모르겠지만 설사 내 마음에 안 든다고 하여도 죽이는 일은 없을 것이야. 그 산속에서 가만히 있으면 그 아이는 그냥 그것으로 끝이니까. 적어도 그 정도는 할 수 있다."

노인의 말에 만총은 안도의 한숨을 내쉬었다. 만휘의 목숨이 일단은 안전한 상황이 되었기 때문이다.

하지만 완전히 안심할 수는 없었다. 만휘의 어떤 부분이 노인의 마음에 들지 않아 목숨이 위태로워질 수도 있는 상황이기 때문이었다.

만약 노인이 마음먹고 만휘를 죽이려 든다면 자신의 힘으로는 그 거대한 파도를 이겨낼 수 없었다.

"일단은 다행스럽군요, 눈 밖에 나지 않았다니. 하지만 그 아이가 우리 가문으로 올지는 저도 잘 모르겠군요. 그 아이는 우리 가문의 존재조차도 모르고 있으니까요."

만총의 말에 노인은 여유로운 표정으로 말했다.

"그것은 나중에 가서 차차 알게 해도 상관없다, 그전에 그 아이가 얼마나 내 눈에 드느냐가 관건이지."

노인의 말에 만총은 침을 꿀꺽 삼켰다. 그리고는 자리에서 일어섰다.

"만약 아버님이 그 아이의 앞날을 망치려 한다면 저는 제 목숨을 걸고 제 모든 힘을 쏟아 부어 막을 것입니다."

만총의 말에 노인은 만총은 쳐다보며 물었다.

"죽을 것이 뻔함에도 불구하고 그런 소리를 하다니, 그 아이에 대한 네 마음이 그 정도로 각별하단 말이더냐? 그 아이의 존재가 너의 판단력마저 흐리는 것은 아닌지 걱정이 되는구나."

오싹.

만총을 바라보는 차가운 눈빛. 게다가 자신감에 차 있는 말투에 만총은 소름이 돋았다. 떨려오는 다리와 손을 억지로 진정시키며 만총은 그대로 방을 나섰다.

만총이 방을 나간 후에도 노인은 여전히 여유로운 표정으로 곰방대를 입에 물었다.

제3장

개안공을 익히다

개안공을 익히다

만휘는 신선이 되는 수련과 함께 책을 읽으면서 하루하루를 보내고 있었다. 그사이에 만휘는 많은 글자들을 익혀 이제는 어지간한 글자는 다 읽을 수 있을 정도가 되었다.

글자를 가르쳐 준 만총은 만휘의 습득 속도에 굉장히 놀랐다.

세상에 대해 잘 모르는 만휘는 책 속에 나온 배경들을 세상이라고 믿으면서 이렇게 살 만한 세상을 아버지는 왜 싫어하셨는지에 대해 생각해 보았다.

물론 책이라는 것은 세상의 좋은 면만 부각시키는 경향이 강한데, 만휘는 그것을 모르기에 그런 생각을 할 수밖에 없었다.

"이야~! 이 책도 재미있는데? 그 토끼는 정말 멍청하군. 아버지는 말하셨는데, '언제나 최선을 다해라' 라고."

만휘가 중얼거렸다. 만휘의 표정에는 거북이와의 달리기 경주에서 진 토끼가 한심스럽다는 표정이었다.

책을 덮은 만휘는 정말 재미있었던 책의 내용에서 아직 빠져나오지 못한 듯 침상에 드러누웠다.

"이제 조금만 자고 다시 수련해야지. 언제쯤 신선이 될 수 있을까? 한 달? 일 년? 빨리 신선이 되어 아버지를 보러 갔으면 좋겠다."

만휘는 침상에 누워 천장을 바라보며 중얼거렸다. 정말로 신선이 되어 아버지가 보고 싶은 만휘는 아버지를 만날 생각을 하다가 잠이 들었다.

그렇게 만휘는 한 시진을 자고 나서야 눈을 떴다. 많이 피곤했는지 눈을 뜬 만휘는 아직도 잠에서 덜 깬 모습이었다.

"하~암! 얼마나 잤지? 이제 다시 수련해야겠다."

눈을 비비며 몸을 일으킨 만휘는 다시 수련을 하기 위해 침상에서 내려왔다.

툭.

침상에서 일어나는데 손에 걸린 것이 하나 있었다. 만휘는 자신의 손에 걸려 바닥에 떨어진 책을 바라보았다.

자신이 신선이 되는 수련을 할 수 있게 된 그 책이었다, 아버지께서 읽어주셨던.

이제 어지간한 글자들은 다 읽을 수 있게 된 만휘는 그 책
의 첫 장을 넘겼다.

노부는 말년에 가서 한 가지 깨달음을 얻을 수 있었다. 그리
고 나름대로의 참선 방법을 통하여 신체에 선기(善氣)를 쌓을 수
있었다.

여기까지는 아버지의 입으로 들은 이야기였다. 그 부분까
지 읽은 만휘는 그 다음 부분으로 눈을 돌렸다.

"어?"

다음 장으로 책장을 넘긴 만휘는 이상한 경험을 했다. 분명
예전에 책을 훑어보았을 때에는 빼곡히 적혀 있던 글자들이
하나도 없었기 때문이다.

그에 만휘는 그 순간 이상한 느낌을 받았다. 지금까지는 한
번도 받아보지 못한 느낌이었다.

―들리는가.

"으엑?!"

갑자기 자신의 귀를 통해 들려온 목소리에 만휘는 순간적
으로 몸을 움츠렸다. 그리고는 주변을 둘러보며 낮게 물었다.

갑자기 자신의 귓가에 들리는 목소리에 만휘는 조금 겁을
먹고는 연신 주변을 두리번거렸다. 하지만 아무도 보이지 않

왔다.

─이 목소리가 들린다면 그대는 하늘이 정해주신 나의 인
연이다. 그대는 나의 진전을 이어받을 뛰어난 그릇의 소유자.

낯선 목소리가 한 번 더 들려왔다. 나의 진전이라는 둥, 하
늘이 정해주었다는 둥 하는 이상한 소리에 만휘는 조금 무섭
기도 하고 신기하기도 했다.

누군가의 목소리가 귀로 들리는 것이 아니라 머릿속에 직
접 전해지는 것 같기 때문이다.

"도대체 뭐지? 누가 이야기를 하는 거야?"

만휘의 표정이 상당히 불안해졌다. 하지만 책이 그런 만휘
의 마음을 알 리 없었다. 그리고 다시금 그 목소리가 들려왔
다.

─나는 그대가 가지고 있는 책을 쓴 사람이다. 그 책을 가
지고 있다면 오랜 세월 동안 버텨왔던 나의 껍데기가 한 줌의
먼지가 되었다는 이야기겠지.

만휘는 자신이 들고 있는 책을 바라보았다. 들리는 목소리
가 책을 쓴 사람이라면 이야기는 이 책에서 들려오는 것이 확
실하였다.

만휘는 과거 동굴에서 자신이 만졌던 노인의 모습을 떠올
렸다. 자신의 생각이 맞는다면 지금 이 목소리의 주인공은 그
노인일 것이다.

─알고 있을지도 모르지만 나는 말년에 다섯 단계의 선기

를 쌓는 수련 방법을 만들었다. 내 평생의 깨달음이 모두 그 다섯 단계에 들어 있지.

그 이후부터 만휘는 예전에 아버지의 입을 통해 들었던 다섯 단계의 내용을 고스란히 토씨 하나 빠뜨리지 않고 들어야 했다.

"다 아는 내용인데……."

처음의 불안함은 어디로 갔는지 만휘는 이내 이 상황을 흥미롭게 받아들이고 있었다.

이상한 경험에 무언가 새로운 것을 알 수 있을 거라 잔뜩 기대하고 있던 만휘는 이미 자신이 알고 있는 내용만 들려오자 조금 실망한 기색을 보였다.

―이 다섯 단계는 앞서 말한 신선의 경지에 오르기 위한 필수 조건이다. 하지만 이것만 수련한다고 해서 신선이 될 수 있는 것이 아니며, 수련하는 사람의 성정이 맑고 순수해야만 가능하다. 나는 속세의 찌든 때를 벗기는 데 삼십 년이라는 시간을 허비했고, 그 후 삼십 년이 더 지나서야 깨달음을 얻었다.

만휘는 노인이 깨달음을 얻기 위해 쏟아 부은 시간이 상당히 길었다는 사실에 좌절감을 느꼈다. 자신은 아버지와 하루라도 더 빨리 만나고 싶은 마음에 이 수련을 시작했던 것인데, 그렇게나 오랜 시간이 걸린다는 사실에 만휘는 아버지를 빨리 만날 수 없을 거란 생각이 들었다.

―이 수련의 첫 세 단계와 후반 두 단계는 하늘과 땅의 차이라고 할 수 있다. 이 사이에 일을 그르치게 되면 모든 것이 물거품이 될 수도 있다. 하지만 처음 세 단계만 제대로 익혀도 세상에 나가 자신보다 더 뛰어난 사람을 찾기 어려울 정도의 강함을 얻을 것이다.

목소리는 그 말을 끝으로 사라졌다. 그리고 이상한 느낌 또한 사라졌다.

만휘는 아버지를 만나는 데 오랜 시간이 걸린다는 사실에 적지 않게 실망했다. 하지만 또 다른 생각이 만휘의 머릿속에 맴돌고 있었다.

자신 혼자 이런 곳에서 생활하게 되면 분명 아버지처럼 위험한 일을 만나게 될 것이고, 힘이 없는 자신은 목숨을 부지하기 어려워질 것이다.

하지만 목소리의 마지막 말에서 만휘는 조금 안도감 같은 것을 느꼈다.

이왕 아버지와 만나는 것이 늦어질 것이라면 그동안 꾸준히 수련을 하고 죽지 않고 살아서 신선이 되는 것이 중요했다. 그런 의미에서 세 번째 단계까지만 달성해도 세상에서 자신보다 강한 사람을 찾기 어려울 것이라는 말은 만휘에게 상당히 매력적으로 다가왔다.

거기까지 생각했을 때 만휘는 갑자기 온몸의 힘이 빠져나가는 것 같은 느낌을 받았다. 방금 전의 상황으로 인하여 엄청난 정신력을 소모했기 때문이다. 그 때문에 눈꺼풀은 계속해서 힘을 받지 못하고 중력에 충실(?)하고 있었다.

결국 만휘는 그대로 침상으로 가서 잠에 빠져들었다.

만휘가 잠자리에 들고 얼마 지나지 않아 만총이 만휘의 집으로 왔다, 오늘 역시 한 손에 책을 들고서.

만총은 집에 들어가자마자 만휘에게 책을 내밀며 짠 하고 나타날 계획이었다.

만휘가 자고 있다는 사실을 모르는 만총은 문 앞에서 크게 심호흡을 한 번 하고는 갑자기 문을 열고 들어가면서 외쳤다.

"휘야, 여기 책 사왔……!!"

뛰어들어 간 사람이 무안하게 만휘는 깊은 잠에 빠져 있었다.

"자나?"

민망해진 만총은 자세를 바로 하고는 자고 있는 만휘의 곁으로 다가갔다. 그리고는 조심스럽게 만휘를 흔들어 깨우기 시작했다.

"휘야! 휘야!"

만총은 만휘의 몸을 조심스럽게 흔들며 이름을 불렀다. 하지만 방금 전의 일로 정신력을 많이 소모한 만휘는 그 소리를 듣지 못하고 계속 꿈속을 헤매고 있었다.

"녀석, 대낮부터 무슨 잠을 그렇게 자는지. 할 수 없지. 조금 기다리는 수밖에."

만휘를 깨우는 것을 포기한 만총은 만휘에게 방해가 되지 않도록 방에서 나왔다.

"특별히 이상한 점은 없지?"

밖으로 나온 만총은 어느새 자신의 옆으로 다가온 수하에게 물었다. 이곳에 오면 항상 수하에게 물었기에 수하는 고개를 끄덕이며 대답했다.

"예, 이곳은 늘 그랬던 것처럼 아무 일 없습니다. 그리고 계속 찾아오던 그 호위는 더 이상 모습을 보이지 않습니다."

수하의 말에 만총은 아무 말 없이 생각에 잠겼다.

'더 이상 오지 않는다라… 어떤 의미일까? 마음에 든 것일까, 들지 않은 것일까?

거기까지 생각한 만총은 다시 한 번 만휘가 자고 있는 집을 바라보았다.

"언제까지 이곳에서 지내도록 놔두실 겁니까? 계속 이곳에서 지내게 할 수는 없지 않겠습니까?"

수하의 물음에 만총도 고개를 끄덕였다.

"물론 그렇지. 언제까지고 이곳에서 살게 놔둘 수는 없지. 하지만 그렇다고 해서 지금 당장 억지로 저 아이를 데리고 내려가고 싶은 마음은 없네."

그의 말을 수하는 말없이 듣고만 있었다.

"우리 세가가 감숙제일가가 된 것도 꽤 오랜 시간이 흘렀지만 그 과정에서, 그리고 지금 현재도 뒤에서는 온갖 더러운 악행을 일삼고 있다. 저렇게 순수한 아이에게 그런 더러운 물을 들일 수는 없다."

만총의 말에 수하가 말했다.

"하지만 그렇다고 저 아이 때문에 세가를 바꿀 수는 없지 않겠습니까?"

"그렇지. 나도 그것 때문에 생각이 많이 복잡하다네. 저 아이가 형님의 전철을 밟지 않아야 하지 않겠나? 그리고 세가로 들어가게 되면 아무리 조심한다고 하여도 저 아이가 모든 사실을 알게 될 것일세. 아버님 다음으로 우리 세가에서 강한 형님이셨네. 그런 형님이 당하실 정도면 그들은 결코 우리의 아래가 아니야."

만총의 말에 수하는 고개를 끄덕였다. 만휘의 아버지를 죽게 만든 사람들, 아니, 그 집단은 자신들의 세가에 대항할 힘을 가지고 있는 집단이었다.

쾅!

만총과 수하가 대화를 하는 도중 집의 문이 요란한 소리를 내며 열렸다. 문이 열리고 모습을 드러낸 사람은 만휘였다.

"그게 무슨 소리죠?"

만총과 수하는 아차 싶었다. 그들은 그저 만휘가 깊은 잠에 빠져들었다고만 생각하고 별 신경을 쓰지 않고 있었던 것이다.

만총은 속으로 자신의 불찰을 질타하며 최대한 태연한 표정으로 만휘에게 웃으며 말했다.

"일어났구나. 대낮부터 무슨 잠을 그렇게 깊게 자?"

만총의 표정이나 말투는 여느 때와 다르지 않았지만 만휘는 볼 수 있었다, 그의 이마에 맺힌 땀방울을.

"말 돌리지 마세요! 대체 우리 아버지는 어떻게 된 것이죠?"

만휘가 큰 두 눈에 눈물을 그렁그렁하게 담고는 물었다. 만휘의 그런 물음에 만총은 식은땀을 흘리며 만휘에게 말했다.

"아마도 꿈속에서 이상한 것을 들은 모양이구나. 너무 오래 잤어."

만총의 말에 만휘는 고집스런 표정으로 고개를 저으며 만총을 바라보았다.

"아니요, 분명히 깬 상태에서 숙부의 말을 들었어요! 도대체 아버지는 어떻게 되신 거예요?"

감정이 많이 격해진 만휘는 마지막에는 거의 소리를 지르다시피 했다. 그런 만휘의 반응에 만총은 한숨을 내쉬며 천천히 만휘에게 걸어갔다.

"지금의 네 상태를 보아하니 지금 들으면 심적으로 더 큰 충격을 받을 것 같구나. 그러니 조금 더 자거라. 더 자고 일어나면 그때 이야기해 주마."

만총은 만휘에게 말했다. 그에 만휘는 약간 황당한 표정을 지었다. 방금 일어났고, 아버지의 이야기에 잠도 확 달아났는데 더 자라니.

하지만 잠시 후 만휘는 그대로 앞으로 쓰러졌다. 만총이 혼혈을 짚은 것이었다. 쓰러지는 만휘를 안아 든 만총은 안쓰러운 표정으로 만휘를 집 안으로 데리고 들어갔다.

그리고는 만휘를 침상에 눕히며 만휘에게 말했다.

"될 수 있으면 오랜 시간 동안 알지 못하게 하려고 했는데…… 이것도 하늘의 뜻이란 말인가?"

만총이 혼잣말을 하듯 중얼거렸다. 그리고는 밖으로 나와 죄를 지은 것 같은 표정으로 서 있는 수하에게 다가갔다.

"죄송합니다. 제가 더 일찍 알아차렸어야 하는 건데……"

수하의 말에 만총은 고개를 저었다. 어찌 수하의 잘못이겠는가, 방심을 한 자신의 잘못도 큰 것을.

"아마 사흘은 저렇게 잘 것이네. 그러니 그동안에 무슨 일이 일어나지 않도록 잘 보살펴 주게. 난 바로 아버지를 뵈러 갈 것이네."

만총의 말에 수하는 고개를 끄덕였다. 수하의 대답에 만총은 그의 어깨를 한번 다독이더니 그대로 세가를 향해 발걸음을 옮겼다.

"아버지, 접니다."

세가로 돌아온 만총은 곧장 만 가주가 머무는 곳으로 향했다. 그리고는 방 밖에서 안으로 기별을 넣었다.

"들어오너라."

만총이 기별을 넣고 잠시의 정적이 흐른 뒤에야 만 가주의 입에서 들어오라는 허락이 떨어졌다. 만총은 비장한 표정으로 안으로 들어갔다.

"무슨 일이냐?"

만 가주는 오늘도 여전히 곰방대를 입에 물고 비스듬하게 누워 만총에게 물었다. 그 물음에 만총은 그 맞은편에 앉으며 입을 열었다.

"이제 더 이상 호위를 만휘에게 안 보내신다고 들었습니다. 결정이 나셨습니까?"

만총의 물음에 만 가주는 만총을 빤히 바라보았다. 아무런 감정이 없는 그의 눈빛에 만총은 괜히 식은땀이 흘렀다.

"그것이 왜 궁금하더냐?"

오히려 자신에게 물어오는 아버지의 말에 만총은 잠깐 어이없어하더니 입을 열었다.

"제가 분명히 말씀드린 것으로 기억합니다. 만휘는 무슨 수를 써서라도 지켜내겠다고요."

만총의 말에 노인은 웃으면서 만총에게 말했다.

"하하하! 네가 정녕 죽을 각오까지 하고 있는 모양이구나. 전에는 그렇게까지는 안 보이더니 지금은 두 눈에 독기가 가득하구나."

그 말에 만총은 아무런 말도 하지 않고 그저 노인을 바라보왔다.

"내 호위에게 보고를 듣고 내가 판단한 결과……."

만 가주가 말을 끌자 만총은 침을 삼키며 만 가주를 바라보았다.

"그렇게 마음에 안 들지는 않더구나. 나쁘지 않아."

그런 만 가주의 말에 만총은 약간의 안도감과 함께 불안감을 느꼈다.

"정말이십니까?"

만총이 물었다. 그에 노인은 만총을 바라보며 말했다.

"정말 실망이구나. 지금까지 내가 거짓을 이야기한 적이 있었더냐?"

노인의 말에 만총은 고개를 저었다. 분명 노인은 악한 일이든 선한 일이든 입에서 내뱉으면 무조건 그대로 실천에 옮겼다.

"그렇다면 조금 마음을 놓겠습니다. 하지만 만휘가 이곳으로 오는 것을 좋아하지 않을 것입니다."

만총의 말에 노인은 고개를 끄덕였다.

"그 정도는 이미 파악하고 있다. 그 아이가 열네 살이라고 했던가?"

노인의 물음에 만총은 고개를 끄덕였다.

"그럼 그 아이가 스무 살이 되는 해까지 기한을 주겠다. 스무 살이 되면 무조건 그 아이를 세가로 데려와야 한다. 네가 데려오지 못한다면 내가 손을 쓰겠다. 물론 조금 거친 방법이 되겠지."

노인의 말에 만총은 식은땀을 흘리며 고개를 끄덕였다.

"알겠습니다. 그렇게 하지요."

만총은 자리에서 일어서면서 말했다. 그리고는 조심스럽게 방문을 열고 방에서 나왔다.

혼혈을 짚인 채 사흘 동안 계속해서 잠을 자는 만휘를 만총은 안쓰러운 표정으로 바라보았다.

사흘이 지나고 만휘는 천천히 눈을 뜨며 인상을 심하게 썼다. 억지로 잠을 자서 그런지 머리가 깨질 듯이 아파왔기 때문이다.

"으윽."

만휘가 머리를 어루만지며 몸을 일으켰다. 침상에서 몸을 일으키는 만휘의 옆에는 만총이 앉아 있었다.

"일어났구나."

만총이 말했다. 예전 같았으면 밝고 명랑한 목소리로 만휘에게 말을 걸었겠지만 이제는 만휘가 어느 정도 눈치를 챘기 때문에 그러기가 쉽지 않았다.

"네."

만휘도 또렷이 기억나는 그 대화에 더 이상 만총을 반갑기만 한 얼굴로 맞기에는 조금 무리가 있었다.

만총의 물음과 만휘의 대답을 마지막으로 둘 사이에서는 아무런 말도 없었다. 만휘는 그저 고개를 숙이고 있을 뿐이었고, 만총도 그저 벽만 바라보고 있을 뿐이었다.

"궁금하겠지. 이제 말해주마."

정적을 깨고 만총이 말했다. 만휘의 마음을 잘 알고 있기에 서두는 자르고 말을 꺼낸 것이다.

"네가 짐작하는 것처럼 네 아버지는 사람의 검에 의해 돌아가셨다."

만총의 말에 만휘는 어지럼증을 느꼈다. 짐작은 하고 있었지만 이렇게 직접 들으니 더 큰 충격으로 다가왔다.

"일단 아버지가 왜 죽었는지 그 이유보다는 요즘 세상 돌아가는 것을 먼저 이야기해 주어야겠구나. 그래야 이해하기가 더 빠를 테니까."

만총의 말에 만휘는 힘없이 늘어뜨린 고개를 천천히 끄덕였다. 그런 만휘의 모습에 만총은 이야기를 해도 만휘가 제대로 알아들을지가 의문이었지만 그래도 해주어야 할 이야기였기 때문에 천천히 입을 열었다.

"나와 네 아버지는 친구 사이가 아니란다. 네 아버지는 나의 친형님이시다. 그러니 나는 너의 친숙부가 되겠구나. 우리 세가는 이곳 감숙에서 오랜 세월 동안 기반을 쌓아왔고, 결국 십여 년 전에 감숙제일가라는 칭송을 받게 되었단다. 네 아버지는 우리 감숙만가의 소가주로 네 할아버지 되시는 분 다음으로 강한 사람이라는 이야기도 듣게 되었고 말이다. 하지만 우리 감숙만가가 감숙제일가가 된 배경에는 갖은 더러운 암투가 있었고, 네 아버지는 그런 세가의 모습에 싫증을 느끼게 되었다. 그래서 너와 지금은 안 계신 너희 어머니를 데리고 이 깊은 산속까지 들어오게 된 것이지."

만총이 잠시 말을 끊었다. 만휘가 자신의 말을 제대로 듣고 있는지 아닌지 그저 고개를 숙이고만 있기 때문이다.

"그런데 최근 일이 년 사이에 이곳 감숙에서 우리를 위협할 만한 세력이 생겼지. 이곳 감숙에 있던 작은 세가들이 연합을 하여 맹을 만들었고, 정파무림은 우리에게 그들을 상대할 것을 바랐단다, 명색이 감숙제일가로 우뚝 선 상태였으니까. 하지만 한번 뭉치고 탄력을 받기 시작한 그들의 성장은 감당하기가 힘들 정도였단다. 현재 우리 세가의 힘도 강력했지만 그들 맹을 이기기는 역부족이었지. 그래서 너희 아버지께 부탁을 했단다. 특히 내가 적극적으로 나서서 세가를 도와달라고 부탁했지. 결국 세가를 등지고 살아오던 네 아버지는 나의 부탁을 거절하지 못하고 세가를 돕기 위해 이곳과 세가를 오고 가는 이중생활을 하게 되었단다. 형님의 도움으로 우리 세가는 그들의 기세를 꺾는 데 성공했고, 파죽지세로 그들을 몰아갔단다. 하지만 결국 그들의 더러운 암수에 형님은 목숨을 잃을 수밖에 없었지."

만총의 긴 이야기가 끝났다. 이야기가 끝난 뒤에도 만휘는 계속해서 고개를 숙이고 있을 뿐이었다.

"그래, 지금은 많은 것이 힘들 것이야. 하지만 시간이 지나면 괜찮아질 거야. 그러니 쉬거라."

만총이 자리에서 일어서면서 말했다. 그리고는 심적 충격에 빠져 있는 만휘를 뒤로하고 집에서 나왔다.

만총이 나가고 만휘는 몸을 움직여 벽에 기대어 쪼그리고 앉았다. 그리고는 만총이 했던 이야기를 천천히 생각해 보기 시작했다.

모르는 말이 많았지만 분명한 것은 두 집단이 싸우다가 아버지께서 돌아가셨다는 말이었다.

'아버지, 정말로 힘드셨겠군요.'

만휘는 아버지를 떠올리며 속으로 생각했다. 참으로 다정하고 자신에게 잘해주신 아버지였기에 만휘는 더욱더 가슴이 아팠다.

특히 돌아가시기 전 며칠 동안 자신과 함께 있으면서 여러 가지를 알려준 아버지의 모습이 떠올랐다. 그때에는 마냥 좋기만 하였는데 지금 생각해 보니 아버지는 죽을지도 모른다는 생각을 하고 자신에게 이것저것 알려준 것이었다는 생각이 들었다.

"처음 세 단계만 제대로 익혀도 세상에 나가 자신보다 더 뛰어난 사람을 찾기 어려울 정도의 강함을 얻을 것이다."

만휘의 머릿속에서 갑자기 전에 들었던 목소리의 마지막이 생각났다. 처음 세 단계만 제대로 익혀도 강한 힘을 얻을 수 있다는 그 말.

'세상으로 나가자, 세상에 나가도 그 누구도 나를 상대하지 못할 정도로 강해져서.'

만휘는 세상으로 나가기로 마음먹었다. 지금 당장은 힘이 없지만 자신이 강해진다면 아버지의 원수들을 만나더라도 자신있게 대할 수 있을 것 같았다.

그렇게 생각한 만휘는 그대로 가부좌를 틀고 앉았다. 그리고는 정수리에 두 손을 얹고 깊이 호흡을 하기 시작했다.

어느 덧 밝은 해가 저물고 어둠이 몰려오고 있었다.

그날 이후 만휘는 빠르게 안정을 찾아갔다. 힘들 때 의지할 숙부도 있고, 세상으로 나가기 위해 할 일이 생긴 때문이었다.

매일같이 만휘를 찾아오는 만총은 만휘가 안정을 찾고 전과 다름없이 생활하자 안도의 한숨을 내쉬었다.

세가와의 거리가 멀어 당분간 만휘의 집 근처에 살면서 만휘를 살피기로 했기에 매일같이 만휘에게 올 수 있었다.

만휘는 만총과 함께 있는 시간과 식사 시간을 제외하고는 수련에 매달렸다, 집 밖으로 나가는 일도 거의 없이.

처음 책을 펼쳤을 때 들려왔던 목소리에 의하면 이 수련은 상당한 시간이 소모된다. 그렇기에 만휘는 수련에 매달린 지석 달이 지나가도록 아무런 반응이 없어도 꾹 참고 계속해서 수련에 매달렸다.

하지만 만휘가 한 가지 모르는 사실이 있었다. 현재 만휘의 상단전에는 생각보다 많은 양의 선기가 쌓이고 있었으며, 쌓인 선기의 양은 어느 정도 이상이 되어야 그 효과가 눈에 띄게 드러난다는 사실이었다.

다른 내공 심법과 다른 무언가가 있을지는 모르지만 만총에 의해 사흘을 잔 시간을 제외하고는 꾸준히 수련했기에 만휘의 진도는 꽤 빠르다고 할 수 있었다.

"휘야, 생각해 봤니?"

만총이 물었다. 만총은 만휘가 모든 사실을 알고 나서부터는 세가에 가서 생활하는 것이 어떻겠느냐며 내려갈 것을 권했다. 하지만 만휘는 계속해서 그 제안을 거절하고 있는 상태였다.

"아니요, 역시 이곳에 남는 것이 좋겠어요."

'강해져야 하니까요.'

만휘가 만총에게 말했다. 그 말에 만총은 다시 만휘를 설득하기 시작했다.

"이곳보다는 세가가 훨씬 더 안전하단다. 아무래도 네 또래의 형제들도 있고, 이곳에 있다가는 언제 무슨 일을 당할지

모르지 않겠니?'

만총의 말에 만휘는 고개를 끄덕였다. 만휘가 고개를 끄덕이자 만총은 환한 미소를 지으며 만휘에게 말했다.

"그래, 그러니 이제 그만 내려가자꾸나."

만총의 말에 만휘는 다시 고개를 저었다. 고개를 끄덕였다가 지금은 고개를 젓는 만휘를 보고 밝았던 만총의 표정이 다시 어두워졌다.

"전 이곳이 더 좋아요. 아버지도 세상에 나갔다가 돌아가셨잖아요. 그렇게 무서운 곳보다는 이곳에 있는 것이 더 안전할 것 같아요."

만휘의 말에 만총은 한숨을 내쉬었다. 어차피 만휘가 스무 살이 되면 세가로 들어가야 한다. 이 사실을 만휘에게 알리고 싶었지만 만총은 조금 더 두고 보기로 하고 그 이야기는 꺼내지 않았다.

"물론 그렇게 생각할 수도 있겠지만 오히려 세가의 울타리에 있으면 그만큼 더 안전할 수 있단다. 게다가 덜 외로울 것이고. 너도 점점 자라게 될 텐데 언제까지고 이곳에 있을 수는 없지 않겠니?'

만총의 말에 만휘는 아무런 대답도 하지 않았다.

"게다가 할아버지께서도 너를 보고 싶어하신단다. 형님의 하나뿐인 자식이니 어찌 보고 싶어하시지 않겠니?'

만총은 별로 보고 싶어하는 것 같지 않은 자신의 아버지까지 들먹이며 만휘에게 말했다. 세상의 수많은 설득 방법 중 하나인 '인정에 호소하기'였다.

"나중에는 몰라도 아직은 이곳에 남고 싶어요. 이곳이 더 익숙하기도 하고, 아직은 세상에 나가는 것이 이곳에 있는 것보다 더 무서워요."

만휘의 말에 만총은 오늘도 만휘를 설득하지 못하고 한숨을 내쉬었다.

"그래, 그럼 조금 더 시간을 두고 생각해 보거라. 분명한 것은 언제까지고 이곳에 계속 있을 수는 없다는 사실이다."

만총의 말에 만휘는 고개를 끄덕였다. 만총은 만휘의 머리를 쓰다듬어 주고는 자리에서 일어났다.

"아, 다음에 올 때에는 네 사촌동생이 되는 아이를 데려오마. 계속 이곳에 있을 수는 없지만 그래도 자주 데려오마. 심심하지는 않을 것이야."

만총이 밖으로 나가려다가 말고 만휘에게 말했다.

만휘는 자신의 사촌동생이라는 말에 궁금해졌다. 어떻게 생겼을지, 남자인지 여자인지.

"네, 알겠어요. 조심해서 가세요, 숙부."

친숙부라는 사실에 만총을 숙부라고 부르는 것에 조금 어색해하던 만휘의 입에서 자연스럽게 숙부라는 말이 나오자 만총은 흐뭇한 미소를 지으며 집을 나섰다.

며칠 후, 아침 일찍 일어난 만휘는 간단하게 아침을 먹고는 밖으로 나왔다. 숲 속의 서늘하고 맑은 공기가 만휘의 얼굴에 다가와 그의 잠을 말끔히 씻어내고 있었다.

잠에서 깬 만휘는 집 안으로 들어가려다가 마당 한쪽에 있는 평상 위에 앉았다. 아침 이슬에 젖어 조금 축축하기는 했지만 만휘는 개의치 않고 그 위로 올라갔다.

"아~ 상쾌하다!"

아버지가 돌아가시고 그간 여러 가지 많은 일들이 닥치면서 느껴보지 못했던 기분 좋은 느낌이었다. 그에 만휘의 얼굴에는 자연스럽게 미소가 번졌다.

잠시 눈을 감고 맑은 공기를 마시던 만휘는 평상 위에서 가부좌를 틀었다. 그리고 두 손을 정수리에 얹고 호흡을 시작했다.

"흐흡!"

크게 숨을 들이마신 만휘는 다시 천천히 숨을 내쉬었다. 그렇게 만휘는 계속해서 호흡을 했다.

오랜만에 맑은 공기 아래에서 좋은 기분을 만끽하며 수련을 해서일까, 만휘의 상단전에 쌓여 있던 선기가 천천히 움직이기 시작했다. 일반 내공이 따뜻하면서도 포근한 느낌을 준다면 만휘의 상단전에 쌓여 있는 선기는 지금과 같은 아침 공기처럼 맑고 깨끗한 느낌을 주었다.

그래서 선기가 천천히 반응을 보임에도 불구하고 만휘는

머리에서 느껴지는 맑은 기운이 아침 공기 때문이라고 생각할 뿐, 선기 때문이라고는 생각지 못했다.

만휘의 호흡에 반응을 보인 선기는 천천히 머리를 시작으로 얼굴 전체의 각 기관을 어루만지기 시작했다.

그에 만휘의 얼굴에 있는 각 기관은 전보다 한 단계 진화(?)를 하게 되었다. 그중에서 첫 번째 단계의 명칭이 개안공인 만큼 만휘의 시력은 타의 추종을 불허할 정도로 좋아지고 있었다.

다만 아직 개안공의 초반이기 때문에 만휘는 그저 시력이 조금 좋아진 것으로만 생각할 뿐이었다.

"으아~! 상쾌하다! 진작 이렇게 나와서 할 걸."

해가 조금 더 높이 뜨고 숲 속도 조금 더 밝아지자 만휘는 가부좌를 풀면서 말했다. 만휘는 맑은 아침 공기를 마시면서 수련을 하니 피로도 확 풀리고 정신도 맑아지며 시야도 밝아지는 것이 정말 좋다고 생각되었다.

"조금씩 쌓이고 있겠지?"

만휘가 자신의 머리를 어루만지며 중얼거렸다. 수련을 계속하면 할수록 뚜렷한 효과는 보이지 않았지만 언제부터인가 머리 부근에 무언가 묵직한 기운이 느껴지는 것 같았다.

"숙부가 사촌동생을 데려온다고 했으니 집 정리라도 좀 해야겠다."

가부좌를 풀고 기지개를 한번 켠 만휘는 이제 조금 있으면 만나게 될 사촌동생을 생각하며 집 정리를 하기 시작했다.

오전 수련을 마치고 집 정리에 들어간 만휘는 새삼스럽게 집이 상당히 지저분하다는 것을 느낄 수 있었다.

본인은 대수롭지 않게 생각하고 있었지만 새로운 친척을 만난다는 사실이 무의식중에 상당한 긴장을 만들어내고 있었다.

"우와~! 도대체 그동안 여기서 어떻게 살았지?"

만휘는 집 구석구석을 정리하면서 버릴 물건들을 꺼내놓기 시작했다. 그렇게 한참을 꺼낸 다음 쌓인 물건들을 보며 만휘는 혀를 내둘렀다.

"그나저나 이것들을 다 어떻게 한다? 땅에 묻을까?"

곰곰이 생각을 해보다가 땅에 묻으려고 하던 만휘는 이 많은 것들을 묻을 구덩이를 파려면 상당히 오랜 시간이 걸릴 것 같아 그냥 집 근처의 적당한 곳에다가 버리기로 마음먹었다.

버리기로 마음먹은 만휘는 집 안에 모아놓은 물건들을 조금씩 가지고 나왔다. 아버지와 단둘이 살던 곳이었기에 물건들이 그리 많지는 않았지만 아직 어린 만휘가 나를 수 있는 양은 한정되어 있었기 때문에 생각보다는 조금 오래 걸렸다.

물건들을 모두 가지고 나온 만휘는 집 근처를 돌아다니며 물건들을 버릴 곳을 찾기 시작했다. 아무 곳에다가 버리면 지저분해 보일 것 같았기 때문이다.

"휘야!"

버릴 곳을 찾고, 물건을 집어 들던 만휘는 만총의 목소리를 들었다. 그 목소리에 허리를 펴고 서서 보니 만총이 한 아이를 데리고 오는 모습을 볼 수 있었다.

아직 개안공을 완전히 이룬 것이 아니기에 정확히 얼굴을 보지는 못했지만 멀리서 보아도 이목구비가 또렷한 것이 상당히 미남인 것 같았다.

"아니, 뭐 하고 있는 것이냐?"

만총이 다가와 만휘가 물건들을 들고 있는 모습을 보고 물었다.

"집 안 정리를 좀 했는데, 버릴 것이 좀 많더라고요. 그래서 가져다 버리려고요."

만휘가 머리를 긁적이며 말했다. 그 말에 만총이 웃으면서 만휘에게 말했다.

"그냥 이 근처 아무 데나 버리면 되지."

만총의 말에 만휘가 미소를 지으면서 입을 열었다.

"그래도 아무렇게나 버리면 지저분해 보이잖아요. 그래서 최대한 안 보이는 곳에다가 버리려고요."

만휘의 말에 만총은 고개를 끄덕였다.

"이 아이가 제 사촌동생인가요?"

만휘가 만총의 옆에 서 있는 남자 아이를 보고 물었다. 그에 만총은 얼른 시선을 자신의 아들에게로 돌리고는 만휘에게 소개시켜 주었다.

"아, 그렇지. 이 아이가 내 아들이자 네 사촌동생인 만호란다."

만총의 소개에 만휘는 그 아이에게 손을 들어 인사를 했다.

"안녕? 나는 만휘라고 한단다."

만휘의 인사에 그 아이는 아무런 말도 하지 않았다. 그러다가 천천히 입을 열었다.

"아무리 친척 사이라고는 하지만 오늘 처음 만난 사람에게 반말을 쓰는 것은 옳은 일이 아닌 것 같습니다, 형님."

만호의 말에 만휘는 순간 당황스러움을 감추지 못했다. 사촌동생이라 자연스럽게 반말을 사용한 것인데 만호의 반응은 기대했던 그것이 아니었기 때문이다.

당황하기는 만총도 마찬가지였다. 평소 세가에서는 또래 아이들과 별 탈 없이 지내왔기 때문이다.

"그래도 형님이시니 말씀 놓으시지요."

당황하는 두 사람의 모습을 보더니 만호가 말했다. 그에 만휘나 만총은 더 당황했다. 어차피 자신의 입으로 말을 놓으라고 할 것이면서 왜 그런 말을 했는지.

"어? 어, 그래. 고마워."

어찌 되었든 만호가 말을 놓으라고 했기에 만휘는 웃는 낯으로 만호에게 말했다.

"만나서 반갑습니다, 형님."

만휘는 편하게 말을 놓았지만 만호는 아직도 꼬박꼬박 존

칭을 사용했다. 그 때문에 만휘는 조금 어색한 미소를 지었다.

"자, 여기서 이럴 것이 아니라 일단 들어가자꾸나."

아들의 이런 모습을 처음 보는 만총은 정신을 차리고 만휘와 만호에게 말했다.

"네, 그러지요. 호야, 들어가자."

만휘가 문을 열며 만호에게 말했다. 그리고 만호와 만총은 집 안으로 들어갔다.

집 안으로 들어간 만호는 이곳저곳을 둘러보았다. 자신이 태어나서 이제껏 살아왔던 크고 멋지고 편안한 세가와는 달리 만휘가 지내는 집은 작고 볼품없었으며 불편해 보였다.

"이런 곳에서 어떻게 사십니까?"

만호가 대뜸 만휘에게 물었다. 갑작스런 만호의 질문에 잠시 움찔한 만휘는 웃으면서 물었다.

"왜?"

만호는 계속 집 안 구석구석 둘러보며 입을 열었다.

"작고 불편하고."

짧은 대답. 그런 만호의 태도에 만총은 식은땀을 흘리고 있었다. 하지만 만휘는 그저 웃으면서 만호에게 말했다.

"만호가 살던 집하고는 차이가 많이 나는가 보구나? 그래도 여기는 내가 태어나서부터 생활한 곳이라 불편하지 않아.

그리고 나 혼자뿐인데 볼품없으면 어때? 또 혼자 생활하니까
이 집은 작지 않아."

만호는 그 말을 곰곰이 다시 생각해 보았다. 그리고는 잠
시 후에 알았다는 듯이 고개를 끄덕이고는 만휘에게 말했
다.

"그렇겠군요. 혼자 생활하시니까요."

만휘는 고개를 끄덕이고 나서 차 세 잔을 타가지고 왔다.

"여기 차 드시지요."

만휘가 식탁에 차를 내려놓으며 말했다. 만총과 만호는 차
를 한 잔씩 집어 들어 한 모금을 마셨다.

"호가 몇 살이죠?"

만휘가 만총에게 물었다. 그 물음에 만총이 만호를 바라보
며 말했다.

"이 녀석은 열 살이다. 평소에는 그러지 않는데 오늘따라
조금 이상하구나."

만휘는 태어나서 어린아이를 처음 보는지라 만호의 행동
이 이상한 것인지 잘 몰랐지만 만총의 말과 자신의 과거를 생
각해 보았을 때 만호의 행동이 이상하다는 것을 알 수 있었
다.

"호야, 뭔가 마음에 들지 않는 것이 있니?"

만휘가 만호에게 물었다. 평소에 그러지 않는다면 만호의
행동에는 분명 그에 맞는 이유가 있을 것이다.

"별로 그런 것은 없습니다."

역시 딱딱한 어투로 대답하는 만호였다. 딱딱한 만호의 말투에 만휘는 한숨을 쉬면서 만호에게 말했다.

"그럼 형에게 편하게 대해주겠니? 지금 말투는 너무 딱딱해서 좀 그렇구나."

"예, 형님. 그렇게 하겠습니다.."

말은 편하게 하겠다고 대답했지만 전혀 편한 말투가 아니었다. 아직 처음 만나서 그런 것인지 여전히 딱딱했다.

하지만 만호는 만휘에게 이것저것을 많이 물어보았고, 만휘는 그 물음에 친절하게 대답해 주었다.

만휘는 처음 만나는 동생이 이렇게 관심을 가지고 이것저것 물어봐 주니 신이 나서 성심성의껏 대답을 해주었다.

그 때문인지 만호도 점점 만휘를 편하게 생각하기 시작했고, 나중에 가서는 조금은 편한 어투로 만휘와 대화를 하였다.

그렇게 시간 가는 줄 모르고 둘은 대화에 매달렸고, 시간은 빠르게 흘렀다.

"이런 시간이 벌써 이렇게 되었구나."

둘의 모습을 흐뭇하게 보고 있던 만총은 밖이 점점 어둑어둑해지자 자리에서 일어나며 말했다. 그런 만총의 말에 만호도 창밖을 바라보며 자리에서 일어섰다.

"이제 그만 가봐야겠구나. 다음에 또 오마."

만총의 말에 만휘는 많이 아쉬워했다. 처음 대한 동생인데 이렇게 빨리 헤어지는 것이 마냥 아쉬운 것이다.

"네, 조심해서 가세요. 호도 잘 가라."

만휘의 배웅에 만호도 아쉬운 표정을 지으며 말했다.

"형, 조만간에 또 오겠습니다!"

만호의 말에 만휘는 그저 웃으면서 둘을 배웅했다. 그리고 둘의 모습이 보이지 않을 때까지 그곳에 서서 뒷모습을 바라보았다.

지금까지는 세가에 대한 관심이 별로 없었지만 오늘 만호를 만나고 보니 왠지 모르게 그곳으로 가고 싶은 마음이 조금씩 생겨났다.

'아니야. 아직은 아니야. 세상에 나가려면, 아버지처럼 죽지 않으려면 강해져서 나가야 해.'

세가로 가고 싶은 마음이 드는 자신을 채찍질하며 만휘는 안으로 들어갔다. 그리고는 만호의 등장으로 제대로 하지 못한 오후 수련을 위해 가부좌를 틀고 앉았다.

"자, 다시 수련 시작이다!"

만휘는 그렇게 외치면서 다시금 수련에 임했다.

그렇게 넉 달이 지났다. 만휘는 하루도 빼놓지 않고 수련을 계속했고, 만호를 처음 만난 날 했던 오전 야외 수련도 그날 이후 계속하고 있었다.

그런 꾸준한 노력 덕분인지 만휘의 상단전에 쌓인 선기도 많이 늘어나 있었고, 시력도 점점 좋아져서 꽤 멀리 있는 사물도 또렷하게 볼 수 있게 되었다.

그에 만휘는 자신의 상단전에 쌓인 선기가 꽤 많다는 것을 알 수 있었고, 첫 단계인 개안공의 수련도 어느 정도 진척이 있다는 사실도 깨달았다.

그런 사실에 만휘는 굉장히 기뻤고, 더욱더 좋은 기분으로 수련에 박차를 가했다.

그리고 그 넉 달 동안 만호는 보름에 한 번씩 만휘를 찾아왔다, 물론 만총과 함께. 만호는 만휘를 따라서 만휘의 집 근처 숲 속을 많이 돌아다녔다. 세가 근처에도 산이 있었지만 세가에서는 위험하다는 이유로 그런 곳에 가지 못하게 했기 때문에 만휘의 집에 오는 것은 언제나 새로운 경험을 하는 것이었다.

수련의 성과를 확인하고, 만호의 방문으로 만휘는 요즘 행복감에 젖어 살고 있었다. 그리고 이런 행복이 오래 이어졌으면 하는 생각을 매일같이 하고 있었다.

그렇게 넉 달이 지난 오늘 아침, 만휘는 지금도 오전 야외 수련을 하고 있었다.

"흐흡!"

상쾌한 아침 공기를 깊게 들이마셔 폐 깊숙이까지 빨아들인 만휘는 다시 숨을 내쉬었다. 그렇게 호흡을 몇 번 반복했을까. 지금까지와는 다른 느낌이 만휘의 전신을 싸고돌았다.

지금까지는 그다지 크게 느낄 수 없었던 선기의 움직임이
지금은 또렷하게 느껴지는 것이었다.

만휘는 자신의 정수리 부근부터 그 아래를 향해 퍼지는 상
쾌한 느낌에 잠시 몸을 부르르 떨었다. 그리고는 점점 아래쪽
으로 퍼지는 상쾌함을 만끽하며 앉아 있었다.

어느 순간, 만휘는 갑자기 눈을 확 떴다. 하지만 평소 만휘
의 눈과는 달리 무언과 이채로운 빛이 나는 것 같았다.

눈을 뜬 만휘는 새로운 경험을 하고 있었다. 자신의 의지와
는 다르게 떠진 눈에서 이상한 일이 일어나고 있었다.

눈을 떴음에도 무언가 뿌연 것이 눈앞에 있는 것처럼 답답
했는데, 잠시 후에는 점차 그런 뿌연 것들이 사라지면서 예전
보다 더 맑은 광경이 눈에 들어오고 있었다.

평소보다 더 멀리 있는 것까지 보이는 것은 물론이고, 사물
의 움직임 하나하나가 눈에 쏙쏙 들어오고 있었다, 보지 못했
던 작은 하루살이의 움직임이나 미세한 이파리의 떨림까지도.

게다가 한 가지 더 굉장한 것은 흐름이 보인다는 것이었다.
보이지 않는 바람의 흐름이나 생물의 몸에 흐르는 기의 흐름
까지도 보였다.

아니, 보인다기보다는 그런 흐름을 눈으로 느끼고 읽을 수
있다고 보는 것이 맞았다.

그런 기이한 현상에 만휘는 당황스러우면서도 기쁨을 느
꼈다. 자신의 변화. 그것은 모두 수련에 의한 것이었기 때문

이다. 게다가 어떤 한 단계에 도달했다는 사실도 기쁨의 한 부분을 차지하고 있었다.

'아, 이래서 개안공이구나!'

만휘는 이제야 왜 이 단계를 개안공이라고 하는지 알 수 있었다. 처음에는 그저 시력이 조금 더 좋아지는 것으로만 생각했지만 그것이 아니었다.

자연을 포함한 모든 것의 생명의 흐름을 볼 수 있는 눈이 생긴 것이었다.

"드디어 첫 단계 돌파다!"

만휘는 두 손을 번쩍 들고 환호성을 질렀다. 태어나서 처음으로 무언가를 성취한 기분을 맛본 것이었다.

그렇게 기쁨과 만족감을 느끼고 있던 만휘는 그대로 평상에 누웠다. 누워서 하늘을 바라보는 만휘의 표정에는 아직도 남아 있는 희열이 그대로 비춰지고 있었다.

하지만 그것도 잠시, 만휘의 얼굴에서 조금씩 미소가 사라지더니 그대로 잠에 빠져들었다.

새로운 경지에 올라섰지만 아직 그것을 완벽하게 자신의 것으로 흡수할 수 있는 몸이 완성되지 않았기 때문이다.

그렇게 만휘는 다음날까지 잠에 빠져 있었다.

제4장

게이공을 익히다

개이공을 익히다

아침 공기 아래서 잠이 든 만휘는 해가 중천에 떠 있을 때에야 깨어났다. 눈을 뜬 만휘는 자신의 눈으로 보이는 새로운 모습에 감탄을 금치 못하고 있었다.

시야도 넓어지고 그동안 보지 못했던 새로운 것을 본다는 사실이 이렇게나 기쁘고 좋은 일일 것이라고는 생각지 못했기 때문이다.

"자, 그럼 일단 첫 번째 단계는 통과했고, 이제는 개이공이라고 했던가?"

만휘는 평상에서 일어나 집 안으로 걸어 들어가면서 중얼거렸다.

꾸루루루루~!

집 안으로 들어가는 만휘의 배에서 엄청나게 큰 소리가 들렸다. 보통 배가 고플 때 나는 소리가 '꼬르륵'인 반면, 만휘의 배에서 나온 소리는 '꾸루루루루'로, 이는 속이 텅텅 비어 그 울림 소리가 다른 때보다 훨씬 더 크게 들리는 것이다.

"맞다. 오전 수련하고 먹으려고 했는데 아무것도 못 먹었지? 일단 뭐 좀 먹고 시작해야겠다."

큰 소리가 난 자신의 배를 어루만지며 만휘는 점심을 먹기 위해 집 안으로 들어갔다.

평소의 배 이상의 점심을 먹은 만휘는 포만감에 사로잡혀 있었다. 아침을 먹지 않은 데다가 마지막에 개안공을 완성하느라 많은 정신력을 소모했기 때문에 만휘의 입으로 들어가는 음식물의 양은 엄청나게 많았다.

점심을 먹고 나서 불룩 튀어나온 자신의 배를 본 만휘는 경악을 금치 못했다. 엄청나게 튀어나온 자신의 배. 뱃속에 무엇이라도 들어 있는 듯 엄청 불룩했다.

"아무래도 운동 좀 해야겠는데?"

자신의 배를 내려다보며 만휘는 음식물을 소화시킬 겸 새로 익힌 개안공의 신비로운 능력을 좀 더 만끽하기 위해 밖으로 나왔다.

"헛, 둘! 헛, 둘!"

예전에 아버지께 배운 대로 만휘는 몸을 움직였다. 만휘의 아버지가 가르쳐 준 것은 몸을 건강하게 하기 위한 기초적인 운동 몇 가지였다.

하지만 그 운동들을 무시할 수 없는 것이, 꾸준히 하면 팔과 다리, 배 등의 근육을 기를 수 있다.

평소에 그 운동을 꾸준히 했다면 모르겠지만 조금 움직이면 팔, 다리 등 온몸이 쑤시지 않은 곳이 없어서 안 한 운동이었다.

만휘는 열심히 몸을 움직였다. 만휘의 몸이 그리 뚱뚱한 편은 아니었지만 그렇다고 해서 정상적인 체형은 아니었다. 조금 통통한 정도?

게다가 운동도 게을리 하였으니 근육이 발달할 리 만무하였고, 그 부수적으로 체력마저 약하여 개안공을 익히고 나서 반나절 동안 잠에 빠져 있는 불상사(?)가 발생하게 된 것이었다.

어찌 되었든 만휘가 새삼스럽게 자신의 몸을 보고 운동의 필요성을 느꼈다는 사실은 상당히 좋은 현상이었다.

"휘야~!"

만휘가 굵은 땀방울을 흘리며 운동을 하고 있을 때, 멀리서 걸어오는 만총과 만호의 모습이 보였다. 만총과 만호의 모습이 보이자 만휘는 하던 운동을 멈추고 반갑게 손을 흔들었다.

확실히 전과는 다르게 멀리서 걸어오고 있는 만총과 만호의 얼굴도 또렷하게 보였다.

"응? 누구지?"

만휘는 만총과 만호의 옆에 있는 한 사람을 보았다. 하지만 본 것도 잠시, 잠시 후에 그 사람은 어디론가 사라져 버렸다.

"형, 안녕?"

만휘에게 가까이 온 만호가 만휘에게 반갑게 인사했다. 만호의 인사에 만휘도 웃는 얼굴로 만호를 맞았다.

"그래, 너도 잘 지냈지? 숙부님도 잘 지내셨어요?"

만호에게 인사를 한 만휘는 만총을 보면서 인사했다. 만총도 만휘의 머리를 쓰다듬으면서 반가움을 표시했다.

"그런데 옆에 누구 있지 않았어요?"

만휘가 아까 본 사람에 대해서 만총과 만호에게 물었다. 그런 만휘의 물음에 만총과 만호는 당황한 모습을 보였다.

"왜요?"

만총이 만휘에게 물었다.

"봤니? 꽤 먼 거리였는데."

"예, 제가 눈이 좀 좋아졌거든요."

만휘가 웃으면서 말했다. 아직까지는 개안공을 익힌 사실을 남에게 말하고 싶지 않았다. 개안공을 익혔다는 것을 말하면 자신을 산 밑으로 데리고 갈 것 같아서였다.

"그래?"

만휘의 웃음에 약간 이상한 것을 느낀 만총은 한숨을 쉬면서 만호를 바라보았다. 만총의 시선에 만호는 고개를 끄덕이며 만휘에게 말했다.

"사실은 제 누님을 데려왔거든요. 형님 몰래 숨어서 오려고 했는데…… 놀래켜 드리려던 계획은 실패네요."

그러면서 손뼉을 치자 한쪽 숲에서 한 여인이 모습을 드러냈다.

"인사하세요. 제 누님이에요."

만호의 말에 여인이 먼저 만휘에게 말을 건넸다.

"저는 만화라고 합니다. 호에게서 제게 오라버니가 되신다고 들었습니다. 말씀 편하게 하세요."

만화가 거의 웃지 않는 표정으로 만휘에게 말했다. 처음 만호를 만났을 때에도 그랬고 지금 만화를 처음 만난 상황도 그렇고, 둘 다 처음에는 상당히 딱딱하게 대화를 시작했다.

"아, 그, 그래. 만나서 반가워. 난 만휘라고 해."

만휘가 약간 더듬으면서 인사했다. 만휘의 인사에 만화는 고개를 살짝 숙이며 인사를 받았다.

"허허, 집에서는 안 그런 아이들인데 만호도 그렇고 만화도 그렇고, 너에게는 왜 첫 만남이 다들 이런지 모르겠구나."

만총이 난감한 표정을 지으며 만휘에게 말했다. 그런 만총의 난감해하는 표정에 만휘는 전혀 개의치 않는다는 표정으로 입을 열었다.

"괜찮아요. 화 너도 조금 시간이 걸릴지는 모르겠지만 앞으로는 나를 편하게 불러주었으면 좋겠어. 알겠지?"

만휘의 말에 만화는 고개를 숙이며 작게 끄덕였다. 만휘가 얼굴을 가까이 들이대며 말하자 조금 쑥스러워하는 것 같았다.

"자, 그럼 오늘은 화도 오고 했으니까 제가 특별한 음식을 만들어 드릴게요."

만휘가 집 안으로 들어가며 말했다. 만휘의 말에 만호가 그 뒤를 따라 쫓아 들어가며 외쳤다.

"형, 저 처음 만났을 때는 그런 거 안 해줬잖아요!"

"그때는 워낙 경황이 없어서 그랬어. 그러니까 지금 이렇게 해주잖아."

만휘의 말에 만호는 약간 뾰로통한 표정을 지었다. 그 모습을 보며 만휘는 웃으면서 음식을 만들기 시작했다.

"자, 우리도 앉자꾸나. 휘야, 네 음식 솜씨는 믿어도 되겠느냐?"

만총이 만화와 함께 자리에 앉으면서 물었다. 그 물음에 만휘가 고개를 끄덕이며 말했다.

"그럼요. 아버지 돌아가시고 나서 몇 달 전부터는 죽 제가 만들어 먹었어요."

만휘의 자신있는 말에 만총과 만호, 만화는 만휘가 만들어 가지고 올 요리에 큰 기대를 하며 기다렸다.

오랜 기다림 끝에 만휘가 들고 나온 요리는 산에서 나는 각

종 풀을 이용한 음식이었다. 산에 살고 있으니 풀을 이용한 음식을 만드는 것은 당연한 것이었지만, 만호와 만화는 조금 기운이 빠지는 듯했다.

"자~ 오래 기다리셨습니다. 드셔보세요."

만휘가 웃으면서 말했다. 그 말에 만총은 젓가락을 들어 재빨리 한입 먹었다. 하지만 어린 만호와 만화는 맛이 없을 것 같은지 젓가락은 집었지만 음식에는 손을 대지 않았다.

"음, 이 요리, 정말 맛있구나! 어린 네가 한 음식이라고는 생각하지 못하겠는걸!"

몇 입 먹어본 만총이 만휘에게 말했다. 만총의 칭찬에 만휘는 말없이 웃으면서 음식을 먹었다.

사실 만호와 만화 또한 아침을 먹은 것이 꽤 이른 시간이었기에 배는 엄청 고팠다. 하지만 만휘가 가져온 음식들은 왠지 쓸 것만 같아 선뜻 손이 가지 않았다.

"왜들 그러느냐? 아침도 일찍 먹어서 배가 많이 고플 텐데. 어서 먹어라. 아주 맛있단다."

만총이 만호와 만화에게 말했다. 그 말에 만호가 만총에게 물었다.

"아버지, 안 써요?"

만호의 물음에 방금 한 젓가락을 더 먹은 만총이 말했다.

"아니, 전혀 안 쓴데. 정말 맛있다니까."

그러자 만호는 배고픔을 이기지 못하고 만휘가 내온 요리에 젓가락을 가져다 대었다. 그리고는 한 젓가락 집더니 곧바로 입으로 가져갔다.

처음에 입에 넣을 때에는 쓸 것 같은 기분에 인상을 찌푸렸던 만호는 입에 넣고 조금 씹더니 눈을 동그랗게 떴다. 생각보다 쓰지도 않고 맛이 있었던 것이다.

한 젓가락 먹은 만호는 배가 고픈 차였는지라 더 이상 아무런 말 없이 만휘가 내온 음식들을 먹기 시작했다. 그 모습을 본 만화도 주저하더니 젓가락을 들어 만휘가 내온 음식들을 먹었다.

결국 그 음식들은 식탁에 올려진 지 한 식경 만에 모두 없어졌다. 만호와 만화는 기분 좋은 표정으로 앉아 있었고, 그런 그들을 만휘는 뿌듯한 표정으로 바라보았다.

오늘 만휘와 처음 만난 만화도 만호와 그리 크게 다르지 않았다. 처음 만나 낯설어서 그렇지 조금 시간이 지나고 안면을 트고 나니 상대를 편하게 대했다.

만화도 만호와 마찬가지로 만휘에 대한 낯설음을 많이 떨쳐 버리고 만휘에게 이것저것 물어보기도 하고, 만휘, 만호와 함께 주변을 돌아다니기도 했다.

만총은 다행히도 아이들이 별 탈 없이 사이좋게 어울리자 안도의 한숨을 내쉬며 흐뭇하게 그 모습을 바라보았다.

사실 만호와 만화를 데리고 온 것은 만휘 혼자 이곳에서 생활을 하니 외로울 것 같아서 그런 것도 있었지만, 만휘가 세가에 들어올 때를 대비해서였다. 조금이라도 아는 사람을 만들어주어 훗날 세가에 들어왔을 때 잘 적응할 수 있도록 하기 위함이었다.

그런 자신의 의도대로 잘 진행되자 만총은 안도감을 느꼈다.

그렇게 만호와 만화, 그리고 만총은 만휘의 집에 온 지 두 시진이 흐르고 나서야 집에서 나왔다. 만호와 만화의 얼굴 표정에는 아쉬움이 진하게 배어 있었지만, 만나려고 하면 언제든지 만날 수 있었기에 잘 떨어지지 않는 발걸음을 산 아래쪽으로 옮겼다.

"잘 가! 다음에 또 오고!"

만휘가 저 멀리 떠나가는 만호와 만화에게 손을 흔들며 그들을 배웅했다.

"자, 그럼 이제 또 수련을 해야겠지?"

만휘는 운동한 지 얼마 지나지 않아 또 먹어서 불룩해진 자신의 배를 어루만지며 집 앞마당으로 향했다.

개안공을 불과 팔 개월 만에 익힌 만휘는 의외로 빠른 속도를 보이는 수련에 자신감이 붙었다. 그리고 개이공 또한 쉽게 익힐 수 있을 것이라 생각하고 수련에 임했다.

개이공은 개안공과는 달리 차가운 기운이 있는 곳에서 수련을 해야 하는데 그 정도로 차가운 곳이 없었다.

물가도 생각을 해봤지만 그 흐르는 양이 적어 수련을 할 만한 장소는 되지 못하였다.

"어디에 가서 수련을 해야 하나?"

오늘도 아침에 일어나 개안공을 익히던 대로 수련을 하고, 아버지가 알려준 운동을 한 만휘는 개운한 몸으로 수련할 장소를 찾기 시작했다.

이곳저곳을 돌아다니면서 수련할 장소를 찾던 만휘의 눈에 낯익은 곳이 한곳 눈에 띄었다.

"아! 저기!"

만휘가 찾아낸 곳은 자신이 이 수련을 하게 된 계기를 준 그 책을 발견한 동굴이었다.

처음 그 동굴을 발견했을 때 자신의 몸으로 불어오던 엄청난 바람. 그 정도면 충분히 차가운 기운이라 할 수 있었다.

"좋았어!"

만휘는 발길을 서둘렀다. 그리고는 그 동굴 앞에 가서 섰다. 그때와 마찬가지로 세게 불어오는 바람. 게다가 가을이 지나가는 시기인지라 느껴지는 온도는 더욱 낮았다.

"이 정도면 충분하겠지. 여기서 수련해야겠다."

만휘는 그 동굴 앞에서 가부좌를 틀고 앉았다. 그리고는 정수리에 두 손을 얹고 크고 규칙적으로 호흡을 하기 시작했다.

"흐흡!"

만휘의 호흡에 맞추어 상단전에 쌓여 있던 선기가 조금씩 움직이기 시작했다. 하지만 왜 그런지 잘은 모르겠지만 선기가 전처럼 활발하게 움직이지는 않았다.

'역시 쉽지는 않구나. 하지만 포기할 수는 없지.'

선기의 미약한 움직임에 이번 단계도 쉽지 않을 것이라는 사실을 예감한 만휘는 굳은 의지를 가지고 수련에 임했다.

*　　　　*　　　　*

"만휘는 어떤 반응을 보이더냐?"

만총의 아버지인 만진이 물었다. 그 물음에 만총은 고개를 저으며 말했다.

"여전히 고집을 꺾지 않습니다. 만호와 만화를 데리고 가서 조금 마음이 흔들린 것 같지만 여전히 이곳에 오려 하지 않습니다."

말을 하는 만총의 표정은 '아직은 때가 아니다' 하는 표정이었다.

"어린것이 제 아비를 쏙 빼 닮았군. 그 고집이란……."

만진이 곰방대를 입에 가져가며 말했다. 곰방대를 입에 물고 불을 붙이는 만진을 바라보며 만총이 입을 열었다.

"만휘의 문제는 그냥 제가 알아서 하겠습니다. 그러니 아버지께서는 신경 쓰지 마시고 제게 맡기시지요."

만총의 말에 만진은 곰방대를 길게 한번 빨더니 뿌연 연기를 내뿜으며 입을 열었다.

"이왕 내 가족으로 받아들이기로 결정한 것, 그리 오래 끌 필요 없다 싶구나. 내 가족이면 하루라도 빨리 이곳에 와서 이곳의 생활에 익숙해져야겠지. 무공도 익히게 해야 할 것 아니냐?"

"벌써 나이 열넷입니다. 이제 조금 더 있으면 열다섯이 되고요. 무공을 익히기에는 늦은 나이입니다. 너무 큰 기대는 하지 마십시오."

"그것은 내가 알아서 결정할 일이다."

만진의 말에 만총은 기가 차다는 듯한 표정으로 만진을 바라보았다.

"그 아이를 데려오면 어떻게 하실 생각이십니까? 그냥 무공이나 익히게 하고 어영부영 세가에서 지내게 만들 생각이십니까?"

만총의 물음에 만진은 이번에도 별다른 표정의 변화 없이 입을 열었다.

"글쎄다. 그것도 그 아이를 보고 나서 생각을 해보아야겠지."

"그 아이는 형님의 하나뿐인 혈육입니다. 그 사실만으로도 그 아이는 이 세가를 이을 자격이 있습니다. 그런데도 그냥 생각도 없이 데려오라고만 하십니까?"

"그 아이가 만창의 아들이라는 사실은 내게 큰 의미를 주지 않는다."

만총이 화가 나서 소리쳤다.

"큰형님이 왜 돌아가셨습니까! 다 이 세가 때문에 돌아가신 것 아닙니까? 아버지의 그런 모습이 싫어서 세가를 뛰쳐나갔으면서도 이 세가의 위기를 그냥 두고 볼 수 없어서 목숨을 내던졌단 말입니다! 그런데도 아무런 감정도 없으십니까?!"

만총의 말에 만진은 여전히 표정의 변화 없이 말했다.

"내가 떠밀었더냐? 제 발로 나간 것이다. 내 밑에 있었으면 그렇게 죽지는 않았을 것이야. 게다가 그런 허접한 함정 따위에 빠져 죽을 정도로 아둔한 놈이니 그 자식 또한 제 아비와 똑같겠지. 벌써부터 똑같지 않더냐? 고집부터 말이다."

만진의 말에 만총은 더 이상 아무런 말도 하지 못했다. 정말로 형님이 아버지의 자식이 맞는지, 아니, 사람이 맞는지가 정말 의문스러웠다.

"예, 알겠습니다."

만총은 짧게 대답하고는 방을 나왔다. 그런 만총의 뒷모습을 만진은 감정이 없는 표정으로 바라보았다.

밖으로 나온 만총은 오랜만에 하늘을 바라보았다. 늦은 가을이지만 정말 맑고 푸른 하늘. 이렇게 하늘을 바라보고 있노라면 자신의 마음도 저렇게 맑아지는 것 같았다.

'이런 흙탕물에 있는 내가 정말 한심스럽구나. 더구나 이런 흙탕물에서 빠져나가지 못하는 것이 더욱더 화가 나는구나.'

만총은 아버지의 저런 모습에 치가 떨리고 화가 났지만, 형님처럼 이 세가를 뛰쳐나가 혼자 살아가지 못하는 자신에게 더욱 화가 났다.

그렇게 분한 마음을 담은 채 만총은 자신의 거처로 발길을 옮겼다.

한편, 만총이 나간 방에서 혼자 곰방대를 피우고 있던 만진은 곰방대를 내려놓으며 중얼거렸다.

"내가 어찌 그놈에게 아무런 감정이 없겠느냐. 생각할수록 미안해지는 마음뿐인데. 그렇기에 그 아이는 조금이라도 더 빨리 내 품에 안아보고 싶구나. 그리고 나도 이제 점점 끝이 보이고 말이다."

만감이 교차하는 표정으로 중얼거린 만진은 다시 곰방대를 집어 들었다. 그리고는 다시 불을 붙이고 연기를 폐 깊숙이까지 빨아들였다.

그렇게 세월은 흘러 계절이 두 바퀴가 돌았다. 그에 만휘도 나이를 두 살을 더 먹어 열여섯이 되었다. 키는 조금밖에 자라지 않았지만 체형은 달랐다.

조금씩 젖살이 빠지기 시작하면서 이목구비가 뚜렷해졌고, 그동안 운동도 꾸준히 해왔기 때문에 울퉁불퉁 정도는 아니지만 단단한 근육이 박혀 있었다.

하지만 아직 어린 나이이기 때문에 완력이나 근력이 눈에 띄게 향상된 것은 아니었다.

그래도 만휘는 꾸준히 운동과 수련을 했다. 운동의 경우 계속해 오면서 적응이 되어 아프지 않았기 때문도 있었고, 알게 모르게 선기가 그 고통들을 감소시켜 주었기 때문에 가능한 일이었다.

수련은 하루도 빼놓지 않고 계속되었다. 특히 두 번째 단계인 개이공의 경우 차가운 기운이 있는 곳에서 수련을 해야 했다.

추운 겨울에는 상관이 없었지만 따뜻해지기 시작하는 봄이나 뜨거운 여름의 경우에는 수련을 하는 데 상당히 애를 먹었다. 그럴 때는 언제나 자신이 책을 발견한 동굴 안에 들어가서 수련을 했다. 겨울처럼 심하게 차갑거나 춥지는 않았기 때문에 겨울에 수련을 하는 것보다는 그 진도가 많이 더뎠다.

하지만 만휘는 진도가 빨리 나가든 더디게 나가든 신경 쓰지 않고 꾸준히 수련에 임했다. 그 결과 만휘는 자신의 정수리 부분을 중심으로 가벼운 것 같으면서도 묵직한 기운들을 느낄 수 있었다.

그런 묵직한 기운에 만휘는 기쁨을 느꼈고 그것이 자신이 이루어가는 결과물이었기 때문이다.

"올해는 조금 일찍 추워지는 것 같은데?"

만휘가 동굴로 향하면서 중얼거렸다. 정말 그런 것이, 예년 같았으면 아직 살아 있을 풀이나 꽃들이 올해는 벌써 월동 준비(?)에 들어간 상태였기 때문이다.

그뿐만이 아니라 아침저녁으로 느껴지는 쌀쌀한 기온도 하루가 다르게 낮아지고 있었다.

"오늘도 힘차게 수련을 합시다~! 랄랄라~!!"

무엇이 그렇게 기분이 좋은지 노래를 흥얼거리며 걸어가는 만휘. 그런 만휘는 오래 걸리지 않아 동굴에 도착할 수 있었다.

"응? 이게 어찌 된 일이야?"

동굴 앞에 선 만휘는 이상한 것을 알아차렸다. 어제만 해도 그렇게 강하게 불어 나오던 바람이 지금은 조금도 불지 않는 것이었다.

"어떻게 하지? 큰일인데?"

만휘는 수련을 하지 못하게 될까 봐 걱정이 태산 같았다. 이 산속에서 이곳만큼 시원한 곳을 찾기는 힘들었다. 특히 가을에서 겨울로 넘어가는 시기에 있어서 이곳은 정말로 가뭄의 단비와 같은 존재였다.

"안에 무슨 일이 일어났나?"

만휘는 천천히 안으로 들어갔다. 어찌 되었든 간에 동굴 바깥보다는 안쪽이 훨씬 더 추웠기 때문이다.

"이상하네?"

안으로 들어갈수록 만휘는 이상하다는 듯이 고개를 갸웃

거렸다. 분명 이곳을 하루 이틀 와본 것도 아니고, 머리도 기똥차게 좋아서 이미 이곳 동굴의 지리는 머릿속에 지도처럼 저장되어 있었다.

하지만 지금은 자신의 머리를 의심할 정도로 이상했다. 있던 길이 없어지고 없던 길이 생기고, 이상하게 변해 있었기 때문이다.

만휘는 덜컥 겁이 났다. 만약 이러다가 밖으로 못 나가면 어쩌나 싶었기 때문이다.

만휘는 그냥 다시 나가기 위해 몸을 돌려 세웠다. 하지만 만휘는 발걸음을 떼지 못했다. 마치 저 안쪽에서 무언가가 자신을 잡고 놓아주지 않는 것 같은 착각마저 들었다.

결국 만휘는 다시 몸을 돌려 세워 자신이 모르는 길이 생긴 안쪽을 향해 섰다.

"뭐, 까짓 것 못 나오면 나올 때까지 걸어다니면 되지 않겠어?"

참으로 황당한 생각. 하지만 만휘의 성격상 갔다가 아무것도 안 하고 오는 것은 맞지 않았다.

"좋~아! 가는 거야!"

만휘는 조심스럽게 발걸음을 떼었다. 솔직히 가기로 마음은 먹었지만 무슨 일이 생길지 몰라 많이 무서웠기 때문이다.

잘 떨어지지 않는 자신의 다리를 보며 잠시 멈춰 선 만휘는 가만히 서서 다시금 다짐을 하기 시작했다.

어서 신선이 되어 아버지를 만나자고, 그전에 세상으로 나가더라도 어느 누구에게도 쉽게 지지 않을 정도로 강해져서 나가자고.

그렇게 다짐을 한 만휘는 의지가 충만한 얼굴을 하고는 성큼성큼 동굴을 향해 걸어가기 시작했다.

상당히 구불구불한 길이었다. 그리고 가도 가도 끝이 보이지 않을 정도로 긴 길이었다. 하지만 그 길은 모조리 만휘의 머릿속에 기억되고 있었다.

"어디까지 들어가야 하는 거야? 그나저나 여기는 꽤 춥네?"

얼마나 들어갔을까. 만휘는 슬슬 지겨움을 느꼈다. 게다가 들어가면 갈수록 점점 기온이 낮아지는 것이 아직 옷이 좀 얇은 만휘로서는 상당히 춥게 느껴졌다.

"어?"

한참을 가던 만휘는 앞에 길이 끝나는 것을 보았다. 만휘가 보기에는 상당히 가까운 거리로 느껴졌다. 솔직히 말해서 개안공을 익힌 이후 만휘의 시력이 진화(?)를 했기에 가까워 보이는 것이지 그다지 가까운 거리는 아니었다.

그렇게 만휘는 추운 몸을 부둥켜안고 안으로 걸어 들어갔다. 그렇게 한참을 걷다 보니 출구를 통해서 연못같이 생긴 곳이 보였다. 그러나 주변에 얼음이 상당히 많은 것으로 보아 상당히 추운 곳인 것 같았다.

"윽! 뭐 이렇게 추워?"

출구를 통해 나간 만휘는 연못이 내뿜는 가공할 한기에 걸음을 멈추었다. 살을 에는 것 같은 한기에 만휘는 그저 두 팔로 몸을 감싸고 서 있을 뿐이었다.

만약 만휘의 선기가 제때 움직이지 않았다면 만휘는 연못 주변의 얼음처럼 얼어버렸을 것이다.

"세상에, 동굴에 이런 곳이 다 있었나?"

만휘는 입김을 풀풀 내뱉으며 중얼거렸다. 이 정도 추위면 한겨울에 느껴본 추위보다도 더 심하다고 할 수 있었다.

"여기서 수련하면 딱이겠는데?"

만휘가 생각하기에 개이공을 수련하기에는 이곳보다 더 좋은 곳은 없었다. 다만 한 가지 문제점은 이곳에서 오래 버티기가 힘들다는 사실이었다.

"안 되겠다. 일단 오늘은 이곳에서 나가고 내일 두꺼운 옷을 입고 와서 수련해야겠다."

절대로 오늘은 이곳에서 수련을 하지 못할 것 같은 만휘는 그대로 몸을 돌렸다. 그런 만휘의 눈에 벽에 새겨진 글자가 보였다.

"이건 또 뭐야? 오늘 참 많이 놀라네."

만휘가 그 글자를 바라보며 중얼거렸다. 그리고는 천천히 그 글자를 읽어 내려가기 시작했다.

이곳에 왔다면 개안공을 완성한 자일 터. 먼저 그대에게 축하의 말을 건네겠다.

"뭐야? 그럼 지금까지 난 뭐 한 거야?"

이미 이 년 전에 개안공을 완벽하게 완성했다고 생각하고 있던 만휘는 오늘에서야 이곳을 발견했으니 지금까지는 개안공을 완벽하게 완성하지 못한 것이었다.

결국 이 년 전에는 완성에 조금 모자란 상태였고, 그 조금 모자란 부분을 위해 이 년이라는 시간을 소모한 상태였다.

"쳇!"

만휘는 뭔가 속은 것 같은 기분에 약간 퉁명스런 반응을 보였다. 이곳이 상당히 추움에도 불구하고 만휘는 계속해서 글을 읽어 내려갔다.

그대가 개안공은 완성했다면 이제 개이공을 수련하려 할 것이다. 이곳은 개이공을 수련하기에 최적의 장소. 내가 말년에 이곳 동굴에 만들어놓은 곳이다. 이곳에서 수련을 한다면 내가 개이공을 완성한 시간보다 훨씬 더 빠른 시간 안에 개이공을 완성할 수 있을 것이다.

새겨져 있는 글은 거기에서 끝났다. 더 이상 아무런 글도 없었다.

"이곳을 만들었다고?"

만휘는 다시금 연못을 바라보며 중얼거렸다. 엄청난 한기. 이런 곳을 그 노인이 만들었다는 사실을 만휘는 믿기 어려웠다.

"아무튼 정말로 그 할아버지가 만들어놓은 곳이라면 너무나 고마운 일이다."

만휘는 지금은 없는 할아버지이지만 속으로 상당히 고마워하고 있었다. 자신의 개안공이 완성이 아니었다는 사실을 알려주었지만 이미 완성을 한 상황이고, 새롭게 수련할 수 있는 장소까지 만들어주었으니 말이다.

"좋아, 하늘이 나를 돕는 것 같구나. 아니, 그 할아버지가 나를 돕는구나. 내일부터는 이곳에서 수련이다!"

그렇게 외친 만휘는 엄청난 한기를 뒤로하고 재빨리 그곳을 벗어났다. 그렇게 그 길고 긴 길을 만휘는 아무런 어려움 없이 빠져나왔다.

"와! 바깥이 이렇게 따뜻한 줄은 미처 몰랐네!"

지금도 아침저녁으로 상당히 추운 날씨였지만 방금 그곳에서 나온 만휘는 마치 지금이 여름이라도 되는 것같이 느껴졌다.

동굴에서 나온 만휘는 그 동굴을 한번 돌아보고는 서둘러 집으로 향했다.

다음날. 오전 수련과 운동을 마친 만휘는 두꺼운 옷을 가지고 동굴로 향했다. 어제 그곳의 한기를 생각하니 만휘는 벌써부터 온몸이 시려오는 것 같았다.

만총의 수하는 조용히 만휘의 뒤를 따랐다. 요즘 만휘에게 무슨 변화가 생긴 것은 같으나 뚜렷하게 보이는 것은 없었다. 게다가 어제오늘 여기저기 돌아다니는 것이 확실하게 알아둘 필요가 있었다.

"오늘은 왜 이렇게 힘드냐."

만휘가 동굴 앞에 와서 중얼거렸다. 그 앞에서 두꺼운 옷을 입은 만휘는 크게 심호흡을 하고 동굴 안으로 들어갔다.

만휘의 뒤를 따르던 만총의 수하는 만휘가 동굴로 들어가자 더 이상 뒤따르지 않고 동굴 앞으로 다가갔다. 그냥 평범한 동굴. 그러나 두꺼운 옷을 입고 들어가는 만휘의 행동에 무언가 있을 듯했다.

"일단 보고부터 해야겠군."

동굴 안으로 따라 들어가면 혹시라도 만휘가 눈치를 챌 것 같아 따라 들어가지 못한 수하는 곧바로 만총에게 보고하기 위해 자리를 벗어났다.

어제는 처음 가보는 길이라 조심스럽게 발걸음을 떼었지만 지금은 길도 훤히 아는 상황이라 성큼성큼 걸었다. 앞에 어떤 위협이나 무슨 일이 벌어지지 않을 것이라는 사실을 알기 때문이기도 했다.

어제보다는 조금 더 빨리 그 차가운 연못에 도착한 만휘는 두꺼운 옷을 입었음에도 불구하고 금방이라도 얼어붙을 것 같은 추위를 느꼈다.

"어디에서 수련하지?"

온통 얼음으로 뒤덮인 곳이라 앉으면 엉덩이가 얼어붙을 것만 같아 앉을 자리를 찾지 못하고 주변을 두리번거렸다.

"저기가 좋겠군."

연못에서 약간 떨어진 곳에 있는 얼음이 거의 얼지 않은 곳을 찾아낸 만휘는 혹시라도 넘어질까 싶어 천천히 조심스럽게 그곳으로 다가가 주저앉았다.

"윽!"

바닥에 앉자마자 엉덩이를 타고 온몸으로 퍼지는 한기. 만휘는 앉자마자 몸을 한번 부르르 떨었다. 그렇게 잠시 앉아 있던 만휘는 추위에 엉덩이가 어느 정도 적응을 하자 가부좌를 틀고 정수리에 손을 얹었다.

"후우~"

수련을 시작하기 전에 심호흡을 한번 한 만휘는 눈을 감고 연못에서 나오는 차가운 한기를 온몸으로 느끼며 수련을 시작했다.

"휘야가?"

수하의 보고를 받은 만총도 의아한 표정으로 그 수하를 바라보았다.

"예, 저도 이상합니다. 아직 두꺼운 옷을 입기에는 이른 시기인데 두꺼운 옷을 입는 것도 그러하며, 평범한 동굴인데 그 안으로 들어가는 것도 이상합니다."

수하의 말에 만총도 고개를 끄덕였다.

"안으로는 들어가 봤는가?"

"아닙니다. 안으로 따라 들어가면 혹시라도 눈치 챌까 봐 따라 들어가지는 못했습니다."

"그런가? 그럼 일단은 모른 척하지. 기회를 봐서 내가 물어보도록 하겠네. 그 주변은 이상 없겠지?"

"예. 산속이고 아직 그곳을 아는 사람이 없기 때문에 별 이상은 없습니다. 저희는 그냥 휴식 차 그곳에 가는 것 같다는 생각이 듭니다."

수하의 말에 만총도 웃으면서 말했다.

"그렇게 편하게 생각하게. 하지만 한시라도 주변 경계를 늦추어서는 안 되네."

"예."

"그럼 가서 계속 수고하게."

만총의 말에 그 수하는 곧바로 세가에서 빠져나왔다.

동굴 안에서 수련을 하던 만휘는 금방 일어났다. 추위를 참으면서 수련을 하는 데에도 한계를 느꼈기 때문이다.

"에이, 그 할아버지가 수련할 자리도 만들어주었으면 좋았을 것을."

만휘는 최적의 장소이면서 수련을 하기 힘든 장소가 되어버린 연못을 바라보며 안타까움을 금치 못했다.

"일단 오늘은 나가야겠다. 더 이상 있다가는 수련도 제대로 못하고 병 걸리겠다."

자리를 털고 일어선 만휘는 조심조심 그 연못을 벗어났다. 그리고 수련을 조금밖에 하지 못한 안타까움에 다시금 연못을 바라보다가 동굴 밖으로 발길을 돌렸다.

동굴 밖으로 나온 만휘는 동굴 앞에서 예상 밖의 사람을 만났다. 만총이었다.

"어? 숙부?"

만총을 발견한 만휘가 먼저 만총을 불렀다. 그 소리에 만총도 만휘를 바라보며 웃는 낯으로 만휘를 맞았다.

"이제 나오느냐?"

만총의 말에 만휘는 어리둥절한 표정으로 고개를 끄덕였다. 그리고는 만총에게 물었다.

"어떻게 여기에 계세요?"

만휘의 말에 만총은 웃으면서 만휘에게 말했다.

"몸이 많이 차구나. 일단 집으로 가서 이야기하자꾸나."

만총의 말에 만휘는 고개를 끄덕이며 집으로 향했다.

"자, 마셔."

집으로 온 만휘는 만총이 끓여준 차를 받아 들며 만총에게 물었다.

"그런데 제가 거기 있는 줄 어떻게 아셨어요?"

만총은 찻잔을 들고 자리에 앉으며 말했다.

"내가 이곳을 수하를 시켜 지키고 있다는 사실은 아느냐?"

만총의 물음에 만휘는 대충 어떻게 된 일인지 눈치를 챘다. 그에 만휘는 고개를 끄덕였다.

"대충 알고는 있었지만 확실하게는 모르고 있었지요."

만총은 고개를 끄덕이며 말했다.

"그래, 그 수하가 나에게 이야기를 해주더구나, 네가 이상한 행동을 한다고."

"그럼 지금까지 저의 모든 일들을 다 알고 계시겠네요?"

"아니, 네가 특이한 행동을 하거나 특별한 일이 있을 경우에만 나에게 보고가 들어온다."

만총의 말에 만휘는 아무런 말 없이 고개를 끄덕였다.

"사실 이곳에 수하를 보내놓았다는 사실을 이야기하지 않으려 했단다, 그 사실을 알면 네가 이곳이 안전하니 내려가지 않겠다고 할 것 같아서."

만총의 말에 만휘는 걱정 말라는 듯 웃으면서 만총에게 말했다.

"걱정 마세요. 저도 때가 되면 이곳에서 내려갈 생각을 하고 있으니까요."

만휘의 말에 만총은 내심 안도감을 느꼈다. 그리고 웃으면서 만휘에게 물었다.

"그러면 이제 네게 물어보마. 도대체 그동안 무슨 일을 하고 있었던 것이냐?"

"제가 예전에 말씀드리지 않았던가요? 신선이 되는 수련을 한다구요."

만휘의 말에 만총은 고개를 저으며 입을 열었다.

"내 지금까지 너에게 아무런 말도 하지 않고 있었지만 네가 하는 수련은 성과가 없단다. 일반적으로 모든 문파나 세가의 무공을 보면 정수리에 손을 얹고 하는 수련은 없단다. 보통 손을 하단전 앞에 놓고 하는데, 이는 하단전에 내공을 쌓기 위해서란다. 하지만 너처럼 하면 하단전에 내공이 쌓이지 않는다. 내공이 쌓이지 않으면 신선이 될 수 없단다."

만총의 말에 예전 같았으면 충격을 받고 절망에 빠졌을 만휘였지만 지금은 미소를 지으며 만총에게 말했다.

"글쎄요. 다른 수련은 어떻게 하는지 잘 모르겠지만 적어도 제가 하는 수련은 분명 효과가 있어요. 단지 하단전이 아니라 상단전이지만요."

만휘의 말에 만총은 놀랐다. 일반적으로 상단전을 돌파하고 나면 신선의 경지에 오르게 되는데 상단전부터 쌓인다니······.

"어떻게 그런?"

만총은 놀라움을 금치 못했다. 하지만 만휘는 그저 미소를 지으며 그런 만총을 바라볼 뿐이었다.

"어떤 효과가 있다는 것이냐?"

만총은 아직도 만휘가 무언가를 착각하고 있다는 생각을 지울 수가 없었다.

"제가 만화를 처음 만났던 그날 말씀드렸죠? 눈이 좋아졌다고요. 지금 제 눈에는 보이지 않던 것이 보입니다. 단순히 시력이 좋아진 것뿐만이 아니라 새로운 것이요."

만휘의 말에 만총은 두 눈을 크게 뜨고 물었다.

"이를테면?"

"이를테면 전에는 보이지 않던 바람의 흐름을 볼 수 있다고나 할까요? 구체적인 모습이 보이는 것은 아니지만 그런 것을 볼 수 있어요, 분명. 그리고 살아 있는 모든 것의 흐름이 보입니다, 그 안에 담겨진 기운의 흐름이."

만휘의 말에 만총은 입을 크게 벌렸다. 만휘가 잘 몰라서 그렇지 만휘는 생물의 안에 흐르는 기의 흐름을 본다는 것이었다. 결코 낮은 경지가 아니었다. 정말 이루기 힘든 경지인 것이다.

"정말 그렇다면 이건 진정 놀랄 일이구나. 내가 아는 바로는 너의 그런 경지가 결코 낮은 것이 아니란다."

만총의 말에 만휘는 눈을 동그랗게 뜨며 물었다.

"정말요? 아닌데? 전 지금 다섯 단계의 수련 중에 첫 번째 단계만 완성한 것인데요?"

만휘의 말에 이번에는 만총이 놀랐다. 진정 이해할 수 없는 일. 만총은 고개를 저었다.

"나도 모르겠구나. 하지만 네가 정 그렇게 효과가 있다면 계속하거라. 말리지는 않으마. 단, 조금이라도 네가 이상하다 생각되면 그 즉시 그 수련은 못하게 할 테니 그리 알아라."

만총의 말에 만휘는 웃으면서 말했다.

"감사합니다."

만휘의 말에 만총은 자리에서 일어서면서 말했다.

"사실 당분간은 모른 척하려고 했으나 걱정이 되어서 그냥 있을 수가 없더구나. 그래서 이렇게 왔단다. 며칠 있다가 또 오마. 그때는 만호와 만화도 데려오마."

만총의 말에 만휘는 웃으면서 고개를 끄덕였다.

만총을 떠나보낸 만휘는 무거운 짐을 하나 벗은 것 같은 기분이었다. 그에 저절로 얼굴에는 웃음이 끊이지 않았다.

만총도 말리지 않겠다고 했기에 만휘는 조금 더 마음 편하게 수련에 임할 수 있었다. 이미 만총이 자신이 수련을 한다는 사실을 알고는 있었지만 자신의 수련이 효과가 없다고 여겨 못하게 하면 어쩌나 고민을 했었다.

그렇게 생각하면 만총이 자신의 수련에 대해 물은 시기가 개안공을 완성한 이후라는 것이 다행스러웠다.

만총과 이야기를 나눈 지 며칠이 지난 후, 만휘는 더 이상 개안공 수련은 하지 않고 아침 운동 뒤에 바로 개이공을 수련 하기 위해 동굴로 향했다.

이제는 동굴 밖에도 하루가 다르게 추워지고 있었기에 만 휘는 이미 두꺼운 옷차림이었다. 하지만 그 두꺼운 옷으로도 추위를 이기기 힘들다고 생각했는지 만휘의 손에는 여벌의 옷이 더 들려 있었다.

그렇게 옷을 가지고 동굴 안으로 들어간 만휘는 조금씩 추 워질 때마다 옷을 껴입었다. 그렇게 연못에 도착한 만휘는 어 제보다는 조금 덜 느껴지는 추위에 만족스런 미소를 지었다.

"오늘은 숙부가 동생들을 데려온다 하셨으니 조금만 하고 내려가야겠다."

오후에 자신을 찾아올 만호와 만화를 생각하며 만휘는 어 제 자신이 수련을 했던 얼음이 덜 얼어 있는 자리로 가서 앉 았다. 역시 어제보다는 덜 올라오는 한기에 만휘는 조금 기쁜 마음으로 수련을 시작했다.

대략 한 시진 조금 넘게 수련을 한 만휘는 눈을 떴다. 눈을 뜬 만휘의 얼굴에는 뿌듯한 미소가 번지고 있었다. 그동안 느 리게 움직이던 선기의 움직임이 약간이지만 조금 더 빨라졌기 때문이다.

이는 선기가 주변의 한기를 이겨내고 좀 더 활발하게 움직이기 시작했다는 것으로, 개이공의 수련이 조금씩 효과를 보고 있다는 소리였다.

"얼마나 수련한 거지? 일단 나가보자."

워낙 집중을 해서 수련을 한 탓에 만휘는 자신이 얼마 동안이나 이곳에서 있었는지 잘 알지 못했다. 그에 이왕 눈을 뜬 김에 만호와 만화, 그리고 만총을 맞을 준비를 하기 위해 동굴 밖으로 나갔다.

"뭐야? 얼마 안 했잖아?"

밖으로 나온 만휘는 아직 해가 중천에 떠 있는 것을 확인하고는 다시 들어가서 수련을 할까 하는 생각에 몸을 돌렸다. 하지만 동굴로 들어가려던 만휘는 발걸음을 멈추고 생각에 잠겼다.

"으~!"

무슨 생각을 했는지 만휘는 몸을 부르르 떨었다. 그리고는 다시 몸을 돌려 집으로 향했다. 동굴을 벗어나 집으로 내려가면서 만휘가 중얼거렸다.

"한번 나오면 다시 못 들어가겠다니까."

만휘가 내려온 지 얼마 지나지 않아 만호와 만화를 데리고 만총이 도착했다. 만호는 만휘를 보자마자 반가운 듯 와서 장난을 쳤고, 만화도 지난 이 년 동안 만휘와 많이 친해져서 만휘의 얼굴을 보자 상당히 반가워했다.

"아니, 고작 며칠 못 봤는데 그렇게 반갑더냐?"

만총이 만호와 만화에게 물었다. 만호는 만휘의 얼굴을 보면서 고개를 끄덕였고, 만화도 만총을 바라보면서 미소를 지었다.

"좋겠구나, 휘야. 이렇게 멋지고 예쁜 동생들이 너를 좋아하니까 말이다. 특히 만화의 경우는 명문세가의 자제들이 혼인을 하고 싶어서 안달인데 말이다."

만총의 말에 만휘는 웃으면서 입을 열었다.

"그러게요."

만휘의 말에 만호도 만화도 만총도 모두 웃었다. 그렇게 웃고 난 다음 만휘는 부엌으로 들어갔고, 나머지는 언제나 그랬듯이 식탁으로 가서 자리를 잡았다.

"그런데 만화 나이가 열다섯인데 벌써 혼인을 하자고 해요?"

만휘가 차를 내오며 만총에게 물었다. 그 물음에 만총은 고개를 끄덕이며 말했다.

"지금 당장은 아니더라도 일단 약속은 해놓고 나중에 혼기가 되면 시키는 거지. 화의 미모가 뛰어난 것도 있지만 대부분은 우리 가문의 세를 보고 그런 이야기를 꺼내는 것이란다."

만휘가 고개를 끄덕이자 만화가 입을 열었다.

"저는 정말 싫은데……. 귀찮아 죽겠어요."

만화의 투정에 만휘가 물었다.

"왜 싫어?"

만휘의 물음에 만호가 대답했다.

"마음에 드는 사람이 없는 거야. 다들 명문세가의 자제들이면 뭐 해? 생긴 것은 개방 거지들보다 못한데."

만호의 대답에 만화는 그 말이 맞다며 고개를 끄덕였다.

"개방 거지? 그게 무슨 말이야?"

세상의 문파나 세가에 대해 전혀 모르는 만휘가 물었다. 그에 만호와 만화는 순간적으로 어떻게 대답해야 할지 갑갑해했고, 그 물음에 대답은 만총이 했다.

"개방 거지라 함은 개방에 소속된 거지들을 일컫는 것이란다. 개방은 거지들이 모여 세운 방파지."

만총의 말에 만휘는 고개를 끄덕였다. 지금은 중요한 것이 그것이 아니기에 자세한 것은 나중에 따로 묻기로 하고 다시 만화에게 고개를 돌렸다.

"그들이 어떻게 생겼는지는 잘 모르겠지만 만화는 날 좋아하지?"

만화에게 만휘가 물었다. 그 물음에 만화는 고개를 숙이며 작게 고개를 끄덕였다.

"나같이 생긴 사람도 좋아하는데 그런 사람들을 못 좋아할 이유가 어디 있어?"

만휘의 말에 만호가 찻잔을 내려놓으며 말했다.

"형님 얼굴이 왜요? 형님 얼굴이면 다른 세가의 여식들이 모두 형님하고 혼인하려고 할 걸요?"

만호의 말에 만휘는 장난치지 말라는 듯이 손을 내저었다. 그런 만휘의 반응에 만화도 나서서 만휘에게 말했다.

"오라버니께서는 이곳에서만 사셔서 잘 모르시나 본데요, 오라버닌 상당히 잘생긴 얼굴이에요. 여자에게는 동경의 대상이고 남자들에게는 원망의 대상이 될 정도라니까요."

만화까지 나서서 그런 말을 하자 만휘는 그 말이 진실인지 장난인지 잘 분간이 가질 않았다. 만휘는 만총을 바라보았다.

"왜?"

만휘의 시선의 의미를 알면서도 만총은 시치미를 뚝 떼고 만휘에게 물었다. 만총이 모르겠다는 듯이 되묻자 만휘는 잠시 머뭇거리더니 더듬더듬 만총에게 물었다.

"정말로… 그러니까… 제가 정말로… 잘… 어, 그러니까……."

만휘는 자신의 입으로 자신이 잘생겼느냐고 물어보기가 쑥스러운지 말을 제대로 하지 못했다. 그런 만휘의 태도에 만총이 웃으면서 그런 만휘에게 답해주었다.

"이 아이들의 말이 맞단다. 너는 잘생겼어."

만총까지 자신이 잘생겼다고 하자 만휘는 쑥스러운 듯이 고개를 푹 숙였다. 그런 순수한 만휘의 모습에 만호와 만화, 만총은 미소를 지었다.

"오라버니, 그런데 오늘은 요리 안 해주실 건가요? 배고파요."

만화의 말에 만휘는 고개를 들고 자리에서 일어서면서 말했다.

"배고파? 알았어. 내가 만들어다 줄게. 마침 어제 덫에 걸린 토끼 두 마리가 있거든? 오늘은 간만에 토끼 요리를 해주마."

만휘가 부엌으로 가면서 말했다. 그런 만휘의 말에 만화는 상당히 기뻐했다.

"으이그, 그렇게 먹는데 살 안 찌는 걸 보면 신기하다니까."

만호가 한마디 쏘아붙였다. 그 말에 만화는 만호를 흘겨보며 말했다.

"이게 다 자기 관리야. 먹고 살 안 찌게 움직이면 되는 것 아닌가?"

만화의 말에 만호는 한숨을 쉬면서 고개를 저었다. 그런 아이들의 모습을 만총과 만휘는 미소를 지으며 바라보았다.

결국 만휘가 만들어온 토끼 요리의 반은 만화가 먹었고, 나머지 반은 만휘와 만총, 그리고 만호가 나누어 먹는 진풍경(?)이 벌어졌다.

산속에서만 생활하는 만휘의 생활은 단조로웠다. 아침에

일어나서 운동하고, 그 이후에 동굴로 들어가서 수련하고, 그 다음에는 내려와서 쉬다가 또 운동하고.

이런 반복되는 일상에 어린 만휘는 싫증도 나고 답답하기도 할 법한데 전혀 그런 모습이 없었다. 오히려 날이 가면 갈수록 만휘의 얼굴에 번지는 미소는 보는 이들을 흐뭇하게 하였다.

만휘는 오늘도 씩씩하게 동굴로 향하고 있었다. 이제는 그 연못의 엄청난 한기에도 어느 정도 적응이 되었고, 점점 더 늘어가는 선기의 효과 덕분인지 추위도 덜 느끼게 되었다.

그 증거로는 현재 만휘가 입고 있는 옷의 두께가 그리 두껍지 않다는 것이었다.

"이제 어느 정도 끝에 가까워오는 것 같구나."

개안공과 개이공을 수련하면서 조금씩 이 수련에 대해 알아가는 만휘는 자신의 개이공 수련이 어느 정도 마무리 단계에 들어가고 있다는 사실을 알 수 있었다.

그렇게 중얼거리며 도착한 연못을 바라보며 만휘는 잠시 생각에 잠겼다.

"이곳을 발견한 것도 벌써 이 년이 넘었네?"

이 차가운 연못을 발견하고 본격적인 개이공의 수련에 들어간 지 벌써 이 년 하고도 삼 개월이 지났다. 즉 만휘의 나이도 열아홉이 되었다는 소리이다.

"생각보다 빠른 것 같은데?"

처음 책을 펼치고 난 다음 이상한 목소리를 들었을 때까지만 해도 이 수련을 하는 데 엄청난 시간이 걸릴 것으로 생각했다. 그런데 개안공은 불과 이 년 팔 개월 만에 끝냈고, 개이공은 조금 덜 걸려 이 년 삼 개월이 지난 지금 그 끝을 향해 가고 있었다.

"앉아서 수련이나 하자. 어쩌면 오늘 안으로 끝낼 수 있을 것도 같으니."

그렇게 생각한 만휘는 천천히 늘 자신이 수련하던 자리로 가서 앉았다. 얼마나 많이 앉아 있었는지 그 주변의 얼음은 처음 만휘가 자리를 잡았을 때보다 많이 줄어 있었다.

가부좌를 틀고 앉은 만휘는 이제는 시원한 기분이 느껴지는 한기에 미소를 지으며 정수리에 손을 가져다 대었다.

"흐읍!"

깊게 숨을 들이마시는 만휘. 만휘가 호흡을 시작하자 만휘의 상단전에 쌓여 있는 선기가 움직이기 시작했다. 정수리에서 시작된 맑은 흐름이 점차 속도를 내면서 얼굴의 각 기관을 돌았다. 그리고는 얼굴뿐만이 아니라 그 밑의 신체 각 부위까지도 그 기운을 뻗치고 있었다.

이 차가운 한기에 처음에는 잘 움직이지 못하던 선기가 지금은 너무나도 활발한 움직임을 보이고 있었다.

그렇게 얼마의 시간이 지났을까. 가부좌를 틀고 앉아 있는 만휘의 몸 주변을 기점으로 하여 연못에서 뿜어져 나오는 한기가 원을 그리며 돌았다.

그 주변의 모든 한기가 만휘에게 끌려가는 것 같은 모습이었다. 그렇게 주변을 돌던 한기가 어느 순간 만휘의 정수리로 조금씩 흘러들어 갔다.

"윽!"

비록 한기에 많이 적응이 되었다고는 하지만 정수리를 통해 체내로 들어오는 엄청난 한기에 만휘는 수련을 하면서도 신음 소리를 내었다.

조금씩 만휘의 체내로 들어온 한기는 만휘의 몸을 돌고 있는 선기를 따라서 온몸 구석구석을 돌기 시작했다. 정신이 바짝 들 정도로 차가운 한기의 영향으로 만휘의 몸에 있는 감각과 신경이 깨어나기 시작했다.

그렇게 한기가 몸을 계속 돌다가 어느 순간 다시 선기를 따라 만휘의 얼굴로 올라오기 시작했다.

만휘의 몸 정 가운데를 타고 올라오던 한기는 목 부근을 지나 양 갈래로 갈라지더니 만휘의 양쪽 귀 부근으로 가서 자리를 잡기 시작했다.

"음."

눈을 감고 수련을 하는 만휘는 많은 양의 한기가 자신의 귀로 몰리자 그 차가움을 참지 못하고 신음을 내뱉었다.

결국 만휘의 체내로 들어온 모든 한기는 만휘의 귀 부근으로 가서 자리를 잡았고, 무아지경에 빠져 수련을 하던 만휘의 귀로 점차 어떤 소리가 들려왔다.

일상적으로 들리던 연못의 물결 소리였지만 분명 무언가 다른 느낌이 들었다. 물결치는 소리 이외에 다른 소리가 들리는 것 같았다.

만휘는 천천히 눈을 떴다. 만휘가 눈을 뜨고 점차 정신이 현실로 돌아오면서 그의 귀에는 무수히 많은 소리들이 들렸다.

"윽!"

평소에는 들리지 않던 소리가 한꺼번에 들려옴에 따라 만휘는 귀를 막고 고개를 숙였다. 큰 소리들이 한꺼번에 들려오니 귀가 많이 아팠던 까닭이다.

"이것 참, 좋아할 일만은 아닌 것 같은데?"

잠시 후 만휘가 귀에서 손을 떼며 중얼거렸다. 조금 진정은 되었지만 아직도 적응하기 힘든 많은 소리들이 만휘의 귀를 강타하고 있었다.

만휘는 자리에서 일어섰다. 그리고는 자신의 귀를 다시 한번 만져 보았다. 전에 비해 훨씬 더 차가워진 귀. 하지만 그다지 귀가 시리다거나 하지는 않았다.

그 다음 만휘는 연못으로 가서 자신의 모습을 비춰 보았다. 빨갛게 변해 있을 줄 알았던 자신의 귀. 하지만 빨갛게 변하지도 않고 그냥 보통 때의 색깔을 하고 있었다.

"신기한데? 아무렇지도 않다니……."

만휘는 다시 한 번 자신의 귀를 만지며 중얼거렸다. 게다가 개이공을 익혀서 그런지 지금 이곳의 기온이 동굴 밖과 별다른 차이를 보이는 것 같지 않았다. 연못의 한기를 자신의 것으로 만든 결과였다.

"자, 이제 나가자."

만휘가 동굴을 나가면서 중얼거렸다. 그리고는 발걸음도 씩씩하게 동굴 밖으로 나갔다.

동굴 밖으로 나온 만휘는 천천히 자신의 집으로 발길을 옮겼다.

우르르릉!

그런 만휘의 등 뒤로 엄청난 소리가 들려왔다. 마치 천둥이 치는 것 같은 엄청난 굉음이었다. 게다가 개이공으로 청력이 엄청나게 좋아진 만휘에게는 고막이 찢어질 것같이 어마어마한 소리였다.

놀란 만휘는 귀를 막은 채 뒤를 돌아보았다. 그 굉음은 동굴에서 나는 소리였다.

"어?"

만휘는 땅까지 흔들리며 굉음이 들리자 놀란 눈으로 동굴을 바라보았다. 동굴의 주변은 만휘가 서 있는 곳보다 훨씬 더 많이 흔들리고 있었다.

그러다가 잠시 후, 동굴로부터 엄청난 양의 먼지가 나오는 게 보였다. 그와 동시에 굉음도 흔들림도 멈추었다.

놀란 마음에 만휘는 먼지가 가라앉기를 기다렸다. 하지만 워낙에 많은 양의 먼지가 나온 탓에 쉽게 가라앉지를 않았다.

얼마의 시간이 지나고 먼지가 조금 가라앉자 만휘는 얼른 그 동굴로 달려갔다. 동굴로 달려가 그 안을 들여다본 만휘는 놀랐다.

"이게 뭐야?"

동굴은 막혀 있었다. 동굴 입구까지 막히지는 않았지만 얼마 들어가지 않은 곳까지 모두 막혀 있었다.

더 이상 동굴 안에, 정확히 말하면 그 연못에 들어가지 못하게 되었다는 것은 자신이 개이공을 완벽하게 익혔다는 사실과 같았기에 만휘는 기쁨을 감추지 못했다.

그러면서 그동안 이 동굴과 많은 인연을 쌓고 살아왔기에 진한 아쉬움도 몰려왔다.

"안녕."

만휘가 동굴 입구를 통해 안쪽을 들여다보며 중얼거렸다. 그렇게 한참 그곳을 들여다보던 만휘는 다시 자신의 집으로 발길을 돌렸다.

제5장

새기로

세가로

"이제 일 년 남았다."

만진이 곰방대를 물고 앞에 앉아 있는 만총에게 말했다. 그에 만총도 고개를 끄덕였다.

"예, 알고 있습니다. 만휘 그 아이도 세가로 내려올 생각이라고 했으니 아마도 조만간 내려오지 않을까 싶습니다."

만총의 말에 만진이 약간 몸을 일으키며 그에게 물었다.

"그래, 거부 반응을 보이지는 않고?"

만진의 물음에 만총은 고개를 저었다.

"아니요. 그런 반응을 보이지는 않았습니다. 마음은 이미 내려오기로 정한 것 같습니다, 언제가 될지는 모르겠지만."

만총의 말에 노인은 약간 실망한 표정을 지었다. 하지만 순식간에 사라졌기에 만총은 눈치 채지 못했다.

"어차피 네가 맡아서 데리고 오기로 한 것이니 굳이 내가 신경을 쓰지는 않으마."

만진의 말에 만총은 고개를 끄덕였다.

"그러면 저는 만휘가 있는 곳에 다녀와야겠습니다. 이제 기한도 일 년밖에 남지 않았으니 가서 확답을 받아야지요."

만총은 자리에서 일어서면서 말했다. 그리고는 만진의 방을 나와 밖에서 기다리고 있는 만호와 만화를 데리고 만휘의 집으로 향했다.

만총이 나간 방문을 바라보는 만진의 눈빛이 약간 흔들리고 있었다.

만휘가 개이공을 익힌 지 나흘이 지났다. 그동안 만휘는 정상적인 생활을 하기가 힘들었다.

동굴 안보다 동굴 밖이 훨씬 더 소란스러웠기 때문에 그만큼 만휘의 귀에는 많은 소리들이 들려왔다.

바람에 흔들리는 풀이나 나무 소리, 산짐승들의 울음소리, 만휘 자신이 움직이면서 만들어내는 작은 소음까지도 모두 크게 들렸다.

그렇게 나흘이 지나고 나서야 만휘는 조금씩 적응이 되었다.

"우와! 살 것 같다!"

만휘가 집 밖으로 나와 기지개를 켜면서 말했다. 그간 최대한 소리를 적게 듣기 위해서 집 안에만 틀어박혀 있었기 때문이다.

"…올까요?"

몸을 푸는 만휘의 귀에 누군가의 목소리가 들렸다. 그 소리에 만휘는 목소리가 들린 쪽으로 고개를 돌려 그곳을 바라보았다.

하지만 엄청나게 좋아진 만휘의 시력에도 아무도 잡히지 않았다, 물론 나무로 주변이 많이 가려져 있었기 때문이기도 했지만.

만휘는 이상하다는 듯이 고개를 한번 갸웃거리더니 이내 다시 몸을 풀기 시작했다. 오랜 시간 동안 제대로 움직이지를 않았더니 작은 움직임에도 몸이 쑤셔왔다.

"…글쎄… 마음이니까……"

몸을 푸는 만휘의 귀로 다시 목소리가 들려왔다. 아까는 여자의 목소리였고, 지금은 남자의 목소리였다.

"응?"

만휘는 다시 눈을 부릅뜨고 목소리가 들린 쪽을 바라보았지만 아무것도 볼 수 없었다.

목소리는 그 이후로도 계속해서 들려왔다. 그리고 점점 가까워오고 있었다. 그러나 만휘는 그 목소리에 신경 쓰지 않고 계속해서 운동을 했다.

목소리가 가까워오고 있다는 것은 자신이 있는 곳으로 누군가 오고 있다는 것이었고, 자신이 있는 이곳으로 올 사람은 뻔했기 때문이다.

그렇게 약간의 시간이 지나고, 운동을 하는 만휘의 시야에 저 멀리서 자신이 있는 곳으로 걸어오는 세 사람의 모습이 보였다. 만휘의 예상대로 만총과 만호, 만화였다.

그에 만휘는 하던 운동을 멈추고 천으로 자신의 이마에 난 땀을 닦아내고는 그들을 기다렸다.

잠시 후, 그들이 가까이 오자 만휘가 웃으면서 그들을 맞았다.

"무슨 이야기들을 그렇게 즐겁게 해요? 그리고 누가 와요? 그리고 누구 마음이라는 거예요?"

만휘가 물었다. 그에 세 사람은 약간 놀란 표정으로 만휘를 바라보았다. 만약 자신들이 한 말을 듣고 한 이야기라면 그야말로 하늘이 놀랄 만한 일이었다.

자신들은 이곳으로부터 사십여 장이 넘는 거리에서 이야기를 했기에 아무리 고수라 하여도 듣기가 쉽지 않았다.

"어떻게 들었느냐?"

만총이 물었다. 그 물음에 만휘는 아무렇지도 않은 듯이 만총에게 대답했다.

"그냥 여기서 몸을 좀 푸는데 들리던데요? 처음에는 누가 하는 말인가 했어요."

만휘의 말에 만호와 만화는 입을 다물지 못했다. 만휘가 그 정도의 실력을 가지고 있을 것이라는 생각되지 않았던 까닭이다.

하지만 만총은 웃는 표정으로 만휘에게 물었다.

"새로운 단계도 완전히 익힌 모양이구나. 축하한다."

만총의 축하에 만휘는 쑥스러워하면서 말했다.

"축하는 무슨요. 아직 적응하려면 조금 더 있어야 돼요. 아직까지도 귀가 많이 울려요."

만휘가 약간 인상을 찌푸리면서 말했다. 둘의 대화에 만호와 만화는 무슨 말인지 몰라 어리둥절한 표정으로 만총과 만휘를 번갈아가면서 쳐다보았다.

"자세한 것은 들어가서 말해주마. 일단 들어가자꾸나."

만총이 자신을 바라보는 아이들의 시선을 느끼고는 웃으면서 말했다. 그런 만총의 말에 아이들은 서둘러 집으로 들어갔다.

집으로 들어간 만총은 아이들에게 만휘의 수련에 대해서 말해주었다. 만총의 말에 아이들의 표정은 점점 더 경악에 가까워지고 있었다.

그러면서 만화와 만호는 신기한 눈으로 만휘를 바라보았다. 그런 아이들의 시선에 만휘는 자신의 시선을 어디에다 두어야 할지 몰라 난감해했다.

"그만 하세요."

만총이 과장을 섞어가며 아이들에게 이야기를 하자 만휘가 그런 만총을 말렸다. 자신을 바라보는 만화와 만호의 눈빛이 더욱더 초롱초롱(?)해졌기 때문이다.

"그럴까?"

만총도 아이들의 시선을 느끼고는 헛기침을 하며 말을 끊었다. 하지만 아이들은 여전히 만휘를 신기하다는 눈빛으로 바라보고 있었다.

"그나저나 이제 다른 이야기를 좀 하자꾸나."

만총이 오늘 이곳에 온 목적을 달성하기 위해 말을 돌렸다. 만총의 말에 만휘도 고개를 끄덕이며 만총을 바라보았다.

"보아하니 이제 두 번째 단계도 달성한 것 같고, 다음 단계의 수련을 끝마치려면 상당히 오래 걸릴 것 같으니 이제 세가로 내려가는 것이 어떻겠느냐?"

만총의 말에 만호와 만화 역시 고개를 끄덕이며 만휘를 바라보았다. 만호와 만화 역시 만휘가 자신들과 세가에서 함께 지냈으면 하는 바람이 컸기 때문이다.

"예, 그렇게 하지요."

만휘의 말에 만총과 만호, 만화는 순간적으로 말을 잇지 못했다. 거절할 것으로 생각되었던 만휘의 반응과는 전혀 달랐기 때문이다.

"그 말은 언제나 했던 것 아니더냐. 그러니까 오늘은 정확한 날을 잡자는 것이란다."

만총이 만휘가 항상 내려가겠다고 한 만큼 다시금 만휘에게 부연 설명을 하였다. 만총의 말을 다 들은 만휘는 고개를 끄덕이며 입을 열었다.

"예, 날 잡자고요. 언제 갈까요? 지금 당장이라도 갈까요?"

만휘의 말에 만호와 만화는 웃는 것 같으면서도 아닌 것 같은 이상한 표정을 짓고 있었고, 만총은 허탈하게 웃으며 말했다.

"허허, 난 네가 조금은 더 있다가 내려가겠다고 할 줄 알았는데 전혀 다른 반응이 나오니까 조금은 허탈하구나."

만총의 말에 만휘도 웃으면서 말했다.

"어차피 두 번째 단계까지도 모두 끝마쳤으니까요. 세 번째 단계부터는 크게 장소에 구애받지 않으니 상관없어요."

만휘의 말에 만총이 고개를 끄덕이며 말했다.

"그래, 어차피 세가 바로 뒤에도 산이 하나 있단다. 그러니 정 안 되겠다 싶으면 그곳에 올라가서 수련해도 되고."

만총의 말에 만휘는 고개를 끄덕였다.

"와! 그럼 이제 형님과 같이 세가에서 사는 거죠?"

만호가 두 팔을 번쩍 들며 좋아했다. 그동안 만휘가 이렇게 떨어져 사는 것이 못내 아쉬웠던 듯싶었다.

만화도 만호만큼 크게 환호하지는 않았지만 좋아하는 기색이 역력했다. 그런 아이들을 보면서 만총과 만휘는 흐뭇한 표정을 지었다.

"그래, 그럼 오늘은 안 되겠고, 내가 일단 세가에 내려가서 할아버지께 말씀을 드리마. 며칠 내로 다시 오마. 알겠지?"

만총이 만휘에게 말했다. 그 말에 만휘는 고개를 끄덕였다.

"벌써 갈 거예요?"

만호가 자리에서 일어서는 만총에게 물었다. 만호의 물음에 만총은 만호의 머리를 쓰다듬으며 말했다.

"어차피 며칠 있으면 매일 보게 될 것인데 뭘 그리 아쉬워하느냐. 그러니 오늘은 이만 내려가자꾸나."

만총의 말에 만호는 입을 삐쭉 내밀며 자리에서 일어섰다. 감정 표현을 크게 하지 않는 만화도 아쉬움이 얼굴에 드러나고 있었다.

"그래, 오늘은 이만 내려가고 며칠 있다가 또 보자."

만휘가 그런 동생들을 달래며 말했다. 만호는 그렇다 치고, 만휘와 만화는 나이 차가 한 살 터울인데도 이럴 때 보면 만휘가 훨씬 더 큰오빠같이 보였다.

만휘의 말에 만호와 만화는 자리에서 일어나 만총을 따라 산을 내려갔다.

그들이 내려가고 만휘는 지금까지 자신이 살아온 집을 바라보며 중얼거렸다.

"이제 이 집과도 안녕이구나."

중얼거리는 만휘의 얼굴에는 진한 아쉬움이 묻어나고 있었다.

만총이 다시 온 것은 정확히 보름 뒤였다. 만총만 온 것이 아니라 만휘의 짐을 가지고 갈 하인들도 함께 왔다.

하지만 정작 만휘는 짐도 별로 없을뿐더러 하인을 시켜서 자신의 짐을 들게 하는 것 또한 익숙지 않았기 때문에 상당히 난감해했다.

만휘는 계속해서 자신이 짐을 들겠다고 했고, 하인들은 하인들 나름대로 자신들이 들겠다며 계속 실랑이를 벌였다. 결국 이를 보다 못한 만총이 나서서 만휘를 만류했다.

"그냥 이들이 들게 해라. 그래야 이들도 편하고 너도 편한 것이야."

만총의 말에 만휘는 고개를 저었다. 그 고집이야 예전부터 알고 있던 것이라 만총은 다시 설득에 들어갔다.

"물론 지금 당장은 네가 불편하겠지만 저들도 그런 일들을 해야 먹고 살 수 있단다. 크게 따져 보자면 네가 저들의 밥벌이를 빼앗아가는 것과 다름없단다."

만총의 말에 만휘는 아무런 말도 하지 않았다. 하지만 여전히 그들이 짐을 들고 가는 것이 불편한 모양이었다.

"예, 알겠어요."

결국 만휘는 만총의 설득에 넘어갔다. 그리고는 자신의 두 손에 꽉 움켜쥐고 있던 짐을 만총과 함께 온 하인에게 건넸다. 하인이 만휘의 짐을 받아 들자 만총이 앞장서서 산을 내려가기 시작했다.

"어서 가자꾸나. 세가의 많은 사람들이 너를 기다리고 있단다. 할아버지께서도 많이 기다리고 계시고."

만총의 말에 만휘는 떨리는 가슴을 진정시키고 조용히 만총의 뒤를 따랐다.

산을 내려온 만휘는 산 아래의 모습에 입을 다물지 못했다. 사람들이 모여 사는 마을이 처음인 만휘에게는 작은 마을이지만 엄청나게 크고 멋있게 보였다.

사람들이 사는 집이 모여 있고, 그런 사람들을 상대로 장사를 하는 사람들도 있고, 또 그런 곳을 지나가는 사람들도 있고. 이렇게 사람이 많은 곳은 처음이었다.

"정말 대단하네요!"

만휘가 마을을 지나면서 말했다. 만휘가 마을을 보고 놀라는 모습에 만총은 웃으면서 만휘에게 말했다.

"하하하! 이렇게 작은 마을을 보고 놀라면 어떻게 하느냐? 나중에 세가가 있는 곳에 가면 아예 까무러치겠구나. 하하하!"

"예? 작은 마을이요?"

자신의 눈에는 크게만 보여졌던 이 마을이 작은 마을이라는 사실에 놀란 만휘는 눈을 휘둥그렇게 뜨고 마을을 둘러보았다.

만총은 마을 한쪽에 있는 객점으로 향했다. 그리고는 그 객점 앞에 서 있는 소년에게 무슨 말인가를 했다.

만총의 말을 들은 소년은 고개를 끄덕이며 만총과 그 일행을 한 곳으로 안내했다.

"자, 여기에 타거라."

소년이 그들을 데리고 간 곳에는 마차가 준비되어 있었다. 만휘가 사는 산속까지는 마차가 들어갈 수 없기에 이 객점에 맡겨놓은 것 같았다.

"이것이 뭐죠?"

만휘가 물었다. 그 물음에 만총은 마차의 문을 열며 만휘에게 말했다.

"마차라고 한단다. 이것을 타고 세가까지 갈 것이야. 걷는 것보다 더 빠르고 편하단다."

만총의 말에 처음 보는 것에 대해 약간의 두려움을 느낀 만휘는 약간 주춤주춤하다가 마차에 올랐다. 만휘가 마차에 오르자 만총도 그 뒤를 따라 마차에 올라탔다.

"우와! 이런 것도 다 있군요!"

마차에 탄 만휘가 폭신폭신한 의자에 앉으며 말했다. 확실히 이렇게 편한 의자에 앉아 먼 길을 가면 상당히 편안하고 좋을 것 같았다.

"그렇지. 그러고 보니 앞으로 많은 것들을 배워야겠구나."

만총이 만휘를 바라보며 말했다. 만휘는 창으로 마차 밖을 바라보며 고개를 끄덕였다.

"예, 모르는 것이 너무 많아요. 빨리 배우고 싶어요."

만총은 만휘의 말에 안도감을 느꼈다. 혹여 만휘가 잘 모르는 세상에 나와 두려움을 느끼고 제대로 적응하지 못하면 어쩌나 걱정을 많이 했기 때문이다.

"그래, 앞으로 차차 배워 나가면 된단다. 그러니 너무 걱정하지 말거라. 이제 출발하지."

말을 마친 만총이 마차 앞쪽에 앉아 있는 마부에게 말했다.

"이랴!"

"어, 어?"

만총의 말에 마부는 줄을 잡고 마차를 몰기 시작했다. 마차가 움직이기 시작하자 안에서 마음 놓고 앉아 있던 만휘는 깜짝 놀랐다.

아무런 대비도 못하고 있었는데 마차가 갑자기 앞으로 움직였기 때문이다. 몸이 뒤로 쏠린 만휘는 약간 무서웠는지 의자 옆에 붙은 손잡이를 꼭 잡으며 세가로 향했다.

세가까지의 거리는 생각보다 멀었다. 마차를 타고 하루를 꼬박 달려 다음날 오전에 도착했으니 말이다.

"자, 다 왔다. 저기가 우리 세가란다."

만총이 창밖으로 보이는 엄청난 크기의 세가를 가리키며

말하자 창밖으로 세가를 본 만휘는 깜짝 놀랐다.

"저게 세가예요? 집이라고요? 저건 황제가 사는 궁궐 아닌가요?"

만휘는 아버지로부터 이 나라의 황제가 사는 곳은 어마어마하게 크다는 이야기를 들었기에 자신의 세가가 황제가 사는 궁궐일 것이라고 생각한 것이다.

"하하하! 이 정도가 황제의 궁궐이면 지금 황제가 사는 궁궐은 옥황상제가 사는 곳이겠구나. 저곳이 우리 감숙만가란다."

만총의 말에 만휘는 웅장한 세가의 저택에서 눈을 뗄 수가 없었다. 저렇게 큰 곳이 앞으로 자신이 살 집이라는 사실에 더욱 놀랐다.

잠시 후, 마차는 세가의 정문 앞에 섰다. 엄청나게 크고 높은 정문의 위쪽에는 '감숙제일가(甘肅第一家)'라고 쓰인 큰 현판이 걸려 있었다.

"자, 들어가자."

만총과 만휘가 마차에서 내리자 만총의 얼굴을 알아본 세가의 무사들이 문을 열어주었다.

문이 열리자 정문 근처에 있던 사람들의 시선이 모두 정문이 있는 곳으로 향했다. 만총을 보려는 것이 아니라 오늘의 주인공인 만휘를 보기 위함이었다.

"정말 난감하네요. 왜 이렇게 저만 쳐다보죠, 다들?"

만휘가 자신에게 집중되는 시선들을 느끼며 만총에게 조용히 물었다.

"오늘의 주인공은 너이지 않느냐? 그러니 너를 볼 수밖에."

만총의 말에 만휘는 어찌할 바를 몰랐다. 이렇게 많은 사람들이 자신을 주목하는 상황은 태어나서 처음이기에 만휘는 그저 어색한 미소를 지을 수밖에 없었다.

"자, 그럼 먼저 할아버지를 뵈러 가자꾸나. 그래도 이 세가의 제일 어르신이시니까 가서 뵈어야겠지?"

만총의 말에 만휘는 고개를 끄덕였다. 만휘로서는 할아버지를 만나러 가든 다른 사람을 만나러 가든 이 자리를 한시라도 빨리 벗어나고픈 심정이었다.

만휘가 고개를 끄덕이자 만총은 만휘의 어깨를 잡고는 만진이 기거하는 전각으로 발걸음을 재촉하였다.

만총과 만휘가 지나간 후에도 하인들과 무사들은 수군거림을 멈추지 않았다.

"아버님, 데려왔습니다."

만총은 만진의 방 앞에서 안으로 기별을 넣었다.

"들어오너라."

안에서 만진의 목소리가 들려왔다. 만진의 목소리를 처음 들은 만휘는 내심 긴장하고 있었다.

드르륵.

방문이 열리자 긴장되는 마음으로 고개를 숙이고 있던 만휘는 고개를 들었다. 그리고는 할아버지를 보고 허리를 굽혀 인사를 했다.

"안녕하세요? 만휘입니다."

인사를 한 만휘는 상당히 당황스러웠다. 인사를 하면 반갑게 맞아줄 것이라고 생각했던 만진이 그저 누워서 곰방대만 빨고 있을 뿐, 별다른 호응이 없었기 때문이다.

그런 만진의 대응을 어느 정도 예상하고 있던 만총은 작게 한숨을 쉬며 당황한 표정으로 서 있는 만휘를 자리에 앉혔다. 만휘는 쭈뼛거리며 자리에 앉았다.

그 다음 순간부터는 정적이었다. 만총도 만진도 말이 없었다. 그 둘이 말이 없으니 만휘도 아무런 말을 할 수가 없었다.

만휘는 무서웠다, 자신의 앞에 비스듬하게 누워서 담배를 피우고 있는 할아버지가. 게다가 자신을 빤히 바라보고 있는 그 눈빛이 더욱더 소름끼치게 느껴졌다.

"제 아비를 많이 닮았군."

긴 정적을 깨고 만진이 한마디 했다. 아버지를 닮았다는 말. 손자를 처음 만난 할아버지의 첫 마디였다.

그래도 만휘는 기분이 좋았다. 자신과 아버지가 닮았다는 소리를 들었기 때문이다.

"내가 말할 것은 한 가지뿐이다. 일단 내 식구가 된 이상 우리 세가의 명성에 먹칠을 하는 행동이나 언사는 용서치 않는다."

만진이 만휘를 바라보며 말했다. 만진의 차가운 시선에 만휘는 약간 얼어서 고개를 끄덕였다.

"그럼 나가보아라. 아마도 식사 준비가 되어 있을 것이야."

만진이 말했다.

자리에서 일어서는 만휘는 다리에 힘이 풀린 듯 일어나는 것이 힘들었다. 그런 만휘를 부축하여 일으켜 세운 만총은 만휘를 데리고 밖으로 나갔다.

밖으로 나가는 만휘의 뒷모습을 보며 만진은 미소를 지었다.

만진의 전각을 나온 만휘는 온몸에 퍼져 있던 긴장감이 일순간에 사라지는 것 같은 느낌을 받았다. 그리고 피로가 한꺼번에 몰려오는 듯했다.

"걸을 수 있겠느냐?"

만총이 걱정스런 표정으로 만휘에게 물었다. 만총의 걱정스런 물음에 만휘는 고개를 끄덕이며 괜찮다는 표시를 했다.

이미 만휘의 상단전에 쌓인 선기가 흐르면서 긴장을 완화시켜 주고 피로를 가라앉혀 주고 있었기 때문이다.

"그래? 그럼 뒤뜰로 가자꾸나. 이 전각만 돌면 바로 나온

단다."

만총의 말에 조금 괜찮아진 만휘는 고개를 끄덕이며 그를
따라 뒤뜰로 갔다.

만총의 말대로 만진의 전각을 돌아가 보니 뒤뜰이라고 하
기에는 너무나도 큰 공터가 나왔다. 그곳에는 무슨 큰 잔치라
도 있는 양 많은 음식들이 차려져 있었고, 하인들도 분주하게
움직이고 있었다.

"오늘이 누구 생일이에요?"

만휘가 동그랗게 뜬 눈으로 만총에게 물었다. 태어나서 이
렇게 많은 음식이 차려진 것은 처음 보았기 때문이다.

"글쎄다. 하하!"

만총이 무엇이 그리 좋은지 웃으면서 만휘에게 말했다. 그
런 만총의 태도에 만휘는 여전히 어리둥절한 표정을 지을 수
밖에 없었다.

"오라버니!"

옆쪽에서 만화의 목소리가 들렸다. 이곳에 와서 자신만 다
른 세계에서 온 사람 같은 기분이었는데, 낯익은 만화의 목소
리가 들리자 만휘는 기뻐하며 그리로 고개를 돌렸다.

"아!"

만화를 본 만휘는 손을 흔들며 반가워했다. 만휘가 자신에
게 손을 흔들자 만화도 환하게 웃는 얼굴로 만휘를 반겼다.

"정말 반가워요. 이렇게 세가에서 만나니까 더 반가운 것

같아요."

만화는 정말로 기쁜지 평소보다 더 많은 말을 하고 있었다. 만휘도 그런 만화의 모습은 처음 보기에 약간은 얼떨떨하면서도 기쁜 표정을 지었다.

"그런데 오늘 누구 생일이니? 네 생일이야?"

만휘가 물었다. 그 물음에 만화는 웃으면서 만휘에게 말했다.

"아니요. 저는 추운 겨울에 태어난 걸요? 제 생일이 되려면 아직 멀었어요."

확실히 지금은 해가 조금만 떠도 더운 늦은 봄이었다, 추위하고는 거리가 먼.

생일이 아니라는 만화의 말에 만휘는 고개를 갸웃거리며 하인들이 분주하게 움직이는 곳을 바라보았다.

"오늘 새로운 식구가 한 명 생기거든요."

만화가 웃으면서 만휘에게 말했다. 물론 새로운 식구라 함은 만휘를 말하는 것이겠지만 그는 그것을 눈치 채지 못했다.

"그런데 이렇게나 많은 음식들을 차린단 말이야? 이 음식, 다 만들려면 정말 힘들겠다."

만휘의 물음에 만화가 대답했다.

"그럼요. 우리 세가의 식구만도 몇 명인데요. 당연히 이 정도는 차려야죠. 게다가 식구가 많은 만큼 요리사도 많으니 걱정 말아요. 자, 그럼 저리로 가죠."

만화가 만휘를 안내하여 중앙 쪽에 있는 식탁으로 갔다. 중앙에 있는 식탁이라 모든 이의 시선이 닿기 쉬운 곳이기에 만휘는 상당히 부담스러워했다.

"화야, 우리 다른 식탁에 가서 앉으면 안 될까? 사람들 눈에 띄는 것이 별로 안 좋은데……."

만휘의 말에 만화는 고개를 저으며 말했다. 그녀의 표정에는 단호함이 떠올라 있었다.

"아니요. 오라버니도 이제는 우리 식구니까 이곳에 앉아야 해요. 우리 감숙만가의 가족들은 모두 이곳 중앙에 앉는다고요. 항상."

만화의 말에 만휘는 어쩔 수 없이 한 자리에 앉았다. 뜰의 중앙에 자리 잡은 식탁에서도 가운데에 위치한 자리. 만휘는 더욱더 큰 부담감이 밀려왔다.

그런 만휘를 보며 만총과 만화는 재미있다는 듯이 웃기만 할 뿐이었다.

얼마가 지났을까. 만호가 다가왔다. 그러더니 만휘의 옆에 앉아서 만휘에게 말을 걸었다.

"형, 어때, 오늘의 주인공이 된 소감이?"

만호는 만화가 만휘에게 그 사실을 숨겼다는 것을 모르고 한 말이었다.

만호의 말에 놀란 만화는 급히 만호에게 전음을 보냈다.

"야! 오라버니는 아직 몰라, 자신이 주인공인지. 그러니까 조용히 해."

만화의 전음에 모든 것을 안 만호는 혹여 만휘가 모든 것을 눈치 채지는 않았을까 걱정되었다.

하지만 다행스럽게도 만휘는 아직 모르는 듯 어리둥절한 표정만 짓고 있었다.

"아니야. 내가 말을 잘못했어. 신경 쓰지 마."

만호의 말에 만휘는 고개를 끄덕였다. 하지만 만휘가 어리둥절한 표정을 지은 것은 그것 때문이 아니었다.

"그런데 누나한테 그런 면도 있었네? 장난도 다 치고."

"시끄러워. 그러니까 조용히 해."

만화와 만호의 전음. 분명 만휘에게는 들리지 않아야 하는 내용이었다. 하지만 만휘는 무엇이 그리도 이상한지 고개를 갸웃거리고 있었다.

"호야, 한 가지만 물을게. 도대체 만화가 무슨 장난을 친다는 거야?"

아직 사건의 전말을 눈치 채지 못한 만휘가 물었다. 만휘는 순진한 표정을 하고 있었지만 곁에 있던 만호와 만화의 표정이 순간 경악으로 바뀌었다.

"뭐야? 왜 그래?"

만호와 만화의 표정이 심상치가 않자 만휘는 불길한 마음에 그들에게 물었다. 하지만 만호와 만화의 표정은 쉽게 바뀌지 않았다.

"어떻게 알았어요?"

만화가 만휘에게 물었다. 분명 만호와 전음으로 나눈 말이었다. 만휘에게는 들렸을 리 없는데 만휘는 마치 함께 들은 것마냥 자신들에게 물어온 것이었다.

"응? 너희들이 얘기했잖아?"

"저희는 전음으로 이야기한 것이란 말이에요. 그런데 오라버니가 어떻게……."

만화와 마찬가지로 만호 또한 놀란 표정을 지었다. 둘의 놀라는 표정에 만휘는 다시 그냥 평범한 표정으로 입을 열었다.

"전음? 그게 뭔데? 나는 그냥 너희들 대화가 들리던데?"

만휘의 말에 만호와 만화는 쉽게 말을 잇지 못했다. 세상에 전음을 엿들을 수 있는 사람이라니……. 만휘 앞에서는 어떤 전음도 나누지 못할 것 같았다.

"전음은요, 다른 사람 모르게 서로 대화를 주고받는 거예요. 자세한 것은 나중에 설명해 드릴게요."

만화의 말에 만휘는 어떻게 된 일인지는 잘 모르겠지만 고개를 끄덕였다.

"아마도 형이 이번에 완성한 두 번째 단계 덕분이 아닌가 생각되네요. 정말 대단해요."

만호의 눈빛은 어느새 대단하다는 눈빛으로 바뀌었다. 하긴 정말 대단했다, 전음도 들을 수 있는 청력이라는 것은.

그런 만호의 표정에 만휘는 쑥스러운 듯이 고개를 숙였다.

"가주님께서 나오십니다!"

그 순간, 한 하인이 크게 외쳤다. 그 하인의 말에 그 주변에 있던 모든 사람들이 한쪽을 바라보고 섰다.

만휘의 옆에 앉아 있던 만호와 만화도 일어서서 한쪽을 바라보기에 만휘도 자리에서 일어나 그쪽을 바라보았다.

모든 이의 시선이 향한 곳에서 만진이 걸어나오고 그 뒤로는 만총이 따라나오고 있었다.

"그런데 장난이 뭐야?"

만진이 가까이 다가오기 전에 만휘가 만화에게 귓속말로 물었다. 만휘의 물음에 만화는 웃으면서 만휘에게 전음으로 말했다.

"이제 곧 알게 될 거예요."

전음을 처음 받아본 만휘는 신기해했다. 그리고 이제 곧 알게 될 것이라는 만화의 전음에 만휘는 잔뜩 기대를 하고 있었다.

천천히 걸어온 만진이 만휘의 옆자리에 섰다. 그리고 만휘의 옆에 서 있던 만호는 만화의 옆에 가서 섰다.

만휘는 첫인상부터 무서웠던 할아버지가 자신의 옆에 서자 다시금 온몸의 신경이 긴장되기 시작했다.

그런 만휘의 신체 변화 때문인지 선기가 천천히 온몸을 돌기 시작했다.

"오늘은 새로운 식구를 맞는 날입니다."

만진이 낮게 말했다. 하지만 그 말은 넓은 뜰 전체에 울려 퍼졌다.

"바로 만창의 하나뿐인 아들, 만휘입니다."

만진이 만휘의 어깨에 손을 얹으며 말했다. 만진의 손이 자신의 어깨에 올라오자 만휘는 더욱더 꼿꼿하게 얼어붙었다.

만진이 만휘를 소개하자 뜰에 모인 사람들이 웅성거리기 시작했다. 만휘를 본 사람도 있었고 보지 못한 사람도 있었기에 만휘의 외모를 보고 그의 아버지인 만창과 비교해 보는 듯했다.

"앞으로 우리 감숙만가를 이어나갈 아이입니다. 그러니 다들 신경 써서 대해주시기 바랍니다."

"예!"

만진의 말에 뜰에 모인 모든 사람들이 허리를 굽히며 크게 대답했다. 얼추 백 명이 넘어 보이는 사람이 일제히 허리를 굽히며 대답을 하는 모습은 가히 장관이라 할 수 있었다.

"기쁜 날이니만큼 모두 즐기시길 바랍니다."

그 말을 끝으로 만진은 그 자리를 벗어나 자신의 전각으로 향했다. 만진이 자신의 전각으로 향하자 만총은 만진에게 할 말이 있는지 얼른 그를 따라갔다.

만진이 그 자리를 벗어나자 만휘는 한숨을 쉬며 의자에 털썩 주저앉았다. 그런 만휘의 곁에서 만화와 만호가 그를 보살피고 있었다.

그렇게 만휘가 세가에 온 첫날이 지나가고 있었다.

"정말 그럴 생각이십니까?"

만진을 따라 들어온 만총이 자리에 앉는 만진에게 물었다. 만총의 물음에 만진은 대답은 하지 않고 천천히 평소대로 자리에 누우며 곰방대를 집어 들었다.

그런 만진의 모습을 만총은 아무런 말도 하지 않고 뚫어져라 바라보았다.

"무슨 말을 듣고 싶은 게냐?"

만진은 만총의 말에 대답은 하지 않고 역으로 물었다. 그에 만총은 다시금 만진에게 물었다.

"그 말이 사실이냐고 물었습니다. 정말로 휘를 우리 감숙 만가를 이끌 아이로 생각하고 계신 것입니까?"

만총의 물음에 곰방대에 불을 붙인 만진이 입으로 뿌연 연기를 내뿜으며 입을 열었다.

"내가 어떻게 생각하고 있든 그 아이는 죽은 창의 아들이 아니더냐? 당연한 이야기이다."

만진의 말이 진심이 아닐 것이라 짐작은 했지만, 그래도 혹시나 하는 마음이 있었던 것이다.

"그럴 것이라고 짐작은 하고 있었습니다. 괜히 만휘만 불쌍해지는군요."

만총의 말에 만진이 만총을 바라보며 입을 열었다.

"짐작하고 있었다면서 왜 입 아프게 물어보느냐? 게다가 불쌍할 것도 없다. 오히려 우리 감숙제일가의 보호 아래에 있게 되었으니 행운이지."

만진의 말에 만총은 주저하지 않고 자리에서 일어났다.

'전 이 세가로 내려온 것이 오히려 불행이라고 생각합니다.'

만총은 생각했다. 세가에 대한 싫증. 만총 스스로가 할 수 있는 최소한의 저항이었다.

"이만 나가보겠습니다."

방을 나서는 만총적을 보며 만진은 작게 중얼거렸다.

"아직도 사람의 의중을 제대로 파악하지 못하는 너의 모습을 보니 한숨이 절로 나오는구나. 그래서 너는 죽은 네 형을 따라가지 못하는 것이야."

만진의 중얼거림은 만진 홀로 누워 있는 방 안을 맴돌 뿐이었다.

만휘가 세가로 온 다음날 만휘는 만화, 만호와 함께 세가 이곳저곳을 둘러보고 있었다. 아직 적응을 못한 만휘를 위해서 만화와 만호가 나선 것이었다.

"자, 여기가 중앙 연무장이에요. 우리 만가의 용맹스런 무사들이 수련하는 곳이죠."

만화와 만호가 만휘를 데리고 연무장으로 향했다. 지금은 무사들이 수련을 하고 있지 않지만 엄청나게 크고 넓은 것이 보는 것만으로도 상당한 기운을 느낄 수 있었다.

"정말 대단하구나. 이곳을 보는 것만으로도 온몸에 소름이 돋는 것 같아."

만휘의 말에 만화가 웃으면서 만휘를 바라보았다.

"그럼요. 이곳은 우리 감숙만가가 자랑하는 곳 중 하나랍니다. 오시는 손님들 모두가 이곳을 보고 감탄을 금치 못하세요."

만화의 말에 만휘는 고개를 끄덕이며 만호와 만화가 안내하는 다른 곳으로 따라갔다.

그런데 만화와 만호, 만휘가 지나가면서 만난 하녀들마다 고개를 제대로 들지 못했다. 하인들이 주인을 보면 고개를 제대로 들지 못하는 것은 당연지사였으나 지금은 무언가 달랐다.

하녀들이 어려워하며 고개를 못 든다기보다는 오히려 쑥스러워하는 듯했다.

하녀들이 지나가고 나자 만휘가 만호에게 물었다.

"저분들, 왜 저러시지?"

만휘의 물음에 만호가 웃으면서 대답했다.

"형, 하인들에게 저분들이 뭐예요? 그리고 저런 반응이 나오는 것은 전부 다 형 때문이라고요."

자신 때문이라는 만호의 말에 만휘는 어리둥절한 표정으

로 만호를 바라보았다.

"그래도 어떻게 나보다 나이 많은 사람들에게 반말을 하니? 게다가 나 때문이라니? 무슨 말이야? 내가 뭘 어쨌다고? 가서 사과해야 하나?"

자신을 보고 얼굴이 발개진 것을 보고 만휘는 가서 사과를 해야겠다고까지 말하고 있었다. 그런 만휘를 보며 만호와 만화는 웃음을 터뜨렸다.

"하하하! 오라버니, 사과는 무슨 사과예요? 저들이 고개를 제대로 못 든 건 쑥스러워서 그런 거예요."

만화의 말에 만휘가 더욱더 모르겠다는 표정을 지으며 그들을 바라보았다.

"오라버니를 보고 어떻게 저 하녀들이 쑥스러워하지 않겠어요? 얼굴 잘생겼지, 근육도 탄탄하지, 뭐 하나 빠지는 것이 있어야죠. 여기에서 키만 조금 더 크면 딱인데. 전에도 말씀드렸잖아요. 잘생겼다고요."

만화의 말에 만휘가 물었다.

"너는 나보고 쑥스러워하지 않잖아?"

만휘의 말에 만화가 답답하다는 듯이 말했다.

"그거야 저는 오라버니하고 많이 친해졌으니까 그렇죠."

만화의 말에 만휘는 다시금 물었다.

"그런데 왜 쑥스러워해?"

만휘의 이 말에 만화와 만호는 속이 뒤집어지는 것 같은 답

답함을 느꼈다. 그에 계속해서 묻는 만휘를 끌고 다음 장소로
이동했다.

"그래, 어찌 되었느냐?"

만총이 자신의 방으로 들어온 두 명의 사내에게 물었다. 그
에 그 두 명의 사내는 천천히 고개를 저었다.

"아니, 왜? 그들에게도 그리 나쁜 조건이 아니었을 텐데."

만총의 말에 한 사내가 대답했다.

"그렇지요. 하지만 아쉬운 쪽은 우리이고 칼자루를 쥐고
있는 쪽은 그들이니 조금 더 그 위치를 이용하겠다는 것이겠
지요."

그에 옆에 있던 사내도 고개를 끄덕이며 말을 거들었다.

"예, 정말 기분 나쁜 녀석들이었습니다. 다른 이의 이득은
절대 못 보고 자신들의 이득만 생각하는 놈들입니다."

그 말에 만총은 침울한 표정으로 입을 열었다.

"분하기는 하지만 그것은 지극히 당연한 처사다. 우리가
그 입장이었으면 안 그랬을 것 같더냐? 아버지라면 더하면 더
했지 덜하지 않으실 분이다."

만총의 말에 한 명이 입을 열었다.

"그래도 일단 삼 년의 시간은 벌었습니다. 그사이에 우리
도 최대한의 대비를 해야 하지 않겠습니까?"

"그래야지. 그러니 만각 너는 무사들의 단련에 박차를 가

하도록 하여라. 그리고 만정 너는 주변 세가와 문파 간의 긴밀한 관계를 유지하는 데에 주력해 주길 바란다."

"예, 형님."

만각과 만정이 자리에서 일어섰다. 만총은 신뢰가 가득한 표정으로 그들을 바라보며 고개를 끄덕였다.

"참, 큰형님의 아들이 어제 왔다고 들었습니다. 어떤 아이입니까?"

만정이 밖으로 나가려다가 만총에게 물었다. 만정의 물음에 만각도 밖으로 나가다가 말고 만총을 바라보았다.

"순수한 아이다, 성정도 밝고. 하지만 그 아이가 앞으로 어떻게 될지는 나도 모르겠다. 아버지의 의중을 헤아리기가 힘드니 말이다."

만총의 말에 만정과 만각도 고개를 끄덕였다. 자신들의 아버지를 너무나도 잘 아는 까닭이었다.

"한번 만나봐야겠군요. 어디 있지요?"

만각이 물었다. 그에 만총이 고개를 저으며 말했다.

"모르겠구나. 아마도 아이들이 세가 구경을 시켜주고 있을게야. 아직 세상을 잘 모르고 배워야 할 것이 많은 아이이니 신경 써주길 바란다."

만총의 부탁에 만각, 만정은 웃으면서 고개를 끄덕였다. 그리고는 자신의 일도 하고 만휘도 만나볼 겸 하여 밖으로 나갔다.

"마지막으로 오라버니도 잘 아시는 할아버지께서 기거하시는 전각이에요. 우리 세가에서 가장 큰 건물이죠."

만화가 마지막으로 알려준 곳은 만휘가 처음 들어갔던, 만진이 기거하는 전각이었다.

"여기는 별로 기억하고 싶지 않다."

만휘가 인상을 찌푸리며 말했다. 그에 만호가 그런 만휘를 보며 물었다.

"왜요?"

만호의 물음에 만휘가 인상을 찌푸린 채로 입을 열었다.

"어제 처음 이곳으로 와서 제일 먼저 온 곳이 이 전각이었어. 할아버지를 뵙기 위함이었지. 목소리만 듣고 정말 다정하실 줄 알았던 할아버지께서 실제로는 엄청 무섭더라고."

만휘의 말에 만화와 만호는 웃으면서 만휘에게 말했다.

"아마도 처음이라 그러시는 걸 거예요. 저희에게는 얼마나 잘 대해주시는데요."

만화의 말에 만호도 고개를 끄덕였다. 그런 만화와 만호의 반응에 만휘는 믿을 수 없다는 표정을 지었다.

"여기 있었구나. 네가 만휘니?"

만휘가 이해할 수 없다는 표정으로 만화와 만호를 바라보았을 때, 한쪽에서 목소리가 들렸다. 그 목소리에 모두들 그쪽으로 고개를 돌렸다.

"어? 숙부님들!"

만휘와 만화, 만호에게 다가온 사람은 만각과 만정이었다. 그들을 본 만호는 정말 반가워하며 그들에게 달려갔다.

"어이쿠! 우리 호, 못 본 사이에 많이 컸구나!"

만각이 머리를 헝클어뜨리며 말하자 만호는 입이 벌어지며 큰 미소를 지었다.

"가셨던 일은 잘되셨어요?"

만화는 만호처럼 달려오지 않고 물었다. 만화의 물음에 만정이 살짝 인상을 찌푸리며 말했다.

"완전히 우리가 좋은 대로는 안 되었지. 그래도 나쁘지는 않아."

하지만 말하는 만정의 표정은 상당히 심각했다. 그 표정을 본 만화가 만정에게 한마디 툭 던졌다.

"잘 안 되셨군요? 숙부님은 다 티가 나요."

만화의 말에 만정은 적지 않게 당황했다. 그것을 증명하듯 얼굴이 갑자기 빨개졌고, 땀도 약간 흘리는 것 같았다.

"안녕하세요? 제가 만휘입니다."

낯선 사람들의 등장에 약간 얼어 있던 만휘가 기회를 보고 인사를 하자 만각과 만정은 웃으면서 만휘를 바라보았다.

"그래, 우리도 반갑구나. 나는 네 아버지의 둘째 동생인 만각이고, 여기는 막내 동생인 만정이란다."

만각의 말에 만정도 고개를 끄덕이며 만휘를 반갑게 맞았다.

"그래, 정말로 큰형님을 많이 닮았구나. 인품도 큰형님처럼 곧은 사람이 되길 바란다."

만정의 말에 만휘는 눈물이 나올 것 같았다. 태어난 지 이십여 년 만에 처음 보는 사람들. 그 사람들이 자신을 거리낌 없이 너무나도 반갑게 맞아주고 있었기 때문이다.

게다가 자신의 아버지도 이곳 사람들에게 많은 사랑을 받고 있었던 것 같기에 더욱 눈물이 나려 하였다.

"예, 정말 고맙습니다."

만휘가 울음을 애써 참으며 말했다. 그런 만휘를 보며 만정과 만각은 미소를 지었다.

제6장

검법과 개심공

검법과 개심공

만휘가 이곳 감숙만가에 들어온 지도 벌써 보름의 시간이
흘렀다. 보름이 지난 지금 세가의 생활에 많이 익숙해져 있는
상황이지만 아직도 배울 것이 무수히 많았다.

그래도 혼자 생활하던 만휘가 이 정도로 잘 지낼 수 있게
된 것은 여러 친지들의 도움이 컸다. 그중에서도 만화와 만호
는 하루 중에 잠자는 시간을 제외한 대부분의 시간을 만휘와
붙어 다녔다.

그리고 만각과 만정 또한 만휘를 어여삐 여기고 친절하게
대해주었다.

그런 그들을 보며 처음 가져보는 가족들의 품에서 만휘는

행복한 나날들을 보내고 있었다.

그렇게 보름이 지난 오늘, 하루도 만화와 만호, 그리고 동생들과 숙부님들과 함께 즐거운 시간을 보낸 만휘는 침상에 누웠다.

자려고 하였으나 오늘은 왠지 쉽게 잠이 오지 않았다. 그래서 만휘는 눈을 멀뚱멀뚱하게 뜨고 생각에 잠겼다.

'정말 행복하다.'

만휘가 처음으로 드는 생각이었다. 하지만 행복. 그것만큼 사람을 현실에 안주하게 만드는 것도 없었다.

만휘는 지금까지의 일들을 천천히 떠올려 보았다. 어렸을 적 산속에서 아버지와 함께 생활하던 일부터 아버지가 돌아가시고 숙부님과 동생들을 만난 일, 그리고 수련을 하기 시작했던 일들을 떠올렸다.

'그러고 보니 수련 안 한 지도 꽤 오래되었구나.'

만휘는 자신이 수련을 하지 않은 날의 수를 꼽아보기 시작했다. 양손의 손가락으로도 모자라는 많은 날들이 지났다.

'내가 이러면 안 되는데…….'

갑자기 만휘는 아버지의 얼굴을 떠올렸다. 수련의 첫 시작은 아버지를 만나기 위함이었다. 그리고 다음은 세상에 나가도 두렵지 않을 정도의 강함을 얻는 것이었고.

하지만 아직 그 목표들을 달성하지 못한 상황에서 만휘는 현재의 행복감에 젖어 그것들을 망각한 채 살고 있었다.

'이러면 안 되겠다. 내일부터라도 다시 수련을 시작해야지.'

자신의 현재 모습을 돌이켜 본 만휘는 일종의 위기의식 같은 것을 느꼈다. 그리고 그것을 깨닫고 다시금 정상적인 생활로 돌아가겠다고 다짐했다.

다음날 아침, 아니, 새벽. 만휘는 일찍부터 눈을 떴다. 전날 일찌감치 잠에 들었기 때문에 일찍 일어나는 데에는 문제가 없었다.

일찍 눈을 든 만휘는 자리에서 일어나 밖으로 나왔다. 아직도 해가 뜨지 않은 것이 상당히 이른 시각인 듯했다.

엄청나게 넓은 세가였지만 만휘는 망설임없이 한곳으로 향하고 있었다. 보름 동안 만화와 만호가 데리고 다닌 것도 있었지만 한번 가보면 다 기억하는 만휘의 머리가 있었기에 가능한 일이었다.

게다가 상단전에 선기가 쌓이고, 개안공과 개이공까지 완성하면서 그 영향으로 두뇌의 기능 또한 전보다 더 좋아졌다. 한마디로 잘 달리는 마차에 말 한 마리가 더 붙은 격이라 할 수 있었다.

망설임없이 만휘가 향한 곳은 세가의 뒤쪽이었다. 세가의 뒤쪽은 태산처럼 크지는 않았지만 쉽게 오르기 힘든 약간은 가파른 산과 맞닿아 있었다.

담은 있었지만 산 자체가 담벼락의 구실을 해주기에 그리 높지 않았다. 게다가 그 뒤쪽을 지키는 사람도 없어 산으로 들어가기는 수월했다.

만가의 주축이 기거하는 전각은 거의 대부분이 중앙에 있었고, 산과 맞닿아 있는 부분은 뒤쪽이었기에 가는 데에 상당한 시간이 걸렸다.

하지만 만휘는 천천히 걸었다, 마치 세상 다 산 노인이 걸어가듯. 결국 해가 일찍 뜨는 여름의 특성상 해가 떠오르기 시작할 때에야 만휘는 산속으로 들어갈 수 있었다.

"이야~! 마치 집에 돌아온 것 같다!"

산속 깊이까지 들어온 만휘는 마치 자신이 살던 그 산으로 돌아온 것 같은 기분이었다. 편안하고 아늑한 느낌. 그 느낌에 만휘는 입가에 미소를 지었다.

"그럼 수련하기 좋은 곳을 한번 찾아볼까?"

잠시 좋은 기분을 만끽하던 만휘는 본격적으로 수련을 할 곳을 찾기 시작했다. 크게 움직일 것도 아니고 그냥 차분하게 앉아서 숨 쉬기만 할 것이기에 넓은 곳도 필요없고, 그저 앉기 편한 장소면 그만이었다.

"오호~! 저기!"

만휘가 아주 좋은 자리 하나를 찾아내었다. 약간 높은 바위로 해가 중천에 뜨면 햇볕도 꽤 들 만한 그런 자리였다.

"그럼 일단 저리로 가자. 너무 오래 있으면 다들 걱정하실 테니 조금만 하다 가야지."

만휘는 혼자 중얼거리며 바위 위로 올라갔다. 그리고는 가부좌를 틀고 명치 부근에 두 손을 모았다. 그리고는 지금까지 수련하면서 했던 호흡이 아닌 새로운 호흡을 하기 시작했다.

"흡흡흡."

짧고 얕은 호흡을 만휘는 계속해서 반복했다. 깊이 들이마시는 숨이 아니기에 금방 숨이 차 올랐다. 그 여파로 인하여 만휘의 얼굴은 붉게 변했고, 이마에는 땀방울이 송골송골 맺히기 시작했다.

"푸하~!"

결국 그리 오래 가지 않아 만휘는 거친 숨을 내뱉었다. 확실히 처음부터 짧은 호흡으로 숨을 참기는 무리였다.

"한 번 더!"

잠시 숨을 고른 만휘는 다시금 자세를 잡고 호흡을 하기 시작했다. 이번에도 역시 점점 숨이 차 오르고 얼굴이 붉게 달아올랐다.

결국 다시 얼마 지나지 않아 만휘는 거친 숨을 몰아쉬었다. 그때마다 상단전에 있는 선기가 움직여 그런 만휘를 어루만져 주었다.

'아니야. 호흡을 시작하면서부터 선기가 움직여야 해. 중단전으로 내려올 때까지 부지런히 수련해야겠어.'

그렇게 생각한 만휘는 그 자리에 앉아 세 번의 호흡을 더
한 다음 자리에서 일어섰다.

　"뭐라고? 어디 간 거야? 아무리 세가가 넓다고 해도 이렇게
까지 안 보일 리가 있나?"
　만휘가 산속에서 한창 수련에 몰두하고 있을 무렵, 세가에
서는 완전히 난리가 나 있었다.
　그것도 그럴 것이, 온 지 보름밖에 지나지 않은 만휘가 사
라지고 없었기 때문이다. 하인들 사이에서는 벌써 만휘가 이
곳의 생활을 견디지 못하고 세가를 떠난 것이라는 소문까지
돌고 있었다.
　만휘가 산으로 수련을 하러 떠났다는 사실을 모르는 만화
와 만호, 그리고 만총 등은 온갖 상상을 다 하면서 근심에 빠
져 있었다.
　"도대체 어디 간 거지? 정말로 어디론가 떠나 버린 걸까?"
　만호가 중얼거렸다. 그의 말에 만화가 만호를 흘겨보면서
쌀쌀맞게 말했다.
　"어제까지만 해도 행복한 표정으로 웃고 계셨던 오라버니
야. 그런데 이렇게 하루 만에 아무런 말 없이 떠났을 리 없
어!"
　만화의 말에 만호는 목을 집어넣으며 만화의 눈치를 보았
다. 만휘와 만나고 나서 성격도 많이 활발하게 바뀐 만화였다.

"그래도 일단 모르니 다시 한 번 세가 안을 찾아보자꾸나. 만화 말처럼 내 생각에도 어디론가 떠난 것 같지는 않구나. 분명 세가 안 어딘가에 있을 게야."

만총이 만호와 만화에게 말했다. 그에 만호와 만화는 고개를 끄덕이며 다시금 세가 안 구석구석을 찾아다니기 시작했다.

"어?"

수련을 마치고 산을 내려오던 만휘는 멀리 세가의 담장 안쪽에서 무언가 다급한 표정을 짓고 있는 만화를 볼 수 있었다. 그에 만휘는 그리로 달려가려다가 자신의 귀로 들려오는 목소리에 달려가려던 것을 멈추었다.

"도대체 어디로 간 거야? 정말로 세가를 떠났나?"

만화의 목소리는 정말로 다급했다. 심지어 울 것 같은 목소리였다.

"왜 저러지? 누가 없어졌나?"

만화가 저런 반응을 보이는 것이 자신 때문이라는 것을 알지 못한 만휘는 천천히 세가 쪽으로 향했다.

"오라버니!"

만휘가 세가 쪽으로 가까이 다가가자 만화가 만휘를 발견하고는 크게 불렀다. 만화의 모습에 만휘는 웃으면서, 그것도 손까지 흔들며 만화를 반가워했다.

"아, 잘 잤어? 그런데 누가 없어진 거야? 만호가 없어졌어?"

만휘의 천연덕스런 물음에 만화는 잠시 할 말을 잃었다. 하지만 금세 만휘의 그런 태도에 화가 나기 시작했다. 결국 그 화를 참지 못한 만화가 만휘에게 소리를 빽 질렀다.

"오라버니! 지금 그걸 말이라고 해요?! 지금 세가가 왜 이렇게 뒤집어졌는데요! 다 오라버니 때문이라고요!"

만화의 호통에 만휘는 깜짝 놀라 아무런 말도 하지 못하고 만화를 바라볼 뿐이었다. 만휘 자신은 이런 만화의 반응을 전혀 예상하지 못했기에 그 당황스러움은 보통 때의 백만 배에 달했다.

"왜 그러는데? 알기 쉽게 설명해 봐."

잠시 당황스러움에 말을 하지 못하던 만휘는 쿵쾅거리는 심장을 진정시키며 만화에게 물었다. 그 물음에 만화는 아직도 화가 풀리지 않은 표정으로 말했다.

"도대체 지금 이 시간까지 어디에 가 있던 거예요? 왜 거기서 나타나요?"

만휘의 뒤쪽에 있는 산을 바라보며 만화가 물었다. 그에 만휘는 아무렇지도 않은 표정으로 만화에게 말했다.

"나? 왜 저기서 나오기는, 수련하고 왔지."

이번에도 너무나 아무렇지도 않은 표정으로 말하는 만휘의 모습에 만화는 아무런 말도 하지 못했다. 이렇게 많은 가족들이 모여 사는 것은 이번이 처음인 만휘는 그 속에서 지켜야 할 기본적인 것들을 아직 잘 모르기에 한 행동이었다.

"일단 같이 가요. 같이 가서 이야기하자고요."

만휘의 그런 모습에 만화는 자신 혼자서는 더 이상 어떻게 할 수 없음을 느꼈다. 결국 작게 한숨을 쉰 만화는 만휘와 함께 만호와 만총, 그리고 만각과 만정이 있을 중앙 연무장으로 향했다.

그런 만화의 뒤를 만휘는 아무런 말 없이, 하지만 어째서 만화가 자신에게 그런 반응을 보이는지 모르겠다는 표정을 지으며 따라갔다.

만화를 따라간 중앙 연무장에는 만호와 만총, 그리고 만각과 만정을 비롯한 몇몇 사람들이 모여 있었다. 그 모습에 만휘는 반가운 마음도 있었지만 도대체 왜 저렇게 다들 모여 있을까 하는 생각이 들었다.

"어!"

만호가 만휘를 발견하고는 외마디 외쳤다. 그 외침에 만총은 물론 만각과 만정까지 만호가 손가락으로 가리키고 있는 방향으로 시선을 돌렸다.

만휘는 사람들의 시선이 모두 자신에게로 꽂히자 시선을 어디에다 두어야 할지 난감함을 느꼈다.

그들에게 가까이 다가간 만휘는 무슨 말인가를 꺼내려 했다. 하지만 만휘의 의도보다 만총이 훨씬 더 빨리 움직였다.

"도대체 어찌 된 일이냐?!"

만총이 크게 호통쳤다. 지금까지 한 번도 보지 못했던 만총의 호통에 만휘는 놀라서 아무런 말도 하지 못했다.

"대체 아무런 말도 없이 어디를 갔다 왔단 말이냐! 그렇게 아무런 말도 하지 않고 사라져 버리면 걱정할 사람들이 있다는 것은 생각하지 않느냐?!"

만총의 말에 만휘는 아무런 말도 할 수 없었다. 이렇게 많은 사람들과 지내는 것이 처음인 만휘. 혼자 생활할 때는 자신이 가고 싶은 곳으로 가도, 자신이 하고 싶은 것을 해도 아무런 제약이 없었다.

그런 생활에 젖어 있었기에 만휘는 자신의 행동이 그렇게 큰 잘못인 줄은 생각도 못하고 있었다. 그제야 만휘는 세가라는 큰 울타리가 눈에 들어오기 시작했다.

"죄송합니다. 이렇게 큰 잘못일 줄은 몰랐습니다."

만휘가 고개를 숙이며 화를 내고 있는 만총에게 말했다. 만휘의 말을 들은 만각이 만총에게 말했다.

"형님, 만휘도 이번 일로 느낀 점이 있을 테니 이제 그만 하시지요. 이렇게 가족들과 생활하는 것이 처음이지 않습니까. 아직 배워야 할 것이 많아요."

만각의 말에 만총은 물끄러미 만휘를 바라보았다. 죄송스럽다는 표정, 얼굴까지도 상기되어 있었다.

"어디를 다녀왔느냐?"

만총이 약간 화가 누그러진 목소리로 만휘에게 물었다. 그 물음에 만휘는 기어들어 가는 목소리로 만총에게 대답했다.

"산에 다녀왔어요."

산에 다녀왔다는 만휘의 말에 만총은 짐작 가는 바가 있었다. 그래서 만휘를 바라보며 말했다.

"내가 뭐라 했더냐. 수련을 하고 싶으면 산에 가서 해도 된다고 하지 않았느냐. 그런데도 이렇게 몰래 갈 필요가 있었느냐?"

만총의 물음에 만휘는 고개를 저으며 말했다.

"숨기고 간 것이 아니에요. 눈을 떴는데 아직 해도 안 떴고, 산 쪽으로 갔는데 아무도 없고 해서 그냥 다녀온 거예요."

만휘의 말에 만총은 만정을 바라보았다. 산과 맞닿아 있는 담 쪽이라면 분명 만정의 수하들이 지키고 있어야 하는 곳이다.

"이놈들, 근무 태만이라 이거지? 이것들을 그냥!"

만정이 화가 난 듯이 말을 하고는 곧바로 뒤쪽 담장을 향해 걸어갔다.

"그래, 알겠다. 아침도 안 먹고 수련하고 왔으니 배가 고프겠구나. 화와 호와 함께 방에 가 있거라. 내가 하인들에게 시켜 음식을 보내마."

만총의 말에 만휘는 작게 고개를 끄덕였다. 무거운 분위기가 조금 사라지고 만총의 호통이 끝나자, 만화와 만호는 만휘를 데리고 얼른 그의 방으로 데려갔다.

풀이 죽어 만화와 만호를 따라가는 만휘를 보며 만총은 안타까움과 함께 미안한 마음이 들었다.

그 후로 며칠 동안 만휘는 세가에서 생활하면서 굉장히 조심스러운 모습을 보였다. 그날의 사건 이후 마냥 즐겁고 편하게만 생각했던 세가에서의 생활 하나하나가 자신을 옥죄어오는 올가미처럼 느껴졌다.

그런 부담감과 그런 불편한 마음이 생길 때마다 만휘는 산에 올랐다. 처음 산에 오른 날에는 담을 지키는 사람이 없었으나 그날 이후부터는 꼬박꼬박 사람들이 지키고 있었다.

만휘가 산에 오르려고 그곳에 가면 그들은 꼬박꼬박 예를 다해 인사를 했다. 하지만 형식상의 예일 뿐 만휘를 보는 그들의 시선은 그다지 곱지 못했다.

산과 맞닿아 있는 뒤의 담장 쪽은 그들에게 있어서 천국이었다. 쉬러 가는 것이고, 가끔 보초를 서지 않아도 되는 그런 곳이었다.

하지만 만휘가 온 다음부터는 아니었다. 아니, 정확하게 말하면 만휘가 산에 다녀온 그날 이후부터였다. 사람이 없었다는 만휘의 한마디 말 때문에 그들은 죄를 물어야 했으며, 매일같이 이곳에서 보초를 서지 않으면 안 되었다.

그렇기에 만휘를 보는 그들의 시선이 고울 리 없었다.

답답함을 느낀 만휘는 오늘도 산으로 향했다. 뒤쪽 담장에 서 있는 보초들이 형식적으로 인사를 했다. 그리고 만휘도 가볍게 인사를 하고는 산 깊숙이 들어갔다.

벌써 일주일째 이곳 산에 올라와 수련을 하는 곳. 그 높은 바위 앞에 만휘는 섰다. 그리고는 산으로 올라오면서도 했던 것이지만 몇 번 크게 심호흡을 했다.

고향에 온 것 같은 느낌. 그런 아늑한 느낌에 만휘는 절로 미소가 번졌다. 그리고 산속의 공기는 전부 다 맑고 좋았지만 특히 이곳의 공기는 더욱더 맑고 기분 좋은 느낌을 주는 것 같았다.

"자, 그럼 본격적인 수련에 들어가 볼까?"

몇 번의 심호흡으로 기분이 좋아진 만휘는 바위로 올라가 가부좌를 틀고 명치 부근에 두 손을 모았다. 그리고는 지금까지와 마찬가지로 짧고 얕은 호흡을 하기 시작했다.

얕은 호흡을 하면 아직도 숨이 많이 차 올랐지만 개심공 수련을 처음 시작했을 때보다는 조금 더 오랜 시간 지속할 수 있었다. 그 때문에 한 번 호흡을 하는 데 걸리는 시간 또한 조금씩 늘어나고 있었다.

"흡흡흡!"

만휘는 오늘도 얼굴이 벌게지며 수련을 했다. 그 때문인지 선기의 움직임도 전과는 다르게 긍정적인(?) 반응을 보였다.

상단전 쪽에만 주로 머물러 있던 선기가 조금씩 목을 거쳐 가슴 부근으로 이동하고 있었다. 하지만 그 양이 미미하고 속도도 느렸기에 아직은 불완전했다.

'조금 더!'

만휘는 조금씩 숨이 가빠옴에도 불구하고 선기의 움직임에 호흡을 멈추지 않았다. 하지만 결국 만휘는 차 오르는 숨을 참지 못하고 거친 숨을 몰아쉬기 시작했다.

"아, 아깝다!"

정말 아까웠다. 서서히 중단전으로의 움직임을 보이던 찰나에 호흡을 지속시키지 못한 것이 너무나도 아까웠다.

만휘는 잠시 숨을 고른 다음 다시 호흡을 하기 시작했다, 방금 전에 보았던 선기의 움직임에 희망을 걸면서.

하지만 선기도 만휘의 의도를 눈치 채고 장난을 하는지 별다른 움직임을 보이지 않았다. 의도하지 않았을 때에는 움직임을 보이던 선기가 의도적으로 수련을 하니까 반응을 보이지 않았다.

"왜 이러는 걸까?"

만휘는 안타까움을 금치 못했다. 이제는 반응을 보이지 않는 선기가 야속하기도 했다. 그리고 아까 선기가 반응을 보였을 때 숨을 조금 더 참지 못했던 자신의 모습에 실망도 했다.

"역시 오늘은 안 될까?"

몇 번 더 호흡을 하고 자세를 바로 한 만휘는 더 이상 선기가 움직임을 보이지 않자 수련하는 것을 멈추었다.

아까의 반응이 아깝기는 하였지만 조급하게 생각하고 수련을 한다고 해서 순식간에 될 일도 아니었다.

"아쉽지만 오늘은 내려가야겠다. 만호하고 만화는 뭐 하고 있으려나."

산 밑으로 내려가면서 만휘는 만화와 만호를 생각했다. 요 며칠 동안 수시로 산을 오르락내리락하면서 함께 있었던 시간이 별로 없었기 때문이다.

내려가면서 오늘은 더 이상 산에 오르지 않고 그 아이들과 함께 지내야겠다고 다짐하는 만휘였다.

"만휘에게 검을 가르칠까 합니다."

만총이 만진에게 말했다. 그 말에 만진은 의외로 표정의 변화를 일으키며 만총에게 물었다.

"순서가 바뀐 것이 아니냐?"

만진이 물었다. 그 의미를 모를 리 없는 만총이기에 만진에게 대답했다.

"만휘도 나름대로 하고 있는 수련이 있습니다. 그 출처는 잘 모르겠지만요. 아마도 형님이 알려주고 떠나신 것이 아닌가 생각됩니다."

만창이 알려준 것이 아니라는 것을 알고 있지만 만총은 약간 거짓을 섞어서 말했다. 혹여 만진이 알면 만휘를 추궁할 것 같았기 때문이다.

"그래? 그럼 마음대로 하려무나. 지켜보지. 그 아이가 어떨지 말이야. 재미있겠구나."

만진의 허락에 만총은 자리에서 일어섰다. 만총이 나가고, 만진의 눈에는 흥미로운 빛이 번뜩거리고 있었다.

"과연… 제 아비처럼 뛰어난 실력을 발휘할 수 있을까?"

만진이 중얼거리고는 여느 때처럼 곰방대를 집어 들고 불을 붙여 입으로 가져갔다.

만휘는 자신의 방으로 가기 전에 중앙 연무장에 들렀다. 아니, 들렀다기보다는 자신의 방으로 가려면 그곳을 지나가야 했기에 그냥 지나갔다고 보는 것이 옳았다.

중앙 연무장에서는 무사들이 한창 수련을 하고 있었다. 이백여 명이 넘는 무사들이 정열해서 일사불란하게 검을 휘두르는 모습은 가히 장관이라 할 수 있었다.

"우와~! 멋있다!"

무사들이 기합을 내지르며 검을 휘두르는 모습에 만휘는 입을 벌리고 그 모습을 바라보았다. 검법 수련은 지금 처음 보는 것이기에 만휘가 느끼는 감정은 남들의 몇 배에 달했다.

"어떠냐? 멋있지?"

어느새 다가온 만총이 만휘에게 물었다. 그 물음에 만휘는 입은 벌리고 있는 채로 고개를 끄덕였다. 만휘의 시선은 계속 무사들의 움직임에 고정되어 있었다.

"한번 배워보겠느냐?"

만총이 물었다. 만총의 말에 만휘의 고개는 엄청난 속도로 만총에게로 돌아갔다.

"정말요? 저도 배울 수 있어요?"

만휘가 물었다. 만휘가 묻자 만총은 웃으면서 고개를 끄덕였다.

"그럼. 너는 일단 네가 수련하고 있는 것이 있으니 따로 심법 같은 것은 배우지 않아도 될 것이고, 근육도 많이 발달했으니 검을 드는 데에도 큰 문제가 없을 것이다. 사실 검법을 배우는 데 큰 제약은 없단다. 호와 화도 배우고 있단다."

만총의 말에 만휘가 눈을 동그랗게 뜨고 만총에게 물었다.

"만호하고 만화도 배운다고요? 정말요?"

만휘가 묻자 만총은 고개를 끄덕이며 입을 열었다.

"그럼. 그 아이들은 너를 처음 만나기 전부터 검법을 배웠단다. 실력이 꽤 수준급이지."

만총의 말에 만휘는 만호와 만화를 떠올렸다. 평소에는 장난기 많은 동생으로만 보였는데 그 아이들이 연무장의 무사들처럼 검을 들고 검법을 펼치는 상상을 하니 새삼 달라 보였다.

"저도 배울래요. 재미있을 것 같아요."

만휘의 그 말에 만총이 진지한 표정으로 바라보며 말했다.

"휘야, 검을 배우는 데 있어서 재미로 배울 생각은 하지 말 거라. 검은 나 자신을 지키는 도구이면서 다른 이를 죽일 수 도 있는 도구란다. 소중하게 다뤄야 하고 조심스럽게 다뤄야 한단다. 게다가 검법을 익혔다고 해서 다른 사람들에게 핍박 을 주어서도 안 되고, 그것을 겉으로 드러내며 생활해서도 안 된단다. 지킬 수 있겠느냐?"

이미 만휘에게 검법을 가르치기로 마음먹은 만총이었지만 검을 다룰 때의 마음가짐을 먼저 알려주고 그것을 지켜야만 검법을 가르쳐 주겠다고 엄포를 놓은 것이었다.

만총의 표정이 진지하자 만휘도 마냥 들뜬 마음으로 만총 을 대할 수가 없었다. 물론 만총이 진지하게 대답하라고 한 것은 아니었지만 그런 만총의 얼굴을 보고 있노라면 진지하 지 않으면 큰일날 것 같은 기분이 들었다.

"예, 반드시 지킬게요."

만휘의 대답에 만총은 그제야 미소를 지으며 만휘에게 말 했다.

"그래, 그 말을 꼭 명심하고 반드시 지키길 바란다. 그럼 본격적인 검법 수련은 내일부터 하자꾸나. 오늘은 여기서 저 들이 수련하는 모습을 지켜보거라. 아마 도움이 될 것이야."

만총의 말에 만휘는 고개를 끄덕이며 연무장 한쪽에 가서 자리를 잡고 앉았다. 이왕 볼 것이면 편하게 앉아서 보자는 심산이었다.

그런 만휘를 보며 미소를 지은 만총은 내일부터 만휘에게 가르칠 검법을 생각하기 위해 자신의 방으로 돌아갔다.

만총이 돌아가고, 만휘는 한참 동안 그 자리에 앉아서 무사들이 하는 수련을 지켜보고 있었다. 신기하게 바라보던 만휘의 표정은 점점 시간이 흐를수록 요상하게 변하고 있었다.

이미 개안공을 통해 세상 만물의 기의 흐름을 볼 수 있게 된 만휘였기에 무사들이 검법을 펼치는 동안에도 그 검법과 기운의 흐름을 볼 수 있었다, 물론 만휘는 그것이 기의 흐름이라는 것을 모르고 있지만.

하지만 그런 만휘의 눈에도 이상한 것이 느껴졌다. 일정하게 움직이던 기의 흐름이 어느 순간에서 역류하는 것 같았기 때문이다.

하지만 만휘는 이상하다고만 느낄 뿐 자세히는 알지 못하기에 아무런 말도 할 수 없었다. 자신의 옆에 아무도 없기 때문이기도 했지만 수련을 하는 무사들이 아무 일도 없다는 듯 수련에만 열중하고 있었기 때문이다.

'아무렇지도 않은가? 나만 이상한 건가? 에이, 내가 이상한 수련을 한 것 아니야?'

만휘는 무사들이 아무런 이상함도 느끼지 못하는 것 같자 자신이 익힌 개안공을 의심하기에 이르렀다.

"뭐, 내일 여쭤보지. 숙부님께서는 잘 알고 계실 거야."

중얼거리며 자리에서 일어난 만휘는 다시금 만호와 만화

를 찾아 발걸음을 옮겼다.

"호하고 화를 만나면 검법 하는 것 좀 보여달라고 해야겠다. 기대되는걸?"

만휘는 만호와 만화가 펼치는 검법을 기대하며 그들을 찾아 떠났다.

하지만 이번에는 만휘가 만화와 만호를 보기가 힘들었다. 만화와 만호 또한 나름대로 세가에서 할 일들이 많았는데, 그간 대략 보름이 넘는 시간 동안 만휘와 붙어 살다시피 했기에 할 일이 많았던 까닭이었다.

결국 만휘는 만화와 만호가 무언가 바쁘게 하고 있는 모습을 보고는 아무런 말 없이 자신의 방으로 돌아갔다, 둘의 검법을 펼치는 모습은 다음으로 넘긴 채.

다음날, 아침 일찍 일어난 만휘는 문득 산까지 가는 것이 조금 귀찮다는 생각이 들었다. 그에 어차피 개심공의 경우 장소에 크게 구애받지 않기 때문에 그냥 침상 위에 가부좌를 틀고 앉았다.

그리고는 다시 짧은 호흡을 하기 시작했다. 확실히 산의 맑은 공기를 마시면서 하다가 방 안의, 특히 방금 자고 일어난 방 안의 탁한 공기를 마시면서 수련을 하려니까 더욱더 힘든 것 같았다.

하지만 그런 만큼 그 효과는 더욱 좋았다. 들이마시는 공기의 양은 비슷했지만 호흡에 필요한 맑은 산소의 양이 많은 산과는 달리 그 맑은 산소의 양이 그리 많지 않은 이곳 방 안이 호흡하는 데 훨씬 더 많은 힘이 들었고, 그에 선기의 움직임도 더 빨라지는 것을 느꼈다.

"흡흡흡!"

만휘는 숨을 참기가 많이 힘듦에도 불구하고 최대한 버티면서 수련을 했다. 그런 만휘의 노력 덕분인지 목과 가슴을 타고 내려오던 선기가 자신의 폐 쪽으로 움직이는 것을 느꼈다.

선기가 내려와 자신의 폐를 어루만져 주자 만휘는 계속 짧은 호흡을 하고는 있었지만 분명 호흡이 훨씬 더 편해지는 것을 느낄 수 있었다.

'조금만 더!'

만휘는 호흡을 하면서 속으로 생각했다. 선기가 폐를 어루만져 주어 호흡이 조금 편해진 것은 사실이지만 그렇다고 해서 계속 그런 호흡을 유지할 수도 없는 노릇이었다.

그런 만휘의 다급한 마음에도 불구하고 선기는 계속 폐 부근에서만 머물고 더 이상 내려오지 않았다. 결국 이번에도 만휘는 차 오르는 숨을 참지 못하고 숨을 토해내었다.

"푸하!"

숨을 토해낸 만휘는 거친 숨을 몰아쉬었다. 그러면서 자신의 생각처럼 쉽게 아래로 내려오지 않는 선기가 야속하게만 느껴졌다.

"휘야!"

그렇게 만휘가 숨을 고르고 있는 사이, 방문 밖에서 만총의 목소리가 들렸다. 만휘는 흐르는 땀을 닦아내며 방문을 열었다.

"아침부터 무슨 일이세요?"

만휘가 물었다. 하지만 만총은 만휘의 얼굴에 흐르는 땀을 보며 물었다.

"무슨 일이냐? 어디 아픈 게냐?"

만총의 물음에 만휘는 웃으면서 고개를 저었다.

"아니요. 오늘은 방에서 수련을 했거든요. 그래서 그래요. 무슨 일이세요?"

만휘의 물음에 이번에는 만총이 목검을 들어올리며 대답했다.

"자, 여기 이것 받아라."

만총의 말에 만휘는 일단 목검을 받아 들었다. 무사들이 사용하던 검과 똑같이 생겼지만 나무로 만들어진 검. 뭉툭하여 베이지도 않을 것 같았다.

"오늘부터 이것으로 검법을 배울 것이야. 알겠니?"

만총의 말에 고개를 끄덕인 만휘는 만총에게 물었다.

"그런데 왜 저는 나무로 만든 검으로 수련하죠? 진짜 검으로는 수련 안 해요?"

만휘의 물음에 만총이 약간 당황한 듯하더니 웃으면서 대답해 주었다.

"검법을 처음 배울 때부터 진짜 검을 사용하는 사람은 없단다. 검을 제대로 다루지 못하는데 진짜 검을 사용하면 다칠 수가 있으니까. 그러니까 검에 익숙해질 때까지 이 목검을 사용할 것이란다. 알겠지?"

만총의 말에 만휘는 고개를 끄덕였다. 진짜 검을 들고 수련하는 것을 생각했었지만, 목검으로 수련한다는 말에 조금 실망한 만휘였다. 그렇지만 처음으로 배우는 검법 수련이었기에 만휘는 들떠 있었다.

"자, 그럼 나가자꾸나."

만총이 먼저 방을 나섰다. 그 뒤를 만휘가 따라 나가면서 만총에게 물었다.

"그런데요, 그 큰 중앙 연무장에서 수련하나요? 너무 큰 곳에서 수련하기에는 인원이 너무 적잖아요?"

만휘의 말에 만총이 웃으면서 말했다.

"네가 아직 세가 안을 다 모르는구나. 걱정하지 마라. 나 또한 그 큰 중앙 연무장에서 우리 둘이 수련하는 불상사는 없었으면 하는 사람이니까 말이다."

만총의 말에 만휘는 고개를 갸웃거렸다. 분명 만화, 만호와 함께 세가 안 이곳저곳을 돌아다녔을 때에는 중앙 연무장 이외에 다른 연무장은 보이지 않았다. 있었다면 만휘가 기억하지 못할 리 없었다.

하지만 만휘는 의아해하면서도 만총의 뒤를 따라 수련할 장소로 이동하기 시작했다.

만총은 밖으로 나가지 않았다. 만휘의 방이 있는 전각을 나가지 않고 아래층으로 내려갈 뿐이었다. 밖으로 나가는 문이 있는 일층을 지나 한 층 더 아래로 내려가자 크지는 않지만 다섯에서 여섯 명 정도가 수련을 하기에 딱 알맞은 장소가 있었다.

"어!"

그 연무장에 들어서자마자 만휘는 무엇엔가 놀란 듯 소리를 질렀다. 만총은 만휘가 이곳을 처음 본 탓에 소리를 지른 것으로 생각하고는 웃으면서 만휘에게 말했다.

"하하하, 뭘 그리 놀라느냐. 이런 곳에 연무장이 있다는 사실이 놀라운 것이냐?"

만총의 말에 만휘는 고개를 저으며 말했다.

"아니요. 저것이요."

만휘가 손으로 가리킨 것은 천장에 붙어 있는 야명주였다. 만휘는 이런 곳에 연무장이 있다는 사실에는 별로 놀라지 않았다. 잘 모르는 만휘였기에 '이런 곳에는 원래 이런 시설이 있는 것인가 보구나' 하고 생각할 뿐이었다.

"저것이 왜?"

만휘가 전혀 다른 것을 보고 놀란 것이 조금 황당했지만 만총은 야명주를 보면서 놀라고 있는 만휘에게 물었다.

"전에 본 적이 있어요. 제가 그 책을 발견한 동굴에서요."

만휘의 말에 만총은 미소를 지었다. 야명주라는 것을 한번 본 만휘가 같은 것을 보자 신기해하는 모습이 너무나 귀엽게 보였던 것이다.

"하하하, 저런 것은 흔하지는 않지만 그렇다고 해서 사람들이 보고 놀랄 정도로 귀한 것도 아니란다."

만총의 말에 만휘는 고개를 끄덕였다.

"자, 그럼 수련하자꾸나. 앞으로는 이곳에서 수련을 하게 될 것이다. 내가 너에게 검법을 가르쳐 줄 것이고, 혼자서라도 수련을 하고 싶다면 이곳에 와서 해라. 알겠지?"

"예!"

만총의 말에 만휘는 고개를 끄덕이며 크게 대답했다. 만휘가 크게 대답하자 만총은 미소를 지으며 만휘에게 말했다.

"자, 그럼 일단 기본부터 시작하자. 모든 일에는 기본이 잘 되어 있어야 그 다음 단계, 그 다음다음 단계로 갈수록 뛰어난 실력을 발휘할 수 있는 것이란다. 네 아버지는 그런 면에 있어서 탄탄한 기본을 가지고 계셨고, 그 자질 또한 뛰어났기에 사람들로부터 '강하다'라는 말을 들을 수 있었던 것이란다."

만총의 말에 만휘는 귀를 기울이며 고개를 끄덕였다.

"기본을 익히다 보면 그 과정이 단순하고 지루해서 검법을 익히기 싫어질 때가 있단다. 그때에는 무리해서 수련을 하라고 권하지는 않겠다. 하지만 그렇다고 너무 오래 쉬지는 마라. 꾸준히 수련을 해야 몸도 그에 맞게 변하고, 그에 적응하고 대비를 할 수 있으니까. 알았지?"

만총의 말에 만휘는 고개를 끄덕였다. 보기에는 멋있어 보이던 검법이 지금 만총의 말을 들으니 상당히 힘들고 어려울 것 같았다.

"힘들겠지만 해볼게요."

만휘가 웃으면서 말했다. 만휘의 말에 만총도 고개를 끄덕이며 말했다.

"자, 그럼 내가 시범을 보일 테니 잘 보거라."

만총이 말을 하고서 한 발짝 뒤로 물러섰다. 만휘도 만총과 거리를 조금 벌리며 뒤로 물러섰다.

"검은 찌르기를 주 목적으로 하는 무기란다. 그래서 모든 검법의 공격은 찌르기를 중심으로 이루어진단다. 간혹 검을 이용하여 베는 공격을 하기도 하지만 그것은 어디까지나 부차적인 공격일 뿐, 주된 공격은 아니란다. 이것이 찌르기의 기본이다."

만총이 목검을 들고 섰다. 그러더니 오른발을 앞으로 내밀며 오른손에 든 검을 앞으로 쭉 찔렀다.

"오른발을 앞으로 내밀면서 다리를 굽히고, 왼발은 고정시킨 채 뒤로 쭉 뻗어야 한다. 그리고 오른팔은 지면과 수평이 되도록 앞으로 뻗어야 하고. 이것이 기본 동작이다."

만총의 말에 만휘는 만총의 자세를 보고 따라 해보았다.

"이렇게인가?"

만휘가 어설프게 목검을 들고 앞으로 쭉 뻗었다. 하지만 보는 것과 그리고 머리에 기억해 둔 것과 몸으로 직접 하는 것하고는 전혀 달랐다.

머리로는 만총이 한 것처럼 완벽한 자세를 취하고 있었지만 몸은 엉거주춤하기 짝이 없는 자세였다.

"좀 더 힘있게 찔러라. 그렇게 찔러서는 아무것도 할 수 없다. 그리고 팔을 조금 더 들고 오른발을 내디딜 때에도 힘있게 지면을 박차야 한단다."

만총의 말에 고개를 끄덕인 만휘는 만총이 보여준 자세와 방금 해준 말을 떠올리며 다시금 검을 찔러보았다.

"좋다. 아까보다는 훨씬 나아졌구나. 이 찌르기가 수백 번을 반복해도 같은 한 점을 찌를 수 있게 되어야 기본을 다 익혔다고 할 수 있단다. 그러니 부지런히 노력해야 할 것이야."

만총의 말에 만휘는 깜짝 놀랐다. 수백 번을 휘두르는데 같은 한 점을 찌르다니……. 그것은 불가능할 것만 같았다.

"그것이 가능해요?"

만휘가 질린 듯이 만총을 보면서 물었다. 그 물음에 만총은 고개를 끄덕이며 한쪽 벽에 생긴 움푹 들어간 작은 구멍을 보여주었다.

"이 구멍이 무엇인지 아느냐?"

만총이 물었다. 당연히 모르는 만휘는 고개를 저었다.

"이 구멍은 너희 아버지가 천 번의 찌르기로 만든 구멍이다. 가능하다. 너희 아버지도 해내셨다. 나는 해내지 못했지만 분명 너희 아버지는 해내셨어."

만총의 말에 만휘는 왠지 뿌듯해지는 느낌이 들었다. 자신이 생각하기에 어렵고 불가능할 것처럼 보였던 일을 아버지가 해냈다는 사실에 뿌듯함을 느꼈고, 자신감도 생겼다.

"저도 꼭 해낼 거예요. 아버지처럼."

만휘의 말에 만총은 웃으면서 고개를 끄덕였다.

"그래, 너라면 꼭 할 수 있을 것이야. 너희 아버지처럼."

만총의 말에 만휘는 큰 자신감을 얻었다. 그리고는 자신감이 가득 찬 얼굴로 만총에게 말했다.

"지금부터 연습해도 되는 거죠?"

만휘의 말에 만총은 말없이 고개를 끄덕였다. 만총이 고개를 끄덕이자 만휘는 비장한 각오가 서린 표정으로 벽을 바라보았다.

"아직은 벽에다가 찌를 생각은 하지 마라. 자세부터 올바르게 익힌 다음에 그때 가서 벽에 찌르기를 하여라."

벽에 검을 찌르려던 만휘는 만총의 말에 약간 뜨끔했다. 그리고는 연무장의 중간으로 자리를 옮겨 찌르기의 기본 자세를 익히기 시작했다.

그런 만휘의 자세를 만총이 옆에서 지켜보면서 수정을 해 주었다. 그렇게 얼마 동안 수련하자 만휘는 땀을 비 오듯이 흘렸다. 하지만 만휘의 표정에는 뭐가 그리 즐거운지 미소가 가득했다.

그렇게 만휘는 몇날 며칠 동안 그 찌르기 수련에만 매진했다. 물론 틈틈이 쉬기도 하고 만화, 만호와 만나 즐거운 시간도 가졌다. 하지만 만휘의 머릿속에는 온통 찌르기에 대한 생각뿐이었다.

하지만 무리를 한 탓일까. 결국 탈이 나고 말았다. 틈틈이 운동으로 몸을 단련해 온 만휘였지만 찌르기 수련을 하면서 잘 쓰지 않던 근육들을 사용하다 보니 그 부분들이 엄청나게 아파온 것이다.

한 가지 다행인 점은 그런 부분에는 어김없이 선기가 움직여 그 부위를 어루만져 준다는 것이었다. 하지만 그것도 한계가 있었고, 결국 만휘는 며칠간 찌르기 수련을 쉬기로 결정했다.

"아이고, 삭신이야!"

아침에 침상에서 눈을 뜬 만휘는 몸을 일으키면서 느껴지는 고통에 비명(?)을 질렀다. 그 고통들을 이겨내고 침상에서 일어선 만휘는 뻐근한 몸을 풀기 시작했다.

"윽!"

많이 좋아지기는 했지만 그래도 여기저기서 신경을 자극하는 고통에 만휘는 인상을 찌푸렸다. 그렇게 조금 몸을 푼 만휘는 침상으로 다가가 잘 되지 않는 가부좌를 틀고 앉았다.

힘겹게 가부좌를 튼 만휘는 단순히 가부좌를 튼 것만으로도 이마에 땀이 조금 맺혔다.

그렇게 힘들게 가부좌를 틀고 수련을 하려는 찰나, 밖에서 누군가 다가오는 기척이 들렸다. 만휘는 가만히 그 소리를 듣고 있었다.

그 기척이 자신에게 다가오는 것이 아니라면 수련을 하고, 다가오는 것이라면 수련을 미루기 위함이었다.

'제발, 나에게 오는 것이 아니길……'

만휘는 속으로 자신에게 오는 것이 아니기를 바랐다. 검법 수련을 심하게 한 며칠 동안 개심공 수련도 많이 못했기에 수련을 하고자 하는 마음도 있었고, 가부좌를 풀었다가 다시 하기도 힘들었기 때문이다.

그러나 그 기척은 아쉽게도 자신의 방으로 향하고 있었다. 점점 가까워오는 기척에 만휘는 서둘러 가부좌를 풀었다. 아팠지만 가부좌를 할 때보다 더 빠르게 풀어내었다.

"형, 뭐 하세요?"

만호였다. 밖에서 손기척도 없이 그냥 문을 열어버리는 만호였다. 그에 만휘는 화들짝 놀라며 만호를 바라보았다.

"어? 어, 그냥 있었어."

만휘가 조금 당황한 표정으로 어색하게 웃으며 만호에게 말했다. 그런 만휘의 표정에 만호의 뒤에 서 있던 만화가 만호를 나무라며 말했다.

"그렇게 갑자기 열면 어떻게 하니? 예의가 아니잖아."

만화의 말에 만호는 입을 내밀며 중얼거렸다.

"그래도 형 방인데……."

만호의 말에 만휘는 웃으면서 말했다.

"괜찮아. 뭐 어때?"

"거봐. 형도 괜찮다고 하잖아!"

만휘의 말에 만호가 곧바로 만화를 바라보며 크게 말했다. 그런 만호의 표정에는 승리의 기쁨 같은 것이 드러나 있었다.

그런 만호를 보며 만화는 고개를 저었고, 만휘는 그저 웃을 뿐이었다.

"형, 그런데 뭐 하고 있었기에 그렇게 화들짝 놀라요?"

만호가 옆에 앉으면서 묻자 만휘는 약간 식은땀을 흘리며 대답했다.

"뭐 하기는 그냥 몸 좀 풀고 있었지. 그런데 네가 갑자기 문을 열어서 깜짝 놀란 거고."

만휘의 말에 만호는 의심스러운 눈초리로 만휘를 바라보았다. 만호의 그런 눈초리에 만휘는 어색한 표정으로 만호를 마주 바라보았다.

"왜?"

만휘가 물었다. 그에 만호는 계속 의심스런 눈초리로 만호를 바라보며 말했다.

"그냥 단순하게 몸을 푼 건데 왜 그렇게 화들짝 놀라요?"

만호가 집요하게 물었다. 만호의 집요함에 만휘는 난처한 표정을 지었고, 그를 보다못한 만화가 만호의 머리에 꿀밤을 먹였다.

"네가 잘한 것도 없으면서 뭘 그리 꼬치꼬치 캐물어?"

만화의 말에 만호가 꿀밤 맞은 자리를 문지르며 만화에게 말했다.

"그냥 궁금해서 물어보는 건데 그것도 못하냐?"

만호의 말에 만화도 큰 소리로 말했다.

"네 나이가 몇인데 아직도 한두 살 먹은 어린아이처럼 행동하는 거야? 철 좀 들어라."

만화의 말에 만호는 분한지 씩씩거리며 만화를 바라보았다. 조금만 더하면 싸움이 벌어질 것 같았기에 만휘가 둘을 말리고 나섰다.

"그만들 해. 오랜만에 만나서 왜들 그래?"

만휘의 말에 만호와 만화는 다시 자리에 앉았다.

"그래, 그동안 도대체 무슨 일들이 그렇게 바빠서 얼굴 보기가 힘들어?"

만휘의 물음에 만화와 만호는 동시에 질렸다는 표정을 지었다. 그들의 표정에서 그간 한 일이 얼마나 지독한 일이었는지 대충 짐작할 수 있었다.

"뭔데? 어서 말해봐."

만휘의 재촉에 만화가 입을 열었다.

"그러니까요, 우리는 요즘 일을 한다기보다는 수업을 듣고 있는 거예요. 앞으로 우리가 조금 더 크면 세가의 일을 도맡아 하게 될 테니 그전에 일들을 배워놓는 거지요. 이제 저도 만호도 곧 성인이 되니까요."

만화의 말에 만호는 생각하기도 싫다는 듯이 몸서리를 쳤다. 하지만 만휘의 눈에는 그런 모습들이 행복에 겨운 투정으로밖에 보이지 않았다.

"그래도 너희들은 세가의 일에 직접 참여할 수 있잖아. 좋은 거야. 나를 봐. 어떠니?"

만휘의 말에 만호가 만휘를 위로하고 나섰다.

"형도 조금 더 적응이 되면 우리처럼 수업을 받게 될 거야."

만호의 말에 옆에 앉아 있는 만화도 고개를 끄덕였다. 지금 생각해 보니 자신들의 그런 투정은 만휘에게는 오히려 부러움의 대상이 될 수도 있다는 생각이 들었다.

"그나저나 오라버니, 요즘 검법 수련을 하신다면서요?"

만화가 화제를 바꾸며 만휘에게 말했다. 그 물음에 만휘가 고개를 끄덕이며 말했다.

"어. 근데 엄청 힘들더라. 너희들은 어떻게 배웠어, 이 힘든 걸?"

만휘의 말에 만호와 만화도 웃으면서 대답했다.

"저희도 처음에 배울 때 엄청 힘들었죠. 그래서 울기도 많이 했어요."

만화의 말에 만휘는 고개를 끄덕였다. 만호와 만화는 어렸을 때부터 수련을 했을 텐데 지금 다 자란 자신이 수련을 해도 힘든 것을 어린아이들이 했다면 그랬을 수도 있을 것 같다는 생각이 들었다.

"아무튼 그래서 요즘 삭신이 쑤신다. 조금 무리를 했더니 더해."

만휘의 말에 만화가 웃으면서 말했다.

"그러니까 모든 일에는 적당한 것이 좋은 거예요."

만화의 말에 만휘는 고개를 끄덕였다. 이번 일로 뼈저리게 깨달았기 때문이다.

"야~ 그럼 나중에 형 실력도 한번 봐야겠네?"

만호가 말했다. 그에 만휘가 어색하게 웃으면서 입을 열었다.

"난 이제 시작했잖아. 그런데 실력은 무슨."

만휘의 말에 만호는 고개를 저으며 말했다.

"아니야. 형은 분명 금방 익힐 수 있을 거야. 또 잘할 거고."

만호의 말에 만화도 옆에서 고개를 끄덕였다. 그 말에 만휘는 그저 웃기만 할 뿐 아무런 말도 없었다.

"이제 우리는 그만 일어나자. 오라버니, 쉬세요."

만화가 일어서면서 말하자 만호도 일어나면서 만휘에게 말했다.

"그래요, 형. 몸 아플 때에는 쉬는 게 최고니까."

만호의 말에 만휘는 웃으면서 고개를 끄덕였다.

"그래. 너희도 힘내고."

만휘의 말에 만화와 만호는 웃으면서 고개를 끄덕이고는 방을 나갔다. 그런 그들의 뒷모습에 미소를 짓던 만휘는 다시금 침상 위에서 가부좌를 틀었다.

"윽!"

여전히 아픈 하체. 만휘는 울며 겨자 먹기 식으로 힘겹게 가부좌를 틀었다. 그리고는 다시 짧고 얕은 호흡의 세계로 빠져들기 시작했다.

그렇게 넉 달이 지났다. 개심공은 여전히 그대로였다. 수련을 하면 할수록 진척이 되는 맛이 있어야 했는데 이놈의 선기는 계속해서 폐 부근까지만 내려올 뿐이었다.

하지만 만휘는 초조해하지 않았다. 개안공과 개이공을 익히는 데에도 각각 이 년이 넘는 시간이 걸렸기 때문이다.

넉 달이 지나는 동안 만휘에게도 변화가 생겼다. 드디어 세가의 사람들과 융화되기 시작한 점이었다. 세가의 사람들도 이제는 만휘를 보면 먼저 웃으면서 인사를 했고, 만휘 또한 그들에게 웃는 낯으로 대했다.

"안녕하세요?"

만휘는 방을 나와 연무장으로 내려가면서 만난 하녀에게 고개까지 숙여 인사를 했다. 그런 모습을 볼 때마다 만화와 만호가 그러지 말라며 핀잔을 주었지만 만휘는 그것을 고치지 않았다.

만휘의 인사에 이번에도 역시 하녀는 고개도 제대로 들지 못하고 얼굴을 붉히며 그냥 살짝 인사를 한 뒤에 재빨리 그의 옆을 지나갔다.

이곳에 온 이후부터 항상 있어 왔던 일이었기에 이제 만휘는 더 이상 이상하게 생각하지 않았다.

지하 연무장에 도착한 만휘는 한쪽에 고이 모셔둔 목검을 집어 들었다. 그동안 얼마나 열심히 수련을 했는지 고운 자태를 뽐내던 그 목검도 이제는 많이 닳아 있었다.

"오늘은 조금 더 적중도를 높여야겠어."

만휘가 목검을 들고 벽을 향해 서며 중얼거렸다. 아직도 완벽하게 펼치지 못하는 찌르기를 수련하기 위함이었다.

물론 넉 달 전에 처음 시작할 때에 보다는 훨씬 더 나이진 실력을 보이고 있었지만 아직 만휘의 아버지 만창이 했던 것처럼 한곳만 정확히 찌르지는 못했다.

만휘는 자신이 찌르기 수련을 한 곳을 바라보았다. 군데군데 나 있는 구멍. 하지만 그 중앙에는 여러 번 찌른 탓에 깊은 구멍이 하나 있었다.

점차 한곳을 찌르는 데 익숙해지고 있다는 증거였다. 그리고 그 옆쪽으로 하나의 깊은 구멍이 보였다. 주변에 작은 찌른 흔적도 없는 깊은 구멍. 바로 만휘의 아버지가 만들어놓은 흔적이었다.

만휘는 그 구멍을 보면서 항상 자신을 단련시켰다, 꼭 아버지처럼 해내고야 말겠다는 의지로. 만휘는 아버지와 관련된 모든 것을 이루고 싶었다.

벽 앞에 선 만휘는 정신을 집중했다. 현재까지의 수준은 열 번 찔렀을 때 일곱을 번 한곳을 찌르는 수준. 나머지 세 번도 일곱 번과 마찬가지로 한곳을 찌르기 위해 노력 중이었다.

"하앗!"

만휘가 힘차게 목검을 앞으로 찔렀다. 깨끗한 자세. 하지만 순간적으로 힘이 들어가면서 흔들렸는지 목검의 끝은 구멍의 옆쪽을 찍었다.

"다시!"

다시 자세를 바로 한 만휘는 호흡을 가다듬고는 정신을 집중했다. 그리고는 다시 한 번 곧은 자세로 앞의 벽을 향해 목검을 찔렀다.

딱!

이번에는 제대로 구멍에 찔러진 목검. 만휘는 씩 미소를 지었다. 하지만 곧바로 표정을 지운 만휘는 자세를 바로 한 다음 다시 검을 찔렀다.

딱!

구멍에 검끝이 닿아 딱 맞아떨어지는 느낌이 만휘의 팔을 타고 온몸으로 뻗어나갔다. 이제는 이 느낌이 다른 어느 느낌보다도 더 좋게 느껴졌다.

그 느낌에 탄력을 받은 만휘는 수백 번을 더 벽에 검을 찔렀다. 그리고 그리 많이 나아지지는 않았지만 무언가 또 한 단계 실력이 는 것 같은 느낌이었다.

그렇게 만휘는 땀을 흠뻑 흘리며 수련을 하고는 연무장을 빠져나왔다.

연무장을 나와 방으로 돌아온 만휘는 흘린 땀을 닦아내고는 옷을 갈아입었다. 그 다음 조금 쉴 법도 했지만 그냥 밖으로 나왔다.

이번에는 전각을 나왔다. 그리고는 한동안 가지 않았던 산이 있는 뒤뜰 쪽으로 향했다.

"오랜만이네요, 도련님!"

뒤쪽 담장을 지키는 무사들이 만휘를 알아보고는 인사를 했다. 그들의 밝은 인사에 만휘도 웃으면서 그 무사들에게 인사를 건넸다.

"예, 그동안 할 일이 있어서요. 그럼 수고하세요."

만휘가 뒤쪽 담장을 지나 산으로 올라가면서 말했다. 처음에는 만휘를 썩 마음에 들어하지 않던 무사들이었지만 지나온 시간 동안 만휘가 보여준 행동을 보며 순수한 마음이었다는 것을 알고는 그런 마음들을 버렸다.

그렇게 만휘가 산으로 올라가고, 무사들은 흐뭇한 표정으로 다시금 근무를 서기 시작했다.

근 일주일 만에 산에 올라온 만휘는 두 뺨을 스치는 서늘한 공기에 기분까지 상쾌해지는 느낌이었다. 그런 만휘의 기분 때문인지 상단전에 있던 선기도 보통 때보다 조금 더 활발하게 움직이고 있었다.

만휘는 계속 산을 올랐다. 그래서 항상 자신이 수련하던 바위가 있는 곳에 도착했다.

지난 시간 동안 만휘 자신에게는 많은 변화가 있었지만 이곳은 언제나 그 모습 그대로였다. 그런 이곳의 모습을 보면서 만휘 자신도 항상 같은 모습일 것만 같은 생각을 하곤 했다.

잠시 상념에 잠겨 있던 만휘는 바위 위로 올라갔다. 그리고는 위쪽에서 내리쬐는 따스한 햇볕과 자신 주변으로 부는 서늘한 바람을 느끼며 잠시 서 있었다.

그렇게 잠시 서 있던 만휘는 그 자리에 가부좌를 틀고 앉았다. 왠지 뭔가 들뜬 기분. 가라앉히려 했지만 그럴 수가 없었다.

만휘는 눈을 감고 명치 부근에 두 손을 모았다. 그리고는 여느 때와 마찬가지로 짧고 얕은 호흡을 시작했다.

이번에도 역시 조금 지나자 얼굴이 붉어지면서 호흡이 가빠지기 시작했다. 그러면서 항상 그래왔듯 선기도 폐 부근으로 내려오며 움직이기 시작했다.

여느 때 같았으면 폐 부근에서 움직이지 않는 선기 때문에 머릿속에서 많은 생각들이 떠오르고 조급해했겠지만 지금은 그러지 않았다. 언젠가는 될 것이라는 믿음을 가지고, 여유를 가지고 호흡을 했다.

역시 기대하는 일은 잘 안 되고, 기대하지 않던 일은 잘 풀리는 그런 모순적인 세상의 법칙처럼 만휘의 폐 부근에 멈추어 있던 선기가 천천히 밑으로 향하기 시작했다.

마치 찻잔 속의 차가 넘쳐흐르듯이 조금씩 밑으로 흘러내리고 있었다. 만약 전에 이런 일이 일어났다면 속으로 뛸 듯이 기뻐하며 좋아했겠지만 지금은 그저 차분히 호흡을 계속했다.

그렇게 조금 더 시간이 지나고 만휘가 호흡을 더 이상 참기 힘들어졌을 때, 명치 부근에 선기가 내려온 것을 느낄 수 있었다. 그리고는 마치 명치 부근 밑에 바닥이라도 있는 양 넓게 퍼지기 시작했다.

참기 힘든 숨을 만휘는 조금 더 참았다. 그렇게 조금 더 시간을 번 결과 꽤 많은 양의 선기가 명치 부근으로 내려와 둥글넓적한 그릇 모양의 층을 만들었다.

"파하!"

결국 만휘는 숨을 참지 못하고 거친 숨을 내쉬었다. 하지만 만휘의 얼굴에는 뿌듯함이 나타나 있었다. 자신의 명치 부근에 생긴 선기의 그릇이 느껴졌기 때문이다.

"이얏호!"

만휘는 그대로 자리에서 일어나 펄쩍 뛰며 기뻐했다. 그간 심적으로 부담이 있었는데 그 부담을 훨훨 날려 버리는 기회가 되었다.

그렇게 만휘는 계속 펄쩍펄쩍 뛰었다. 바위 위에서 뿐만 아니라 그 주변을 뛰어다니며 온 산 곳곳까지 자신의 목소리가 퍼질 정도로 기쁨의 환희를 질러댔다.

한참 그렇게 소리를 지르며 기뻐한 만휘는 뛰는 가슴을 진정시켰다. 쉽게 가라앉지 않는 흥분. 하지만 만휘는 최대한 그 흥분을 가라앉히며 산을 내려갔다.

그 이후로 만휘의 생활은 또 다른 변화가 생겼다. 많이 늘어나지는 않았지만 중단전에 생긴 선기의 그릇에 쌓이고 있는 선기를 느낄 수 있었다.

게다가 그 영향 덕분인지 온몸의 감각이 생기를 찾고 활발하게 자신의 일을 하기 시작했다. 개안공을 익히고 개이공을 익히며 시각과 청각에 새로운 감각을 찾았다면, 이번에는 전신의 감각이 새로운 생명을 찾은 것이라 할 수 있었다.

그렇게 하나씩 변화하는 것을 느끼며 주변의 모든 것을 조금 더 실감나게 느낄 수 있게 되면서 만휘의 생활도 더욱더 활기차게 변하였다.

그런 만휘의 변화와 함께 또 찾아온 것이 있었다. 바로 찌르기의 성과였다.

생활이 즐겁고 심적으로 안정이 되어 있는 데다가 감각이 살아나고 신경이 활발해지면서 만휘의 운동 능력도 조금씩 향상된 것이다.

원래 부지런하고 끈기있게 수련을 해온 만휘였기에 적은 양의 선기가 쌓이고, 조금의 신체 변화에도 이렇게 좋은 결과를 가져온 것이었다.

"많이 성장했구나. 게다가 이렇게 빠른 시간에 달성할 줄은 몰랐다. 정말 장하구나."

만총도 만휘의 실력이 늘은 것을 보며 감탄과 함께 기쁨을 표시했다. 그런 만총의 칭찬에 만휘는 뛸 듯이 기뻐했다. 첫째는 자신이 배우기 시작한 것을 제대로 익혔다는 점에 기뻤고, 두 번째로는 아버지의 뒤를 제대로 따라가고 있다는 점에서 기뻤다.

그렇게 만휘의 넉 달은 그 무엇보다도 소중한 시간이었다.

제7장

첫 만남

첫
만
남

중단전에 선기의 그릇이 생기고 나서 만휘는 꾸준히 개심공을 수련했다. 그러나 그릇이 생기고 나면 쉽게 늘어날 줄 알았던 선기는 마치 빈 그릇에 물 한 방울 떨어지듯이 아주 조금씩 늘어났다.

조금씩밖에 늘어나지 않는 선기의 양에 만휘는 조금 실망스러웠지만 고개를 저으며 열심히 수련에 임했다.

비록 조금씩 늘어나는 선기였지만 그 효과는 탁월했다. 몸도 가벼워지고 신진대사에 관여하는 신체 장기의 기능도 향상되었으며, 무엇보다도 만휘의 감각과 신경이 전보다 더 발달했다.

그런 점에 만족하며 만휘는 하루하루 수련에 임했다.

"형, 이제 일주일 후면 내 생일이야."

그렇게 며칠이 지났을까. 만호가 갑자기 자신의 생일이 다가온다고 말했다.

"그래? 벌써?"

만호의 이야기를 듣고 보니 만휘는 가족들의 생일이 언제인지를 하나도 모르고 있었다. 다만 만화의 생일이 겨울이라는 사실만 알 뿐이었다.

"뭐, 아무튼 축하한다."

만휘가 웃으면서 말했다. 만휘의 축하 인사를 들은 만호가 손을 만휘 쪽으로 내밀며 웃었다. 그런 만호를 보며 만휘는 영문도 모른 채 따라 웃었다.

"왜?"

만호가 계속 손을 내밀고 웃고만 있자 답답한 맘에 만휘가 먼저 만호에게 물었다. 그런 만휘의 물음에 만호는 손을 거두며 만휘에게 물었다.

"정말 무슨 뜻인지 모르겠어?"

만호의 물음에 만휘는 진심이 가득 담긴 표정으로 고개를 끄덕였다.

"이거 실망인데?"

만호의 말에 만휘는 의아한 표정으로 만호를 바라보았다.

"왜? 내가 뭐 실수라도 했나?"

만휘의 물음에 작게 한숨을 내쉰 만호가 입을 열었다. 그의 표정에는 약간의 실망감이 나타나 있었다.

"생일인데 생일 선물도 안 주냐고."

만호의 말에 만휘는 정말 모르겠다는 듯이 만호에게 물었다.

"생일이면 그 사람한테 선물을 줘야 하는 거야?"

만휘의 물음에 만호는 또다시 한숨을 쉬며 만휘에게 말했다.

"꼭 그래야만 하는 것은 아니지만 대부분 사람들이 태어난 날을 축하하며 선물을 주곤 하지."

만호의 말에 만휘가 고개를 끄덕였다.

"그래, 그럼 됐어. 내가 딱히 줄 것도 없고 꼭 줘야 하는 것도 아니라니 이번에는 안 줄 거야."

만휘는 만족스런 미소를 지으며 만호에게 말했다. 그 말에 만호는 눈을 동그랗게 뜨며 만휘를 바라보았다.

"솔직히 나도 지금까지 아버지에게서 생일날 선물을 한 번도 못 받아봤거든? 그리고 아버지는 말씀하셨지, 생일은 부모님들이 축하를 받아야 하는 날이라고. 고생해서 낳아주셨다고 하시면서 말이야."

만휘의 말에 만호는 입을 다물지 못했다. 내가 태어난 날인데 나를 낳느라 고생한 부모님이 축하를 받아야 한다니. 지금까지 십오 평생을 살아오면서 처음 듣는 이야기였다.

"그런데 나도 그 말에 공감하고 있어. 솔직히 너는 그냥 나오기만 했지 너를 낳기 위해서 너희 부모님들은 엄청 고생하셨잖아. 그러니까 네가 오히려 부모님께 선물을 드리고 감사해야지."

만휘의 말을 들으니 만호는 마치 자신이 불효자라도 된 것 같은 느낌이었다.

"몰라. 아무튼 형한테 선물 달라고 하려 온 것은 아니고, 정확히 일주일 후면 내 생일인데 그때 다른 세가에서 우리 집으로 손님들이 찾아올 거야. 우리 세가에서 잔치를 하거든. 그러니까 그렇게 알고 있으라고."

만호의 말에 만휘가 물었다.

"그럼 나도 그 사람들을 만나야 하는 건가?"

만휘의 물음에 만호는 당연하다는 표정을 지으며 고개를 끄덕였다.

"그럼, 당연하지. 형은 우리 세가 식구 아닌가? 게다가 만씨 일가인데 당연히 그들을 만나야지."

만호의 말에 만휘는 당황한 기색이 역력했다. 지금까지 만난 사람은 세가의 사람들이 전부. 그들도 처음 보는 사람들이 훨씬 더 많았지만 그나마 같은 세가에 사는 사람들이라는 생각에 느껴지는 낯설음은 덜했다.

"아, 이거 떨리는데?"

만휘가 가슴을 쓸어내리며 말했다. 그런 만휘의 반응에 만호가 웃으면서 말했다.

"걱정 마. 그 사람들도 다 좋은 사람들이니까. 친구를 사귄
다는 생각으로 만나면 될 거야."

만호의 말에 만휘가 고개를 저었다.

"그런 것 때문에 떨리는 게 아니라 내가 그 사람들과 만나
서 실수나 하지는 않을까 하는 걱정 때문에……."

만휘의 말에 만호가 웃었다. 그리고는 만휘를 바라보며 말
했다.

"그동안 세가 식구들한테 실수한 것 없잖아? 그렇게만 하
면 돼."

만호의 말에 만휘는 고개를 끄덕였다. 세가로 내려오면 당
연히 이런 일이 있을 텐데 만휘는 이런 것에 대해서는 한 번
도 생각해 본 적이 없었다.

"아무튼 알았어. 그렇게 알고 있을게. 고맙다, 미리 말해줘
서. 아마 당일에 알았으면 정말 놀랐을 거야."

만휘의 말에 만호가 웃으면서 말했다.

"그래, 그럼 나는 가볼게. 요즘 형도 검법 수련하느라 바쁘
다면서?"

만호의 말에 만휘가 고개를 저으며 말했다.

"맞기는 한데 정말 힘들다. 어렵고. 그래도 재미있어. 기본
동작 한 가지에서도 수많은 응용 동작들이 파생될 수 있다는
사실이 놀랍기도 하고."

만휘의 말에 만호는 고개를 끄덕였다.

"나도 처음에 배울 때에는 그랬지. 그래도 **빠르네**. 나는 일 년이 넘어서야 기본을 뗐는데."

만호의 말에 만휘가 고개를 저으며 말했다.

"그래도 나는 커서 배운 거잖아. 너희는 어렸을 때 배웠으니 더 힘들었겠지. 어서 가봐. 바쁘다면서."

만휘의 말에 고개를 끄덕인 만호는 만휘에게 손을 흔들어 보이고는 방을 나왔다.

만호의 말을 듣고 봐서 그런지 왠지 모르게 세가 내의 분위기가 분주하게 느껴졌다. 하인들의 발걸음도 전보다 더 빨라진 것 같았고, 무사들의 경비도 더 삼엄해진 것 같았다.

만휘는 만호의 말을 떠올렸다. 일주일이 지나면 이곳에서 잔치가 벌어지고 많은 사람들이 찾아올 것이다. 그러면 자신도 자연스럽게 새로운 사람들과 만나게 될 것이고.

그런 생각을 하니 만휘는 가슴이 두근거렸다. 두려움도 없지 않아 있었지만 새로운 사람들을 만나는 흥분은 그 두려움을 누르고도 남았다.

만휘는 두 주먹을 불끈 쥐었다. 잘할 수 있을 것이라는 자신감을 가지고 일주일을 기다리기로 했다.

만호의 생일까지 기다리는 일주일 동안 만휘는 개심공 수련에 박차를 가했다. 물론 만총과 함께 검법 수련도 하였다.

기본을 중심으로 한 응용을 배우는데, 만휘는 배우면 배울수록 검법의 매력에 빠져들고 있었다.

오전에는 주로 개심공 수련을 하고, 오후에는 검법을 수련하는 일상이 반복되었다. 하지만 만휘는 하나도 지겹지 않았다. 매일 새로운 것을 배우고 새로운 것을 익히고 있었기에 하루하루가 새롭게 느껴졌다.

그렇게 하루가 가고 이틀이 지나가면서 만휘가 변해가듯 세가 안의 모습도 변해가고 있었다. 또한 사람들의 움직임도 점점 분주해져 갔다.

하지만 만휘는 그런 세가의 변화가 마치 자신과는 상관이 없는 양 평소와 다름없이 생활하고 있었다.

만호에게서 이야기를 들은 지 닷새가 지났다. 일어난 만휘는 가볍게 아침 운동을 하기 위해서 밖으로 나왔다. 그런 만휘의 눈에 그날따라 유난히 많은 사람들이 오가는 것이 보였다.

"오늘은 사람들이 많은데?

만휘가 기지개를 켜면서 중얼거렸다.

"일어나셨어요? 호야의 생일 때문에 벌써부터 손님들이 찾아오고 있는 거예요."

기지개를 켜던 만휘는 뒤에서 들린 목소리에 돌아보자 만화가 웃는 낯으로 서 있었다.

"그래? 아직 이틀이나 남았는데? 게다가 벌써 이 정도의 사람들이 와 있다면 당일에는 얼마나 많은 사람들이 오는 거야?

세가가 좁겠는데?"

만휘의 말에 만화가 웃으면서 말했다.

"물론 지금부터 시작해서 잔치가 끝나는 날까지 계속 사람들이 오고 간답니다. 하지만 그렇다고 해서 그 많은 사람들을 수용하지 못할 정도로 우리 세가는 작지 않아요."

만화의 말에 만휘는 고개를 끄덕였다. 사람들이 얼마나 올지는 몰랐지만 자신이 살고 있는 이 세가는 그 사람들을 모두 수용하고도 남을 만큼의 크기가 될 것 같았다.

"그래, 아무튼 너도 요즘 굉장히 바쁘겠구나. 평소에도 바빴는데 말이다."

만휘의 말에 만화가 고개를 끄덕이며 말했다. 그녀의 표정에는 힘든 기색이 역력했다.

"말도 마세요. 얼마나 힘든지… 지금도 잠깐 나와서 쉬고 있는 거예요. 이제 곧 다시 일하러 가야지요."

만화의 말에 만휘는 동생들은 바쁘게 일을 하는데 아무런 일도 할 수 없는 자신이 한심스럽게 느껴졌다.

"내가 뭐 도울 일은 없을까? 간단한 일이라면 쉽게 도울 수 있을 거야."

만휘의 말에 만화가 잠시 생각해 보더니 입을 열었다.

"일단 제가 하고 있는 일에는 오라버니가 도우실 만한 일이 없네요. 아버지께 한번 가보세요. 이번 일을 총괄하시는 분이니까요."

만화의 말에 만휘는 고개를 끄덕였다.

"그래야겠다. 얼른 운동 끝내고 가야지. 괜히 긴장되는데?"

만휘의 물음에 만화는 미소를 지어 보였다. 그리고는 시간이 없는지 황급히 만휘에게 말했다.

"그럼 저는 그만 가볼게요. 그럼 또 봬요!"

만화가 만휘에게 말하며 먼저 달려갔다. 그런 만화의 뒷모습을 보며 만휘는 안타까운 표정을 지었다.

만화와 헤어지고 반 시진 정도 운동을 한 만휘는 개운한 표정을 지었다. 운동을 했으면 조금의 힘든 기색이라도 있어야 하는데 그런 표정이 아니었다.

운동을 하는 동안에도 계속해서 중단전에 있던 선기가 몸 구석구석을 돌며 수시로 피로를 풀어주고 있기 때문이다.

운동을 끝낸 지금도 만휘의 몸속에서는 선기가 돌아다니며 몸 안의 장기들을 어루만지고 있었다. 중단전에 선기가 쌓이기 전에는 생각할 수 없었던 일이다.

기분 좋게 운동을 마친 만휘는 옷을 갈아입고 만총을 찾아 전각을 나왔다.

"자, 그럼 숙부님을 찾아가 볼까? 어디에 계시려나?"

만휘는 만총을 찾아 발걸음을 떼었다. 여느 때 같았으면 방으로 찾아갔을 테지만 지금은 워낙 바쁜 상황이라 방으로 찾아가면 만날 가능성이 희박했다.

　첫 발걸음을 뗀 만휘는 이 넓은 세가에서 만총을 찾기가 막막했다. 만약 길이 엇갈린다면 하루 종일 세가 안을 돌아다녀도 만나기가 힘들지도 몰랐기 때문이다.

　그러나 그런 만휘의 걱정은 기우였다. 백 걸음도 채 걷지 않아서 만총과 만난 것이다.

　"휘야!"

　"숙부님!"

　서로 동시에 발견한 만휘와 만총은 동시에 서로를 불렀다. 그에 둘은 잠시 서로를 바라보다가 웃음을 터뜨렸다.

　"그래, 무슨 일이냐?"

　만총이 먼저 만휘에게 물었다. 만총의 물음에 만휘는 만총을 보며 말했다.

　"제가 할 일이 없을까요? 화하고 호는 저렇게 열심히 일하는데 저는 가만히 있으려니 좀 그러네요."

　만휘의 말에 만총이 고개를 저으며 말했다.

　"지금 그보다 더 급한 일이 있단다. 그러니 나와 함께 가자꾸나."

　만총의 말에 만휘는 궁금하다는 듯 만총을 바라보았다.

　"할아버지께서 찾으신다."

　만총이 만휘의 눈빛을 읽고 만휘에게 말했다. 그에 만휘는 그 자세로 굳어버렸다.

할아버지가 찾으신다. 그 무서우신 할아버지께서 갑자기 나를 찾으신다. 무슨 일일까?

만휘의 머릿속에서는 할아버지가 자신을 찾는 수백 가지 이유들이 떠돌아다니고 있었다.

"그렇게 긴장할 것 없다. 가서 차분하게 대답하면 된다."

만총의 말에 크게 심호흡을 한 만휘는 만총의 뒤를 따라 만진의 거처로 향했다.

"어서 오세요. 안에서 기다리고 계십니다."

만진이 기거하는 전각을 담당하는 하인이 만휘를 보고는 말했다. 그 말에 만휘는 약간 상기된 표정으로 고개를 끄덕이고는 천천히 전각 안으로 들어갔다.

만휘의 발걸음은 무거웠다. 만진의 방이 있는 이층까지 올라가는 것이 마치 수백 층을 올라가는 듯한 느낌을 주었다.

그렇게 떨어지지 않는 발을 이끌고 만휘는 만진의 방 앞에 섰다. 심호흡을 한 번 하고 안에다가 기별을 넣으려는 순간 안에서 만진의 목소리가 들렸다.

"들어오너라."

말을 하려던 순간에 갑자기 만진의 목소리가 들렸기에 가뜩이나 긴장하고 있던 만휘는 그만 사레가 들려 버렸다.

"캑!"

사레 때문에 잠시 기침을 조금 한 만휘는 다시 심호흡을 하고는 조심스럽게 방문을 열고 안으로 들어갔다.

만휘가 안으로 들어가자 창밖을 내다보고 있는 만진이 보였다. 만휘가 들어왔음에도 만진에게서 어떤 말도 나오지 않았기에 만휘는 조심스럽게 식탁 근처로 다가가 섰다.

"이틀 후면……."

숨죽이고 서 있던 만휘는 또 갑자기 만진의 목소리가 들리자 화들짝 놀랐다. 만휘는 뛰는 가슴을 진정시키며 만진을 바라보았다.

"이 세상 사람들에게 너의 존재를 알리게 된다. 진정한 감숙만가의 식구가 되는 것이지."

만진의 말에 만휘는 이상한 감정을 느꼈다. 세상 사람들이 나의 존재를 알게 된다. 지금까지는 세상에 사는 한 명의 사람에 불과했지만 이제는 곧 어느 정도 위치에 올라가게 된다는 말이었다.

"그러니 그동안 사람들의 눈 밖에 나지 않도록 행동거지를 조심해야 할 것이야."

"예."

만진의 말에 만휘는 작게 대답했다. 왠지 만진의 앞에서는 행동도 소극적이 되고 목소리도 작아지는 만휘였다.

"나가보아라."

만진의 말에 만휘는 방 밖으로 나왔다. 그런 만휘의 이마에서 볼을 타고 땀 한 방울이 흘러내렸다.

그로부터 이틀이 지났다. 결국 만휘는 별다른 일도 하지 못하고 이틀의 시간을 보냈다. 물론 할 일이 없었던 관계로 개심공과 검법 수련을 하면서였다.

그렇게 수련만 하면서 보낸 이틀 동안 세가에는 엄청나게 많은 사람들이 와 있었다.

그중에는 감숙제일가에 잘 보여 자신의 세가도 그 명성을 떨쳐 보고자 하는 사람도 있었고, 감숙제일가가 쥐고 있는 어마어마한 상권에서 오는 부수입도 누려보고자 하는 사람도 많았다.

그렇게 많은 사람들이 세가로 오고, 만호의 생일 당일에는 명문세가의 사람들이 속속 도착하고 있었다.

이미 세가에 와 있던 사람들은 감숙만가의 어마어마한 규모와 세가의 모습도 구경거리였지만, 그렇게 속속 등장하는 명문가의 사람들을 보는 것 또한 큰 구경거리였다.

그렇게 명문가의 자제들이 도착하면서 만화와 만호는 다른 세가의 지인들에게 둘러싸여 즐거운 한때를 보내고 있었다.

'명문가의 자제들은 전부 다 저런가?'

만휘는 명문세가의 자식들을 보면서 속으로 생각했다. 하나같이 훤칠하고 잘생기고 어여뻤다. 물론 상대적으로 떨어지는 외모를 가진 이도 이었지만 분명 평범한 사람들에 비해서는 뛰어난 외모였다.

만휘도 저 틈에 끼어서 어울리고 싶었다. 함께 어울리는 저들의 모습을 보니 참으로 즐겁고 행복해 보였다.

하지만 만휘는 다가설 용기가 없었다. 만진에게서 들은 이야기가 있었기 때문이다.

"이 세상 사람들에게 너의 존재를 알리게 된다. 진정한 감숙만가의 식구가 되는 것이지."

"그동안 사람들의 눈 밖에 나지 않도록 행동거지를 조심해야 할 것이야."

만휘의 머릿속에서 만진의 목소리가 맴돌았다. 분명 저 안에 끼고는 싶었으나 자신이 저 속에 끼어서 어떤 실수라도 저지를지 걱정되었다.

아직 다른 사람과의 대화 예절을 잘 모르기에 만휘는 섣불리 다가갈 수 없었다.

"저기요."

만휘가 먼발치에서 그들의 모습을 보고 있을 때, 뒤에서 여인의 목소리가 들렸다.

"예?"

만휘는 뒤를 돌아보았다. 그리고는 잠시 멍한 표정이 되었다.

너무나 아름다웠다. 나이는 자신과 비슷해 보였다. 만휘는 입을 다물지 못했다. 상대가 자신에게 무언가를 물어보고 있음에도 그에 반응을 하지 못했다.

"저기요! 내 말이 안 들리나요!"

결국 몇 번을 물어봤음에도 만휘가 대답을 하지 않자 그 여인이 목소리를 높였다. 그제야 정신을 차린 만휘는 그녀에게 물었다.

"예?"

만휘의 물음에 그녀는 작게 한숨을 쉰 다음 다시 만휘에게 물었다.

"여기 손님들이 묵는 전각이 어디에 있는지 물었어요."

다시 묻는 그녀의 눈빛에는 불쾌한 감정이 드러나 있었다.

"아, 죄송합니다. 따라오세요. 제가 안내해 드릴게요."

아마도 넓은 세가이다 보니 길을 잃은 모양이었다. 만휘는 방금 전의 실수를 만회하기 위해 친절하게 대답하며 말했다.

만휘는 앞장서서 그녀를 안내하기 시작했다. 고개를 돌려 그녀의 얼굴을 보고 싶었지만 그러면 그녀가 이상하게 생각할까 봐 오로지 앞만 보고 걸었다.

그렇게 조금의 시간이 지나고 만휘와 그녀는 손님이 묵는 전각에 도착했다.

"여기가 그곳입니다. 그럼."

만휘는 그녀의 얼굴을 차마 보지 못하고 짧게 말한 다음 얼른 그 자리를 벗어났다.

"뭐야? 무슨 사람이 저래?"

그녀는 달려가는 만휘의 뒷모습을 보면서 중얼거렸다. 그녀의 표정을 보아하니 많이 불쾌한 것 같았다.

"언니, 왜 그래?"

그녀에게 한 여인이 다가왔다. 비슷하게 생긴 것이 동생인 것 같았다.

"몰라. 이곳 세가의 무사인 것 같은데 이상해. 사람이 말을 하면 제대로 듣지도 않고, 무슨 말을 하는데 고개만 푹 숙이고 말하고, 지금도 무슨 죄 지은 사람처럼 도망가고. 무슨 감숙제일가가 이러니?"

그 여인은 만휘가 체격도 당당하고 평소 입던 대로 무복을 입고 있어 무사로 본 것 같았다. 그 여인의 말에 동생이 그녀의 어깨를 다독이며 말했다.

"그런 사람 한둘 정도 있어야 사람 사는 맛이 나지. 이곳 사람들은 하인들 빼놓고는 너무 딱딱해. 숨막히고."

동생의 말에 언니는 고개를 끄덕였다. 그리고는 동생과 함께 전각 안으로 들어갔다.

한참을 달려온 만휘는 거친 숨을 몰아쉬며 헉헉거렸다. 아무리 생각해도 마지막에 그렇게 도망치듯 달려온 것은 잘못한 일인 것 같았다.

그렇게 생각하니 만휘는 후회가 밀려왔다. 조금 더 당당하게 행동해도 좋았을 것을. 어차피 자신도 이곳 감숙만가의 사람 아니던가. 그에 만휘의 표정은 그리 밝지 않았다.

"여기서 뭐 하니?"

만총이 어디선가 다가와 물었다. 그 물음에 만휘는 괜히 화들짝 놀라며 만총을 바라보았다.

"뭘 그렇게 놀래? 아무튼 여기서 뭐 하는 거야? 시간없다. 어서 가서 옷 갈아입어야지."

만총의 말에 만휘가 의문스런 표정으로 만총을 바라보며 물었다.

"옷이요? 무슨 옷이요?"

만휘의 물음에 만총이 웃으면서 말했다.

"그럼 이 옷을 입고 이렇게 많은 사람들 앞에 서려고 했단 말이더냐? 평소 때야 상관없지만 그래도 공식적인 자리에 모습을 보일 때에는 그에 맞는 옷을 입어야지. 게다가 오늘은 너에게도 중요한 날이 아니더냐? 첫인상이 좋아야 나중에도 좋단다."

만총의 말에 만휘는 고개를 끄덕였다.

"자, 시간이 없단다. 어서 방으로 가보아라. 아마 옷이 네 방에 가 있을 거다. 도움이 필요하면 밖에 있는 하인들을 부르고. 알겠지?"

"예, 그렇게 할게요."

만총의 말에 만휘가 고개를 끄덕이며 대답했다.

"그래, 그럼 이따가 보자꾸나."

만총의 말에 고개를 끄덕인 만휘는 방금 전 그 여인과의 짧은 만남을 아쉬워하며 자신의 방으로 향했다.

방에 들어간 만휘는 자신의 침상 위에 올려져 있는 옷을 들어보고는 감탄을 금치 못했다. 방금 전 명문세가의 자제들이 입고 있는 옷보다도 더 멋있어 보였다.

'이 옷을 입으면 나도 더 멋있어 보일까?'

만휘는 옷을 바라보며 생각했다. 이런 옷을 입는 것만으로도 그들 사이에서 어깨를 펴고 서 있을 수 있을 것 같았다.

"도련님, 다 입으셨습니까? 시간이 없습니다."

"예? 아, 예. 지금 바로 입고 나가겠습니다."

밖에서 하인의 말이 들렸다. 그 목소리에 만휘는 정신을 차리고는 허겁지겁 옷을 입기 시작했다.

밖에 서 있는 하인은 초조해지기 시작했다. 가주인 만진도 무서웠지만 일을 할 때의 만총도 상당히 무서웠기 때문이다. 만약 만휘가 늦게 간다면 어떤 소리를 들을지 몰랐다.

그렇게 생각하고 있을 때쯤 방문이 열리고 만휘의 얼굴이 보였다.

"아, 다 입으셨습니까?"

만휘의 얼굴이 보이자 하인은 반가운 기색으로 묻자 만휘는 약간 난처한 표정으로 하인에게 대답했다.

"저, 다른 것은 다 입었는데요, 한 가지가 남았거든요? 이것 좀 도와주실래요?"

만휘의 말에 작게 한숨을 내쉰 하인은 고개를 끄덕이며 말했다.

"예, 시간이 없으니 제가 도와드리겠습니다."

말을 한 하인은 조심스럽게 만휘의 방으로 들어갔다. 방에 들어가서 본 만휘는 군데군데 옷을 제대로 입지 않고 있는 모습이었다.

"미안해요."

만휘가 멋쩍게 웃으면서 말했다. 하인은 서둘러 만휘의 옷 매무새를 고쳐 주기 시작하였다.

"옷은 제대로 입어야 합니다. 옷 하나를 보고도 그 사람에 대해서 알 수 있으니까요. 옷은 첫인상에 큰 비중을 차지한답니다."

하인이 만휘의 옷을 바로잡아 주며 말했다. 그 하인의 말에 만휘는 고개를 끄덕이며 옷 입는 법을 자세히 보기 시작했다.

우여곡절 끝에 옷을 다 입고 밖으로 나간 만휘는 잔치가 시작하기 바로 전에 도착할 수 있었다. 나가서 만호의 곁에 서려고 했던 만휘는 만정의 손에 붙잡혀 그럴 수가 없었다.

"왜요? 무슨 일 있어요?"

만휘가 만정에게 물었다. 그 물음에 만정은 만휘의 위아래를 훑어보며 만휘에게 말했다.

"이야! 역시 옷이 날개구나! 이렇게 근사한 옷을 입으니 완전히 귀공자 태가 나는데?"

만정의 말에 만휘는 쑥스러워하면서 고개를 푹 숙였다. 그런 만휘의 모습을 보며 만정은 미소를 지었다.

"아직은 넌 저기에 설 수 없어. 조금 있다가 할아버지께서 네 소개를 하실 거야. 그러면 그때 나가면 돼."

만정의 말에 만휘는 만호가 서 있는 곳을 바라보았다. 만호, 만화와 함께 서 있는 명문가의 자제들 중에 아까 자신과 만났던 그 여인도 보였다.

만휘는 괜히 심장이 두근거리는 느낌이 들었다.

"조금만 기다려라. 조금 있으면 너도 저들과 어깨를 나란히 할 수 있을 것이야. 아니, 저들보다 더 나은 사람으로 다시 태어나는 거야."

만정의 말에 만휘는 말없이 고개를 끄덕였다. 감숙제일가의 자제. 이제 곧 만휘도 저들에 비해서 부족할 것 없는 사람으로 소개될 것이다.

"이렇게 저희 세가를 찾아주신 모든 분들께 감사의 말씀을 드립니다."

잔치를 시작하기에 앞서 만진이 세가를 찾은 손님들에게

인사말을 건넸다.

"오늘의 주인공인 만호의 생일을 축하하는 잔치를 열기에 앞서 여러분들께 소개시켜 드릴 사람이 한 명 있습니다."

만진의 말에 조용하던 장내가 갑자기 웅성거리기 시작했다. 그들은 그들 나름대로 소개시키려는 사람이 누구인지에 대해 이야기를 나누고 있는 것이다.

만진은 가만히 그들을 바라보았다. 그런 만진의 시선 때문인지 무엇 때문인지 약간 소란스럽던 장내는 이내 조용해졌다.

"제게 죽은 큰아들이 있다는 사실은 잘 아실 겁니다. 창이지요. 그 큰아들이 하나 남겨놓은 혈육이 있었습니다. 그동안은 창이 살던 산속에서 살았고, 이곳 세가로 온 지 이제 일 년이 채 안 된 아이입니다. 그래서 그 아이를 세가로 데리고 왔고, 이렇게 오늘에서야 여러분들께 소개시켜 드리게 되었습니다."

만진의 말이 끝나자 만정이 만휘의 등을 밀며 말했다.

"어서 가봐. 네가 나갈 차례야."

만정의 말에 만휘는 뛰는 가슴을 진정시키곤 천천히 만진이 있는 단상 쪽으로 걸어갔다.

만휘가 단상 위에 모습을 드러내자 장내는 다시 소란스러워졌다. 만휘가 옆에 서자 만진이 사람들에게 말했다.

"이 아이가 창의 아들인 휘입니다. 우리 세가의 일원으로

서 이렇게 여러분들께 소개시켜 드립니다."

만진의 말에 사람들은 계속 웅성거렸다. 그런 사람들이 다 보이는 곳에 서 있으려니 만휘는 간이 콩알만 해졌다. 심하게 긴장을 해서 그런지 시야도 좁아졌다.

"어깨를 펴라. 너는 감숙제일가인 감숙만가의 일원이다. 저들에게 나약한 모습을 보이지 말아라."

그런 만휘에게 만진의 전음이 들렸다. 그 목소리를 들으니 만휘는 왠지 조금씩 긴장이 풀리는 듯했다. 게다가 선기도 급격한 만휘의 감정 변화를 느꼈는지 활발하게 신체 곳곳을 돌며 만휘를 안정시키고 있었다.

"어? 저 사람은?"

팽은지가 만휘를 보고는 소리쳤다. 팽은지가 소리치자 그 옆에 함께 서 있던 팽화영이 그녀에게 물었다.

"왜? 아는 사람이야?"

팽화영의 물음에 팽은지는 고개를 끄덕였다. 그리고는 무언가에 홀린 사람처럼 만휘가 서 있는 단상을 바라보며 입을 열었다.

"내가 아까 말한 그 이상한 무사 있지? 그 사람이야."

팽은지의 말에 팽화영 또한 벌어진 입을 다물지 못했다. 언니의 이야기만 들었을 때에는 한심하고 이상한 사람일 것이라고 생각했는데 아니었다.

멀리서 보아도 또렷한 이목구비에 건장한 체격, 게다가 저렇게 멋진 옷을 입고 있으니 완전히 딴사람같이 보였다.

"다시 봐야겠는데?"

팽화영이 말했다. 그녀의 말에 팽은지도 고개를 끄덕였다.

"자, 그럼 잔치를 시작하도록 하겠습니다. 잔치가 열리는 사흘 동안 즐겁게 보내시다 가시기 바랍니다."

만진이 말을 끝마쳤다. 그와 동시에 본격적인 잔치가 시작되었다. 만진의 소개가 끝나고 만휘도 단상을 내려와 만호와 만화가 있는 곳으로 내려갔다.

"우와! 형! 오늘은 내가 아니라 형이 주인공인 것 같은데?"

만호가 만휘를 보며 말했다. 평소 편안한 무복을 입고 있을 때보다도 더 멋져 보였다.

"오라버니, 수고하셨어요."

만화가 만휘에게 말했다. 그 말에 만휘는 방금까지의 일을 생각하며 고개를 설레설레 흔들었다.

"말도 마라. 이렇게 많은 사람들 앞에 서 보는 것이 처음이다 보니 죽을 맛이야. 다시는 할 짓이 못 돼."

만휘의 말에 만호와 만화는 미소를 지었다.

본격적으로 잔치가 시작되자 각 세가의 자제들이 하나 둘 만호와 만화 주변으로 모이기 시작했다. 만호와 만화 옆에는 만휘도 서 있었기에 만휘도 자연스럽게 그들과 자리를 함께 하게 되었다.

"반갑습니다. 저는 하북팽가의 팽기라고 합니다."

팽가의 팽기가 먼저 만휘에게 인사를 건넸다. 그의 인사에 만휘는 웃으면서 그에게 인사했다.

"반갑습니다. 만휘라고 합니다."

만휘가 자신이 생각하기에 최대한 예의있는 말과 태도로 팽기에게 인사했다.

"아버님 일은 참 안됐습니다. 늦게나마 이렇게 조의를 표합니다."

팽기의 말에 만휘는 아무런 말 없이 고개를 숙였다. 그런 만휘를 보며 팽기는 만휘가 아버지 생각에 아무런 말을 하지 않는 것이라 생각하고는 더 이상 말을 하지 않았다.

하지만 만휘는 아버지 생각에 아무런 말도 하지 않은 것이 아니었다. 이런 경우에 어떤 식으로 대답을 해야 할지 잘 몰랐기 때문이다.

"형, 그냥 '감사합니다' 라고 해."

그런 만휘의 기색을 알아차린 만호가 만휘에게 전음을 보냈다. 만호의 전음을 들은 만휘는 고개를 들어 미소를 지으며 팽기에게 말했다.

"감사합니다."

그런 만휘의 말에 팽기 또한 미소를 지으며 만휘를 바라보았다.

"오라버니!"

팽기가 만휘와 이야기를 나누고 있을 때에 팽기를 부르는 목소리가 들렸다. 그 소리에 자연스럽게 팽기와 만휘, 만호, 그리고 만화의 고개가 그리로 돌아갔다.

"아, 은지구나. 화영이도."

팽기가 팽은지와 팽화영을 보며 반갑게 맞았다. 그들이 있는 곳으로 다가오는 팽은지를 보며 만휘는 속으로 잔뜩 긴장했다.

'아까의 일로 날 이상하게 생각하면 어쩌지?'

혹여 팽은지가 아까의 일로 자신에게 말을 걸어오면 어떻게 대답을 해야 할지 걱정스러운 만휘였다. 하지만 다행스럽게도 팽은지는 만휘에게 아무런 말도 하지 않았다. 그 때문에 만휘는 속으로 다행스럽게 생각했다.

"반가워요."

팽화영이 말을 걸었다. 팽화영도 아름다운 외모였지만 팽은지에 비하면 상대적으로 떨어지는 감이 없지 않아 있었다.

만휘는 자신에게 말을 건 사람이 팽은지가 아니었기에 다행스러우면서도 아쉬움을 느꼈다. 하지만 그런 기색은 겉으로 보이지 않고 팽화영에게 웃으면서 인사했다.

"반갑습니다. 만휘입니다."

만휘의 말에 팽화영은 웃으면서 만휘에게 말했다.

"어머, 목소리도 멋지군요. 외모도 멋있고. 앞으로 많은 여인들이 좋아할 외모예요. 저도 반하려고 하는데요?"

팽화영의 대담한 말. 그녀의 대담한 발언에 만휘는 얼굴을 붉히며 고개를 약간 숙였다.

"호호호, 저 얼굴 빨개지는 것 좀 봐. 귀엽기까지 하시네?"

팽화영의 말에 옆에 있던 팽기가 팽화영을 말렸다.

"처음 보는 분에게 그런 실례가 어디 있느냐? 죄송합니다. 이 아이가 아직 철이 없어서 그러니 이해해 주십시오."

팽기가 팽화영을 대신해서 만휘에게 사과했다. 팽기의 사과에 만휘는 웃으면서 손을 저었다.

"아니요, 괜찮습니다."

만휘의 말에 팽기는 웃으면서 만휘에게 말했다.

"하지만 화영이의 말이 거짓은 아니군요. 정말 수려하신 외모입니다. 하하하!"

팽기의 말에 만휘는 이번에도 쑥스러워하면서 어색한 미소를 지었다. 그런 만휘를 팽은지는 아무런 표정 없이 바라보고만 있었다.

그렇게 그들과 어울려 이야기를 나누면서 만휘는 점점 그들과 융화되어 가는 느낌을 받았다. 그들도 처음 만나는 자신을 잘 대해주었고, 만휘 역시 그들에게 거부감을 느낄 수 없었다.

하지만 단 한 사람, 팽은지만이 만휘와 거리를 두고 있었다. 무엇 때문인지 알 수 없었다. 아까 일이라면 아직까지도 계속 저러는 이유가 되기 힘들었다.

그런 팽은지의 태도를 알아차린 만휘는 속으로 안타까운

마음을 금치 못했다. 그런 만휘의 마음을 아는지 모르는지 그녀는 계속해서 만휘와 거리를 둘 뿐이었다.

팽가의 자제들과 이야기를 나누고 있자 다른 세가의 사람들도 모여들기 시작했다. 이름만으로도 세상 사람들의 존경을 받는 당가, 남궁가 등의 자제들도 모여들었다.

그들이 와서 가장 먼저 관심을 가진 사람은 단연 만휘였다. 오늘이 만호의 생일이기는 하지만 그들도 새롭게 등장한 인물에 대한 호기심을 누르기는 힘들어 보였다.

"너무들 하네. 오늘의 주인공은 나인데 말이야. 다들 휘 형한테만 관심이 있구면?"

만호가 투정 아닌 투정을 했다. 만호의 투정에 남궁혁이 만호에게 말했다.

"너는 이미 구면이잖아. 그러니 새로운 얼굴에게 관심을 가지는 것은 당연하지. 게다가 감숙제일가에서 등장한 새로운 얼굴인데 어느 누가 관심을 안 가지겠어?"

남궁혁의 말에 만호는 약간 뽀로통한 표정이 되었다. 물론 장난기가 많이 섞인 표정이었지만.

만휘는 대화를 하면 할수록 그들과 함께 있는 시간이 즐거웠지만 그렇지 않은 것도 있었다.

바로 그들 주변에서 힐끔힐끔 쳐다보는 시선들이었다. 대충 들은 이야기로는 만창의 진짜 아들이 아닐 수도 있다느니, 만창의 서자라 이제야 인정을 받는다느니 하는 내용이었다.

그런 이야기들에 만휘는 즐거웠던 기분이 순식간에 가라앉았다. 이런 상황에서는 개이공을 익힌 것이 후회가 되는 만휘였다.

"죄송하지만 저 먼저 가봐야겠습니다."

만휘가 약간 굳은 표정으로 말했다. 갑작스런 만휘의 말에 처음부터 만휘에게 상당한 호감을 드러냈던 당문용이 만휘에게 말했다.

"아니, 왜요? 즐겁지 않으십니까? 저희랑 조금 더 있다가 가시지요."

그의 말에 만휘는 옅은 미소를 지으며 말했다.

"아니, 그런 것이 아닙니다. 충분히 즐거웠습니다. 죄송합니다."

만휘의 말과 표정에 그들은 그냥 고개를 끄덕일 수밖에 없었다. 그들이 고개를 끄덕이자 만휘는 바로 몸을 돌려 자신의 방이 있는 전각으로 향했다.

만휘의 갑작스런 태도 변화에 만호는 고개를 돌려 주변을 바라보았다. 만화 역시 무언가 짚히는 것이 있는지 주변을 두리번거렸다.

그런 만호와 만화의 눈에 자신들끼리 저 멀리 사라져 가는 만휘의 뒷모습을 보며 수군거리는 사람들의 모습이 들어왔다.

"아무래도 저들의 이야기가 오라버니의 기분을 상하게 한 것 같지?"

만화가 수군거리는 사람들은 바라보며 만호에게 전음을
보냈다. 그에 만호는 고개를 끄덕였다. 전음도 들을 수 있을
정도로 대단한 청력을 가진 만휘였기에 저들의 말은 마치 귓
가에서 속삭이는 것처럼 또렷하게 들었을 것이다.

"저는 형한테 좀 가볼게요. 문제가 좀 있는 것 같거든요."

만호가 손에 든 접시를 식탁에 내려놓고는 말했다. 만호의
말에 황보지극이 만호를 붙잡으며 말했다.

"아니, 오늘 잔치의 주인공이 어디를 가겠다는 말이야?"

"그래요. 그러지 말고 더 있어요. 네?"

평소 만호에게 큰 호감을 보이던 황보수화도 붙잡았다. 그
에 만호는 난감해했다. 자신을 위한 잔치인데 빠질 수도 없
고, 그렇다고 만휘를 그냥 저렇게 가게 두면 안 될 것 같았기
때문이다.

"그럼 내가 가볼게. 그러니 너는 여기 있어."

만호는 만화가 가겠다는 말에 약간 걱정스런 표정으로 고
개를 끄덕였다.

만화가 만휘를 뒤따라 떠나고, 팽기가 만호에게 물었다.

"도대체 어떻게 된 일이야? 무슨 일인데 그래?"

팽기의 물음에 만호는 마지못해서 대답했다.

"사실 형이 청력이 좋거든요. 그런데 사람들이 형을 보고
수군거리는 소리를 들은 모양이에요. 그것 때문에 기분이 안

좋아진 것 같고요."

만호의 말에 다들 주변을 둘러보며 수군거리는 사람들을 바라보았다. 하지만 만휘가 사라지자 만휘에 대해서 수군거리는 사람은 없었다.

"도대체 무슨 소리를 들었기에 그렇게 갑자기 가버렸을까?"

당문용이 아쉬워하면서 말했다. 이야기를 나눠보면서 만휘가 참 순수하고 깨끗한 사람이라는 것을 안 당문용이기에 더욱더 안타까워했다.

"모르죠. 하지만 좋지 않은 말이니 그랬겠죠."

만호가 걱정스런 표정을 지었다. 원래는 웃고 떠들어야 제맛이 나는 잔치에서 그들의 표정은 그리 밝지 않았다.

그런 그들 사이에 섞여 있던 팽은지는 그들 모르게 살짝 그자리를 벗어나 만휘가 간 쪽으로 향했다.

"오라버니!"

만휘를 따라온 만화는 앞서 가는 만휘를 불렀다. 다른 사람들과 함께 있을 것으로 생각했던 만화의 목소리에 만휘는 뒤를 돌아 만화를 바라보았다.

"여기는 왜 왔어, 거기서 조금 더 놀지?"

만휘의 말에 만화는 걱정스런 표정으로 만휘에게 물었다.

"왜 그래요? 무슨 이야기를 들었기에 이렇게 그냥 가시는 거예요?"

만화의 물음에 만휘는 한쪽 벽에 기대어 서면서 중얼거렸다.

"사람들은 왜 그러는 걸까? 할아버지의 말을 믿지 못하는 걸까? 왜 그런 소리를 하는 것인지 모르겠어."

만휘의 말에 만화도 만휘의 옆에 서서 건물 벽에 몸을 기댔다. 그리고는 정면을 보며 입을 열었다.

"그런 소리에 신경 쓰지 마세요. 무슨 소리를 들으셨는지 모르겠지만 그런 소리에 일일이 신경 쓰고 살면 머리 아파요."

만화의 말에 만휘는 미소를 지었다. 그랬다. 내 자신이 아버지 아들이라 확신하면 그만이었다. 남들이 '아닐 것이다'라고 해서 아닌 것이 되는 게 아니었다.

그렇게 생각하니 만휘는 속이 개운해졌다. 그리고는 만화를 보며 말했다.

"고맙다. 이럴 때는 네가 누나 같구나."

만휘의 말에 만화가 미소를 지으며 말했다.

"아무래도 경험 면에서는 내가 누나 아닐까요? 호호!"

만화의 말에 만휘는 웃으면서 고개를 끄덕였다.

"그럼 너는 가서 더 놀아. 나는 오늘 긴장을 많이 해서 그런지 피곤하다."

만휘가 몸을 일으키며 말했다. 그 말에 만화는 고개를 끄덕이며 말했다.

"그래요. 그럼 가서 쉬세요."

만화가 웃는 얼굴로 말했다. 만휘는 만화에게 어서 가라며 손짓을 하고는 자신의 방이 있는 곳으로 향했다.

만화를 보내고 자신의 방으로 향하던 만휘가 발걸음을 멈추었다. 그리고는 건물 모서리 쪽을 바라보며 입을 열었다.

"거기서 뭐 하세요?"

만휘가 아무도 없는 건물 끄트머리를 향해서 물었다. 만휘의 말이 끝나고 아무도 없는 것 같던 그곳에서 팽은지가 모습을 드러냈다.

"내가 있는 것을 어떻게 알았나요?"

팽은지가 모습을 드러내며 물었다. 그녀의 물음에 만휘는 미소를 지으며 말했다.

"제가 귀가 좀 좋거든요."

만휘의 말에 팽은지는 그가 장난을 치는 것으로 생각했다. 그리고는 만휘에게 물었다.

"당신은 누구죠?"

만휘는 팽은지의 물음에 당황했다. 자신이 보인 행동은 아무런 의미가 없었다. 다만 어떻게 해야 하는지 잘 몰랐기에 서툰 행동을 한 것뿐이었다.

"아까 못 들으셨나요? 저는 돌아가신 저희 아버지의 아들 만휘입니다."

만휘의 말에 팽은지는 아무런 말 없이 만휘를 바라보았다. 만휘도 그녀를 바라보았다. 아까와는 달리 왠지 그녀를 똑바로 마주 보아도 쑥스럽지 않았다. 당당하게 대할 수 있었다.

"할 말이 더 없으시면 저는 이만 가보겠습니다. 많이 피곤하거든요."

만휘는 말을 하고서 몸을 돌렸다. 그의 표정에는 아까와 같은 실수를 하지 않고 당당하고 떳떳하게 행동했다는 기쁨이 드러나 있었다.

만휘가 그 자리를 벗어나고도 팽은지는 계속 그 자리에 서서 만휘의 뒷모습을 바라보고 있었다. 분명 만휘가 만가의 사람이라는 것을 알고 있는 자신이었지만 계속해서 만휘에게 신경이 쓰였다.

지금 이 순간 팽은지는 자신이 가지고 있는 느낌이 그저 만휘가 누구인지에 대한 이상한 느낌이라고 생각했지만, 그런 느낌이 아닌 다른 감정이었다는 것을 훗날에 가서야 알게 된다.

그날 이후 이틀 동안 잔치는 계속되었다. 그 중간에 먼저 가는 사람들도 많았지만 대부분은 감숙만가에 남아 잔치를 즐겼다.

그 이틀 동안 만휘는 사람들을 사귀는 것에 대해서 많은 것을 알게 되었다. 남궁가나 당가, 팽가, 황보가 등의 자제들도 만휘의 이야기를 듣고는 만휘가 적응하는 데 많은 도움을 주었다.

그런 노력의 결과 만휘도 명문 자제들과 함께 있어도 전혀 동떨어지지 않는, 그들과 함께하는 모습을 보일 수 있었다.

혹여 만휘가 사람들과 잘 사귀지 못하면 어쩌나 걱정을 했던 만총과 만정, 만각 등은 잘 적응하는 만휘의 모습에 흐뭇한 미소를 지었다.

하지만 역시나 팽은지는 아니었다. 분명 만진의 분명한 이야기가 있었고, 만휘 역시 자신에 대해 밝혔음에도 다른 무언가가 있는 것 같은 생각이 들었다.

고민이라고 할 것까지는 없었지만 왠지 만휘가 자꾸 자신의 신경을 건드리는 것 같은 느낌을 받았다.

직접적으로 자신에게 어떤 해를 가하는 것이 아니라 그의 존재 자체가 그녀의 신경을 자꾸 그쪽으로 기울게 하고 있는 것이었다.

만휘도 대충 그런 팽은지의 생각을 눈치 챘지만 최대한 자연스럽게 행동하고 사람들과 어울리기 위해 노력했다.

"아, 이것 참, 시간이 빨리도 가는군요. 벌써 잔치가 오늘로 끝이라니 말입니다. 이제 저희도 곧 떠나야겠군요."

당문용이 만휘를 보면서 말했다. 다른 사람들에 비해서 만휘에 대한 호감을 크게 갖고 있는 당문용이었기에 그 아쉬움은 더 큰 듯했다.

그런 당문용의 말에 만휘는 기분이 좋았다. 다른 사람들도 자신에게 잘 대해주었지만 유별난 당문용의 저런 태도는 만휘 자신도 다른 사람들에게 이 정도로 호감을 줄 수 있다는 증거였기 때문이다.

"저도 많이 아쉽습니다. 저는 세가 밖의 사람들과 어울리는 것이 처음이라 정말 아쉽습니다."

만휘의 말에 남궁혁이 웃으면서 말했다.

"하하하! 언제든지 저희 남궁세가에도 찾아오십시오. 그리고 저희도 가끔 찾아오지요."

남궁혁의 말에 만휘는 웃으면서 고개를 끄덕였다. 남궁혁의 말에 당문용도, 황보지극도, 팽기도 모두가 자신의 세가에 한번 오라며 만휘에게 말했다.

"예, 다들 감사합니다. 꼭 찾아뵐게요."

만휘가 웃으면서 말했다. 그러자 이번에도 만호가 투정 섞인 말투로 옆에서 말했다.

"와, 다들 너무한다. 나 처음 만났을 때에는 찾아오라는 소리도 안 하더니."

만호의 말에 황보지극이 만호를 보고 웃으며 말했다.

"그럼 열 살도 안된 꼬마한테 세가로 찾아오라고 하니?"

황보지극의 말에 다들 고개를 끄덕였다. 그 말에 만호는 그들에게 크게 말했다.

"아니, 인사치레로도 할 수 있는 거지 뭘 그래!"

그런 만호의 말에 남궁혁이 웃으면서 만호에게 말했다.

"그래, 이제 너도 다 컸으니 세가에 놀러 오고 그래. 만화도 오고. 알겠지?"

남궁혁의 말에 만호와 만화는 고개를 끄덕였다. 그렇게 사람들과 이야기를 하는 사이 어느덧 잔치에 왔던 대부분의 사람들이 세가를 빠져나가고 있었다.

"이제 저희들도 가봐야겠군요. 그럼 안녕히 계십시오."

남궁혁이 인사를 하자 만휘와 만호, 만화도 그에게 인사했다.

"예, 그럼 조심해서 가십시오."

만휘가 말했다. 그에 웃으면서 고개를 끄덕인 남궁혁은 자신의 세가 사람들이 있는 곳으로 향했다.

"잠깐 저 좀 봐요."

남궁혁이 자리를 떠나고 다들 돌아갈 때가 되었을 때, 팽은지가 만휘에게 말했다.

"와! 형! 대단한데!"

만호가 만휘에게 말했다. 팽은지의 경우 많은 사람들이 사모하는 여인인 만큼 그녀가 만휘에게 관심을 가졌다고 생각했기 때문이다.

하지만 만휘의 표정은 그리 밝지 않았다. 그런 얼굴을 하고 만휘가 팽은지에게 물었다.

"왜 그러시죠?"

만휘의 물음에 팽은지는 가만히 만휘를 바라보았다. 아무래도 자신의 행동이나 생각이 티가 난 만큼 그간에 자신이 생각한 것을 정리해야 할 필요를 느꼈다.

그래야 앞으로 생활하고 대인 관계를 지속함에 있어서도 편할 것 같았다.

"그냥 다녀오시지요. 그러는 게 좋을 것 같습니다."

당문용이 만휘에게 말했다. 당문용의 말에 잠시 팽은지를 바라보던 만휘는 그녀를 따라 어디론가 사라졌다.

"야, 자칫하면 형은 무림 공적이 될 수도 있겠는데?"

만호의 말에 만화도 고개를 끄덕였다.

"그러게 말이야. 은지 언니 좋아하는 사람이 어디 한둘이어야 말이지."

만화의 말에 당문용은 부럽다는 표정을 지었다.

"나도 은지 같은 아이와 연정이 싹틀 수 있다면 무림 공적이 되어도 좋다."

당문용의 말에 만호가 그를 보며 말했다.

"에이, 그건 아닐 것 같은데? 형 성격에 사랑과 목숨 사이에서 사랑을 택한다고? 말도 안 돼."

만호의 말에 당문용이 머쓱한 표정을 지으며 만호에게 말했다.

"아무리 그래도 그렇지, 그렇게 사람 앞에서 대놓고 말을 하냐."

당문용의 말에 만호와 만화 등 그 곁에 있던 사람들은 웃음을 터뜨렸다.

팽은지를 따라 어제의 그 장소로 온 만휘는 그녀가 멈추어 서자 자신도 멈췄다. 멈춰 선 팽은지는 만휘를 바라보고 돌아섰다.

"일단 제 말을 하기 전에 한 가지만 물을게요."

팽은지의 말에 만휘는 아무런 말 없이 고개를 끄덕였다.

"이 세가의 사람이면서, 정확하게 말하면 만가이면서 그날은 왜 그런 행동을 했던 것이죠? 내가 당신 입장이었다면 조금 더 당당하게 행동했을 것 같은데 말이죠."

팽은지의 물음에 만휘는 미소를 지으며 대답했다.

"왜 물어보지 않을까 하는 생각하고 있었는데 이제야 물어보시네요. 그 일에 대해서는 사흘 동안 저를 보면서 아셨을 것 같은데요? 저는 산속에서 살다가 온 사람입니다. 세상의 일에 대해서는 아직도 배울 것이 많아요. 혹시나 실수를 하지 않을까 하는 생각에 조심스러웠죠. 그래서 처음 저에게 길을 물었을 때 당황했던 거구요."

만휘의 말에 팽은지는 고개를 끄덕였다. 대충 자신이 생각했던 것과 비슷한 대답이었다.

"솔직히 그동안 이상한 사람이라고 생각했어요. 세가의 사람이면서 어울리지 않는 행동을 한 것도 보았고, 가주께서 소개를 하신 다음부터는 처음 보았던 모습과는 전혀 다른 모습을 보여주었으니까요. 최대한 기척을 숨기도 있었던 저를 찾아낸 실력도 있었고요."

팽은지의 말에 만휘는 고개를 저으며 그녀에게 말했다.

"그런 모습들은 저의 겉모습만 보고 판단하신 겁니다. 그때 제가 얼마나 속으로 긴장을 하고 있었는지 모르실 겁니다. 하지만 최대한 당당하게 행동하려고 노력 많이 했지요. 처음은 처음이기에 당황하여 그런 실수를 한 것이고, 그 다음부터는 최대한 실수 없이 행동하려고 노력했기에 그렇게 보인 것입니다. 그리고 제가……."

만휘는 말을 하다가 팽은지를 어떻게 불러야 할지 몰라 말을 끊었다. 갑자기 만휘가 말을 끊고 자신을 바라보자 팽은지는 만휘를 이상하게 바라보았다.

"제가 어떻게 불러야 하죠?"

만휘가 물었다. 그 말에 팽은지는 피식 웃으면서 만휘에게 말했다.

"그냥 소저라고 부르세요. 보통 다들 그렇게 부르니까요."

팽은지의 말에 고개를 끄덕인 만휘는 계속해서 말을 이어나갔다.

"제가 소저의 기척을 찾아낸 것은 그다지 이상할 것이 있어 보이지는 않는데요? 제가 이곳 감숙제일가의 사람이라는 사실을 안다면요."

만휘의 말에 팽은지는 고개를 끄덕였다. 확실히 만휘가 감숙제일가의 사람이라면 그 정도는 납득할 수 있었다. 자신 또한 그리 높은 실력은 아니었기에.

"그렇군요. 솔직히 그간 고민이라기보다는 계속 뭔가 걸리더군요. 잘은 모르겠지만… 뭔가 이상한 느낌이랄까요? 아무튼 이제 앞으로는 친하게 지내요."

팽은지가 웃으면서 말했다. 그녀의 웃는 표정에 만휘도 밝게 웃었다. 앞으로는 그녀를 만나면 자신있고 편하게 대할 수 있을 것 같았다.

그렇게 만휘에게 많은 일이 닥쳤던 만호의 생일잔치가 모두 끝났다.

제8장

개심공을 완성하고
검법을 익히다

개심공을 완성하고
검법을 익히다

만호의 생일을 기점으로 하여 만휘는 한층 더 변화된 모습을 보이고 있었다. 처음 만나는 세가의 사람들과의 관계도 익숙해졌고, 다른 세가의 사람들과 어울리는 것에도 적응했기에 만휘는 더 이상 두려운 것이 없게 느껴졌다.

세가 밖을 나가서 어떤 생활을 하든 간에 두려움에 떨지 않고 자신있게 행동할 수 있을 것 같았다.

하지만 세상이란 무궁무진한 사건들이 발생하는 곳이기에 제아무리 대인 관계에 자신이 붙었어도 만휘가 쉽게 살아가기는 힘들었다.

그런 사실을 모르는 만휘는 오직 이번에 겪은 일로 인하여 얻은 자신감으로 더욱 활기찬 생활을 하고 있었다. 그런 만휘의 모습을 보며 그의 숙부들은 기분이 좋기도 하였지만, 훗날 만휘가 겪게 될지도 모르는 세상의 폭풍을 만휘가 잘 견뎌낼 수 있을지 걱정스럽기도 하였다.

그렇게 시간은 계속해서 흘러갔다. 만호의 생일잔치가 끝난 지도 벌써 팔 개월이 흘렀다.

만휘의 생일이 만화의 생일과 얼마 차이가 나지 않았기에 만화의 생일을 치르고 얼마 지나지 않아 또 만휘의 생일을 치르기보다는 한꺼번에 치르는 것이 나을 것 같다는 만진의 이야기에 둘이 함께 생일잔치를 치르게 되었다.

때문에 만휘는 많은 선물 세례를 받을 수 있었다. 지난번 만호의 생일에 만창의 아들이라는 사실을 공표했기에 잘 보이려는 사람들이 선물을 하나씩 가지고 온 것이었다.

그에 만호는 자신의 생일 때보다 만휘가 선물을 더 받았다면서 귀여운 투정을 부렸다.

그렇게 시간이 지나고 한가한 시간이 돌아왔다. 당분간은 세가에 어떤 행사도 없다고 들었기에 만휘는 수련에 박차를 가하기로 마음먹었다.

상당히 추운 겨울이었지만 만휘는 매일 산에 올랐다. 개심공의 첫 시작을 이루어낸 장소가 바로 산이었기에 만휘는 그곳에서 수련을 하면 모든 것이 잘 이루어질 것만 같았던 것이다.

오늘도 어김없이 산을 오르는 만휘. 뒤쪽 담을 지키는 무사들의 옷은 두꺼웠지만 만휘의 옷은 그다지 두껍지 않았다. 개이공을 익히면서 그 차가운 한기를 이겨내며 수련을 했기 때문이다.

"도련님, 그렇게 입고 돌아다니시면 감기 들어요. 게다가 산속은 얼마나 추운데요."

만휘가 오늘도 옷을 두껍게 입고 있지 않자 무사들은 걱정스런 마음에 만휘에게 말했다. 무사의 말에 만휘는 별로 추위를 느끼지 않기에 오히려 무사들에게 말했다.

"추운데 고생하시네요. 제 걱정은 마시고 몸 관리 잘하세요."

만휘의 말에 무사들은 여전히 걱정스런 눈길로 만휘를 바라보았다.

그런 무사들의 눈길을 느낀 만휘는 미소를 지으며 산으로 걸어 들어갔다. 어느새 하늘에서는 하얀 눈이 내리고 있었다.

항상 수련하던 바위로 간 만휘. 만휘는 가만히 그 바위를 바라보았다. 짧다고 할 수도 있었지만 길다면 긴 시간이었기에 만휘는 그 바위가 마치 보금자리인 것마냥 편안하게 느껴졌다.

만휘는 바위 위로 올라갔다. 얇게 쌓인 눈을 손으로 치우고 나서 만휘는 그 바위 위에 가부좌를 틀고 앉았다.

원래 중단전에 선기가 자리를 잡고 나서는 미약하게 증가

하던 선기였지만 최근에는 그것도 잘 늘어나지 않는 느낌이었다.

최대한 마음을 차분하게 가라앉히고 수련을 하려 하였지만 전혀 늘어나지 않는 선기의 양에 만휘는 초조함을 감추지 못했다.

일상 생활에서도 아무렇지 않게 생활하다가도 문득 중단전의 선기를 생각하면 갑자기 답답해지고 초조해지는 자신을 느끼는 만휘였다.

가부좌를 틀고 명치 부근에 두 손을 모은 만휘는 크게 심호흡을 한 번 했다. 그리고는 두 눈을 감고 깊은 호흡의 세계로 빠져들었다.

만휘가 눈을 뜬 것은 정확하게 한 시진이 지나고 난 다음이었다. 눈을 뜬 만휘의 표정은 그의 기분이나 생각을 알 수 없을 만큼 미묘했다.

그럴 수밖에 없는 것이, 선기가 늘기는 했지만 만족할 만한 수준은 아니었기 때문이다.

'어떻게 해야 이 난관을 극복할 수 있을까?'

눈은 떴지만 만휘는 가부좌를 틀고 앉은 그 자세로 고민에 빠지기 시작했다. 개심공. 꾸준히 수련을 하면 되었던 개안공과 개이공에 비해서 상당히 어려운 단계라는 생각이 들었다.

만휘는 천천히 그 책을 펼쳤을 때 들었던 내용을 떠올렸다.

"그 다음은 개심공이다. 개심공은 신체에 선기를 쌓는 가장 중요하고 어려운 단계라고 할 수 있다. 개이공의 단계까지 완벽하게 통달하게 되면 한동안 침체기를 걷게 된다. 이 시기가 가장 위험한 시기이다. 진척이 없다고 해서 조급하게 생각하고 휴식없이 참선에만 몰두하게 되면 상단전에 모여 있던 선기가 폭주하게 되고 결국 얼굴에 있는 모든 구멍으로 피를 흘리며 죽게 된다. 개심공은 백회가 아닌 명치 부근에 손을 모으고 참선해야 한다. 그리고 짧고 빠른 호흡을 계속 반복하게 되면 숨이 차서 힘이 들게 되는데, 그렇게 되면 상단전에 모여 있던 선기가 아래로 내려와 폐를 어루만져 준다. 그렇게 상단전에 있는 선기가 움직이기 시작하면 따뜻한 곳으로 자리를 옮겨 처음과 같이 규칙적이고 깊은 호흡을 한다. 그렇게 되면 명치 부근에도 선기가 쌓이게 되고, 마음이 안정되고 넓어지면서 자연과 마음이 일치되는 것을 경험할 수 있을 것이다."

한 자도 빼놓지 않고 기억하는 만휘. 하지만 어디에서도 지금 자신의 상황에 대한 해답은 없었다.

"하~ 그냥 계속 이렇게 수련해야 하는 건가?"

만휘는 한숨을 쉬며 자리에서 일어섰다. 언제 그쳤는지 눈은 그쳤고, 내린 눈으로 주위가 하얗게 쌓였다.

자리에서 일어난 만휘는 자신의 머리와 어깨에 앉아 있는 눈을 털어내었다. 그리고는 자신의 엉덩이에 묻은 것도 털어

내려고 손을 가져다 대었다.

축축한 느낌. 그 느낌에 만휘는 자신의 손을 바라보았다. 털어내기는 했지만 남아 있던 눈이 만휘의 체온에 녹으면서 만휘의 바지를 축축하게 적셔놓은 것이었다. 물론 그 바위 위에 있던 약간의 흙도 함께 묻어 있었다.

"쳇, 다음부터는 바닥에 뭘 좀 깔아야겠어."

만휘는 축축한 바지를 엉거주춤하게 붙잡은 다음, 역시 엉거주춤한 걸음걸이로 산을 내려갔다.

산을 내려간 만휘는 무사들이 경계를 서는 담이 있는 곳 가까이 가서는 최대한 똑바로 걷기 위해 노력했다. 아무래도 엉거주춤한 걸음걸이를 무사들이 보면 웃을 것 같았기 때문이다.

만휘가 산에서 내려오는 모습을 본 무사들은 만휘에게 다시 인사를 했다. 그들의 인사에 만휘는 미소를 지으며 인사를 하고는 태연하게 그 길을 지나갔다.

하지만 만휘의 뒷모습을 본 무사들은 웃음을 터뜨릴 수밖에 없었다. 만휘의 엉덩이 부근이 꽤 크게 젖어 있었던 것이다.

"도련님, 어서 가서 갈아입으세요! 상당히 찜찜하시겠는데요?"

한 무사가 만휘에게 말했다. 그 말에 만휘는 움찔하며 무사들을 돌아보았다. 그리고는 어색한 미소를 지으며 그들에게 말했다.

"예, 그렇게 할게요. 그럼 수고하세요!"

그 말을 마친 만휘는 재빨리 자신의 방으로 달려갔다. 그런 만휘의 모습에 무사들은 쉽게 웃음을 멈추지 못했다.

방으로 돌아온 만휘는 서둘러 옷을 갈아입었다. 그리고는 다시 방을 나와 연무장으로 내려갔다.

"어? 형, 어디 가?"

만휘의 방으로 향하던 만호는 계단에서 내려오는 만휘를 보고는 물었다. 만휘 역시 만호를 발견하고는 만호의 물음에 대답했다.

"연무장에 가는데, 왜?"

만휘의 대답에 만호는 고개를 끄덕이며 입을 열었다.

"그럴 줄 알았어. 아버지께서 찾으셔. 가자."

만호의 말에 만휘는 어차피 지하 연무장에서 볼 텐데 군이 만호까지 시켜서 부르는 만총의 의도를 알지 못해 어리둥절해하면서 만호의 뒤를 따랐다.

"야, 여기는 중앙 연무장 가는 길이잖아. 왜 이리로 와?"

만휘의 물음에 만호는 만휘를 바라보며 짧게 말했다.

"와보면 알아. 그러니까 따라오기나 해."

만호의 말에 만휘는 더 이상 물어보지 않고 계속해서 만호의 뒤를 따라 중앙 연무장으로 향했다.

평소 같았으면 개인적으로 수련을 하는 무사들이 한둘 정
도는 있었을 텐데 오늘은 무슨 일인지 아무도 없었다. 다만
만총만 그 큰 중앙 연무장 가운데에 서 있을 뿐이었다.

"아버지, 데려왔어요."

만호가 만총에게 말했다. 만호가 만휘와 함께 연무장에 도
착하자 만총은 만휘를 보면서 말했다.

"당황했지, 갑자기 이리로 데려오라고 해서? 잠시만 기다
려라."

만총의 말에 만휘는 고개를 끄덕였다. 무슨 일 때문에 여기
로 불렀는지 물어보고 싶었지만 잠시 후면 알게 될 것이기에
잠시 호기심을 억눌렀다.

"아, 저기 오는구나."

만총이 연무장 한쪽을 가리키며 말했다. 만휘는 만총이 가
리키는 쪽을 바라보았다. 엄청나게 큰 연무장이었지만 만휘
의 시력으로는 보지 못할 이유가 없었다.

"왜 다들 복면을 하고 있어요? 그리고 다 가리지 않고 코까
지만 가리는 건 또 뭐예요?"

만휘가 자신들이 있는 쪽으로 걸어오고 있는 다섯 명의 모
습을 보면서 말했다.

"세가니까 저렇게 한 것이란다. 세가 안에서 나와 네 할아
버지를 제외하고는 저 다섯의 얼굴을 잘 모른단다."

만총의 말에 만휘는 고개를 끄덕였다. 그 옆에서 만호는 그

들의 모습을 보기 위해 안력을 최대한 돋우고 눈을 가늘게 뜨
며 그들을 바라보았다.

꽤나 먼 거리였는데 그들은 걸어오고 있었다. 하지만 빨랐
다. 달려온 것이 아니고 분명 걸어온 것이었는데 그들은 어느
새 만총과 만휘가 있는 곳에 다다라 있었다.

"만휘는 아마도 이 사람들을 알고 있을 게다. 직접 보지는
못했겠지만."

만총의 말에 만휘는 한 가지 짚이는 것이 있었다.

"아, 저희 집 주변에 숨어 계시던 그분들이시군요?"

만휘의 말에 만총은 고개를 끄덕였다. 만휘는 그 다섯을 뚫
어져라 바라보기 시작했다. 그렇게 잠시 후, 만휘의 입에서
놀라운 말이 흘러 나왔다.

"음, 이분은 저희 집 뒤꼍의 고목 쪽에 숨어 계시던 분이군
요? 반가워요."

만휘가 반갑게 인사했다. 하지만 만휘에게 지목당한 사내
는 움찔했다. 그 사내가 실제로 만휘가 말한 위치에 숨어 있
었기 때문이다.

"그리고 이분은 내가 동굴에 가서 수련할 때마다 따라오셨
던 분이시고, 그리고 이분은 앞마당 그네 근처에 숨어 계시던
분이고……."

만휘의 입에서 이야기가 줄줄 흘러나오기 시작했다. 그에
만총과 다섯 사내는 경악을 금치 못했다.

"휘야, 그걸 어떻게 다 알아? 혹시 봤니?"

만총이 물었다. 그 물음에 만휘는 고개를 저었다.

"아니요. 숨어 있으니 보이지는 않지요. 하지만 살아 있는 것은 모두 다 특징이 있어요. 숙부께서 말씀하신 기의 흐름도 그렇고요. 나무나 풀만 있을 때의 기의 흐름과 그런 나무들 사이에 다른 동물들이나 사람이 있을 때의 기의 흐름은 달라요. 여러 기의 순환이 얽혀 있다고 해야 하나?"

만휘의 말에 만총과 다섯은 개안공의 위력을 새삼 느낄 수 있었다. 그런 경지의 눈이라면 아무리 은신술의 고수라도 발각될 수밖에 없다.

"너의 그 특이한 수련은 참 많이 놀라게 하는구나. 아무튼 내가 너와 이 다섯을 여기로 부른 것에는 이유가 있단다."

만총이 만휘를 보면서 말했다. 그 말에 만휘는 만총이 부른 다섯을 바라보았다.

"앞으로 이 다섯이 네게 검법을 가르쳐 줄 것이란다."

만휘가 만총을 바라보며 물었다.

"왜요? 숙부께서 안 가르쳐 주시고요?"

만휘의 물음에 만총이 고개를 끄덕이며 말했다.

"아무래도 내가 세가를 오랫동안 비워야 할 것 같아서 그렇단다. 이 다섯이라면 네게 검법을 가르치기에 충분한 실력이니 걱정 말거라."

만총의 말에 만휘가 다시 입을 열었다.

"하지만 전 아직……."

만휘의 말에 만총은 고개를 저으며 답했다.

"아니, 지금 네 실력도 어느 정도 궤도에 올라와 있단다. 다만 아직 부드럽지 못하고 거칠 뿐이지. 그 거친 부분을 다듬는 것을 이 다섯이 도와줄 것이란다."

만총의 말에 다섯 무사는 작게 고개를 끄덕였다.

"어쩔 수 없지요. 그럼 열심히 배울게요."

만휘가 미소를 지으면서 말하자 만휘의 말에 만총도 웃으면서 만휘를 바라보았다.

"아무래도 검법에 있어서 네가 형보다는 더 나을 것이니 옆에서 많이 도와주거라."

만총이 부탁을 하자 만호는 고개를 끄덕이며 대답했다.

"예, 그렇게 할게요. 걱정 마세요."

만호의 말에 만총은 고개를 끄덕였다. 그리고는 다섯에게도 만휘를 부탁하고는 연무장을 벗어났다.

연무장을 떠나는 만총의 뒷모습을 보면서 만휘는 알 수 없는 이상한 기분이 들었다.

"자, 그럼 일단 도련님의 실력을 한번 보도록 하겠습니다. 만총님께 말씀을 듣기는 했지만 그래도 직접 보는 것이 낫겠군요."

만총이 자리를 피하고 다섯 명 중 그들의 대장으로 보이는 듯한 사내가 만휘에게 말했다. 그 사내의 말에 만휘는 그들을 바라보며 고개를 끄덕였다.

"많이 배운 것은 없고요, 잘하지도 못해요."

만휘가 목검을 잡고 몇 걸음 뒤로 물러섰다. 만휘가 몇 걸음 물러서자 만호와 다섯 사람도 뒤로 물러서면서 공간을 만들어주었다.

"그럼."

심호흡을 한 번 한 만휘는 지금까지 만총에게 배운 것들을 하나씩 펼쳐 보이기 시작했다. 생각보다 오랜 시간이 걸린 뒤에야 검을 멈춘 만휘의 이마에는 땀방울이 송골송골 맺혀 있었다.

"역시 만총님이시군요."

아까의 그 사내가 입을 열었다. 그 소리에 만휘는 숨을 고르며 사내를 바라보았다.

"왜 그러냐면 형이 지금 펼쳐 보인 동작들을 순서에 맞게 이어서 펼치면 우리 가문의 은하유성검법(銀河流星劍法)이 되거든."

만호의 말에 놀란 만휘가 다시 아까의 그 사내를 바라보았다. 만휘의 시선에 그 사내는 고개를 끄덕였다.

"그럼 내가 은하유성검법을 펼친 거란 말이야?"

만휘의 물음에 만호가 고개를 저으며 말했다.

"반은 맞고 반은 틀리지. 형이 지금까지 배운 것들은 은하유성검법의 작은 조각들이야. 단순히 그것을 가지고는 검법이라고 할 수 없지. 그 조각들을 적절하게 조합해서 초식을 만들고, 그 초식들을 자연스럽게 연결시키면 그것이 은하유성검법이 되는 거야."

만호의 말에 만휘는 고개를 끄덕였다. 자신이 펼친 것이 은하유성검법의 일부분들이지만 그렇다고 해서 그것이 하나의 은하유성검법이라고는 할 수 없었다.

"그렇구나. 이제야 알겠어."

만휘가 고개를 끄덕이며 자세를 바로 했다. 지금까지 자신이 수련했던 것은 이제 갓 기본을 뗀 사람이 배우는 단계로만 생각했다.

그런데 지금 말을 들어보니 자신이 수련한 것은 온전한 가문의 검법 가까이에 있는 것이었다. 그러한 사실에 만휘는 가슴속에서 희열이 피어오르고 있었다.

그러면서 만휘는 이렇게 자신을 가르쳐 준 만총에게 다시 한 번 감사했다.

"그럼 이제부터 차근차근 알려 드리겠습니다. 조금 더 부드럽고 완벽한 검법을 펼쳐야 하니까요."

사내가 말했다. 그 말을 들은 만휘는 고개를 끄덕였다.

"나도 도와줄게. 저 아저씨들보다는 못하지만."

만호도 만휘를 돕기 위해 두 팔을 걷어붙이고 나섰다. 많은 사람들이 자신을 돕기 위해 나서자 만휘는 진지하게 수련에 임했다.

날이 갈수록, 검법에 대해 알면 알수록 만휘는 검법을 익힌다는 것이 얼마나 힘들고 어려운 일인지에 대해서 깨달아갔다.

하지만 그런 힘들고 어려움을 느끼는 과정에도 만휘는 즐거운 마음을 잃지 않았다. 새로운 것을 익히는 즐거움도 있었지만 검법의 오묘한 맛에 푹 빠져 있었기 때문이다.

힘을 많이 주고 약하게 줌에 따라서, 그리고 검을 찌르는 속도를 빨리 함과 느리게 함에 따라서 여러 가지 변화를 일으키는 검은 만휘를 계속해서 검의 세계로 빠져들게 만들었다.

하지만 그런 만휘에게도 한 가지 근심은 있었다. 검법이 늘어가는 것을 눈으로 확인하고 있는 반면 개심공의 경우 과거 개안공이나 개이공을 익힐 때에 하루면 늘어났을 양이 지금은 한 달이 지나도 늘지 않고 있기 때문이었다.

검법을 수련하면서 기쁨을 얻는 만휘였지만 개심공을 수련하면서는 그 높은 벽을 넘지 못하여 끙끙대었다.

그렇게 두 달이 흘러 봄이 되었다. 겨울과는 달리 아침해도 빨리 뜨고 있었고, 그 기온 또한 나날이 따뜻해지고 있었다.

만휘는 오늘도 산으로 향했다. 하지만 개심공 때문인지 그리 표정이 밝지는 않았다.

'왜 이리 안 늘어날까?'

산에 오르면서 만휘는 생각했다. 최대한 그런 마음을 갖지 않고 편하게 수련하려고 노력했지만 그것이 말처럼 쉽지가 않았다.

그렇게 요즘 들어 산으로 향하는 만휘의 표정이 밝지 않으니 뒤쪽 담장을 경비하는 무사들도 만휘를 안타깝게 생각하였다.

"도련님, 요즘 무슨 고민 있으십니까?"

보다못한 한 무사가 만휘에게 물었다. 무사의 물음에 만휘는 고개를 저었다.

"아니요. 신경 쓰지 마세요. 그럼 수고하세요."

그리 밝지는 않은 미소를 지으며 그 무사에게 말했으나 만휘로서는 그런 무사의 한마디만으로도 기운이 나는 것 같았다.

만휘는 괜찮다고 했지만 그 표정은 전혀 괜찮지가 않았기에 말을 건 무사가 다시금 만휘에게 말했다.

"고민이 있으면 가주님께 가서 말씀해 보세요. 도움이 될 겁니다."

그 무사의 말에 만휘는 작게 고개를 끄덕이고는 산으로 향했다. 하지만 만휘는 할아버지에게 가서 자신의 고민을 털어놓을 용기가 없었다.

오히려 할아버지 앞에 가서 긴장하며 앉아 있으면 더욱 도움이 안 될 것 같았다. 게다가 만총의 말로는 자신이 익히고 있는 것이 일반적인 그것과는 다르다고 했으니, 제아무리 만진이라 하여도 그리 큰 도움이 되지는 않을 것이다.

결국 만휘는 작게 한숨을 쉬며 산으로 올랐다. 그런 만휘의 뒷모습에 무사들도 그를 안타깝게 바라보았다.

만휘는 개심공 때문에 온갖 잡생각을 다 하면서 산을 올랐다. 그 때문인지 자신이 수련을 하던 장소에 다다랐음에도 불구하고 만휘는 계속해서 어디론가 올라갔다.

"어?"

딴생각을 하며 산을 오르던 만휘는 정신을 차리자 한 번도 보지 못했던 주변의 모습에 자신이 수련하던 곳을 지나쳐 왔음을 알 수 있었다.

"정신이 하나도 없구나. 도대체 얼마나 올라온 거야?"

자신이 수련하던 장소를 지나쳐 온 것이 확실했기에 만휘는 정신없이 온 자신을 질책하며 내려가기 위해 몸을 돌렸다.

하지만 이 상황에서 호기심이라는 놈이 또다시 발동했다. 지난 몇 년간 항상 자신이 수련하던 곳까지만 올라와 봤던 만휘는 문득 이 위에는 어떤 것이 있을까 하는 생각이 든 것이다.

그래서 아래로 내려가려 했던 만휘는 발길을 돌려 천천히 위쪽으로 향했다.

위쪽으로 갈수록 길이 더 험할 줄 알았던 만휘는 오히려 길이 더 깨끗하게 나 있는 모습을 보고는 약간 의외라는 표정을 지었다.

그러면서도 이왕이면 잘 닦여 있는 길을 따라가는 것이 덜 위험할 것 같아 만휘는 그 길을 따라 산을 올랐다.

그렇게 길을 따라 조금 올라가자 혹시라도 무언가 갑자기 튀어나올까 귀를 쫑긋 세우고 있던 만휘에게 무슨 소리가 들렸다. 아주 작은 소리이기는 했지만 사람의 기척인 것 같았다.

만휘는 살금살금 그쪽으로 다가갔다. 그리고는 한쪽에 숨어서 기척이 느껴진 곳을 살짝 바라보았다.

'히익!'

만휘는 기겁했다. 그쪽에 있던 사람은 다름 아닌 만진이었기 때문이다.

세가에 온 지 몇 년이 지났지만 만휘는 아직까지도 할아버지에게서 거리감이 느껴졌다. 할아버지 앞에만 서면 긴장이 되고 가족이라기보다는 오히려 엄한 선생님 같은 느낌이 들었다.

만휘는 최대한 기척을 줄이고 아래로 내려가기 위해 몸을 돌렸다. 그리고는 한 걸음 내디뎠을 때, 그다지 원치 않았던 목소리가 들렸다.

"왜 내려가느냐?"

만진의 목소리였다. 만진의 목소리에 만휘는 속으로 한순간의 호기심에 이곳까지 올라온 자신을 원망했다.

"아, 아닙니다. 괜히 할아버지께서 하시는 일에 방해가 될 것 같아 내려가려 했습니다."

만휘가 모습을 드러내면서 대답하자 만진이 만휘를 향해 몸을 돌렸다. 단순히 바라보기만 했을 뿐인데도 만휘는 몸을 움츠렸다.

"다른 것은 제 아비랑 똑같은 것 같으면서도 그런 모습은 전혀 다르구나."

만진의 말에 만휘는 만진을 바라보았다.

"네 아비는 지금의 너처럼 내 앞에서 주눅 든 모습을 보인 적이 없다. 그렇다고 내가 너와 네 아비에게 다른 모습을 보인 것도 아니지. 그 녀석은 이런 내게 대항하고 세가를 뛰쳐나갈 수 있을 정도의 담을 가진 녀석이었다. 하지만 이제 보니 네 녀석은 그럴 만한 배짱이 없구나."

만진의 말에 만휘는 아무런 말도 하지 못했다. 그런 부분에 대해서는 자신도 느끼고 있었기 때문이다. 하지만 만휘 자신도 만진의 앞에서 조금 더 당당하고 싶으나 그의 앞에만 서면 저절로 작아지는 자신의 모습을 어찌할 수가 없었다.

"항상 산에 오르며 수련을 한다고 들었다."

만진은 현재 자신의 진척을 묻고 있는 것일 터. 만휘는 조심스럽게 입을 열었다.

"잘되고 있다가 요즘 들어 무언가에 막힌 느낌입니다. 아니, 막혔다기보다는 진척이 없습니다."

만휘의 말에 만진이 만휘를 바라보며 말했다.

"그것이 막힌 것이지 무엇이냐. 더 이상 앞으로 나아가지 않는 것이 막힌 것이지."

만진의 말에 만휘는 고개를 끄덕였다. 그리고는 아무 말도 하지 않은 채 고개만 숙이고 있었다.

"사람들은 흔히 잘되던 일이 잘되지 않을 때에 너무 조급하게 생각하는 경향이 있어. 그래서 그런 조급한 마음을 가지고 일에 매달리지. 하지만 세상일이라는 것이 참 재미있게도 오히려 그렇게 매달리면 될 것도 안 되더구나."

만진의 말에 만휘는 고개를 끄덕였다. 곰곰이 생각해 보니 자신의 경우도 그러했다. 진척이 없자 조급해졌고, 그런 조급한 마음으로 수련을 했기에 더욱더 진척이 없는 것 같았다.

"그런데 그런 조급한 마음이 왜 생기는지 아느냐?"

만진의 물음에 만휘는 아무것도 생각이 나질 않았다. 자신의 이런 모습이 싫었지만 어쩔 수 없었다.

"잘 모르겠습니다."

만휘의 대답에 잠시 만휘를 바라보고 있던 만진이 입을 열었다.

"그것은 믿음이 부족하기 때문이다. 자신의 능력에 대한 불신(不信), 또는 자신이 하고 있는 일에 대한 불신, 그리고 다른 사람에 대한 불신 등 여러 가지 불신 때문에 초조한 마음이 생기는 것이다. 너의 경우는 네가 익히고 있는 것에 대한 불신 때문에 그렇겠지."

만진이 만휘를 보며 말했다. 만진의 말에 만휘는 곰곰이 생각해 보기 시작했다, 정말로 자신이 지금 수련에 믿음을 갖지 못하고 있는지에 대해서.

하지만 그 결론은 '아니다' 였다. 자신이 하고 있는 수련에 대한 믿음이 부족한 것은 아니었다. 분명 될 것이라는 믿음을 가지고 있는 상태였다.

"그것은 아닌 것 같습니다."

만휘가 처음으로 만진의 말에 제동을 걸고 나섰다. 의식을 했는지 안 했는지는 모르겠지만 지금까지와는 다른 만휘의 태도에 만진은 흥미로운 표정을 지으며,

"그래? 그렇다면 무엇이 이유인 것 같더냐?"

만진이 묻자 만휘는 다시 생각에 잠겼다. 분명 자신이 익히고 있는 수련에 대한 불신은 없었다. 자신이 가지고 있는 불신이 무엇 때문인지는 알 수가 없었다.

"그것까지는 잘 모르겠습니다."

잘 모르겠다는 만휘의 대답에 만진이 천천히 입을 열었다.

"그것은 네 자신에 대한 믿음이 부족하기 때문이다."

그 말에 만휘는 만진을 바라보았다. 내가 나 자신을 믿지 못한다? 만휘는 전혀 생각해 보지 않은 문제였다.

"네가 하고 있는 수련에 대한 믿음만 가지면 무엇 하겠느냐. 손바닥도 마주쳐야 소리가 나는 법이다. 네가 하고 있는 수련에 대한 믿음과 함께 '나는 그것을 이룰 수 있는 능력을 가지고 있다' 는 네 자신에 대한 믿음을 가져야만 초조해하지

않고 평정심을 유지하여 수련에 임할 수 있는 법이다. 그리고 그 효과도 볼 수 있겠지."

만진의 말에 만휘는 자신도 모르게 '아!' 하고 탄성을 질렀다. 지금까지 자신은 수련에 대한 믿음이 부족했던 것이 아니라 그것을 이룰 것이란 자신에 대한 믿음이 부족했기에 진척을 이루지 못했던 것이다.

"감사합니다. 무언가 뚫린 것 같은 느낌이에요."

기뻐하는 만휘의 모습에 만진이 만휘를 보며 말했다.

"난 네 할아버지고 넌 내 손자다. 이런 것 정도는 당연하게 생각할 수 있는 사이라고 생각한다."

그런 만진의 말에 만휘는 웃으며 고개를 끄덕였다. 왠지 앞으로는 만진의 앞에서도 주눅 들지 않을 수 있을 것 같았다.

만진에게 인사를 한 만휘는 자신이 평소 수련하던 곳으로 달려 내려갔다. 그런 만휘를 향해 만진은 보일 듯 말 듯한 미소를 지었다.

만진과의 대화 이후 만휘는 무언가 막혀 있던 것들이 뚫리는 것 같은 느낌을 받았다. 그 때문인지 지금 당장 수련을 하면 제대로 된 성과를 얻을 수 있을 것만 같은 느낌이 들었다.

만휘는 서둘러 항상 자신이 수련을 하던 곳으로 돌아왔다. 그리고는 바위 위에 올라가 가부좌를 틀고는 수련을 시작했다.

그렇게 몇 시진 동안 만휘는 수련에 몰두했다. 워낙 깊이 빠져들어 있었기에 만휘 자신은 얼마나 오랜 시간 동안 수련을 하고 있는지 잘 알지 못했다.

그렇게 두 시진 반이 지나서야 만휘는 눈을 떴다. 그리고는 만족스런 미소를 지었다. 그리고는 자신의 명치 부근을 어루만졌다.

약간 묵직한 느낌. 잘 늘지 않던 선기가 오늘은 꽤 많이 늘어났기 때문이다. 물론 개안공이나 개이공을 익힐 때와는 많은 차이가 났지만 만휘는 이 적은 양에도 배가 부른 듯했다.

만휘는 자리를 털고 일어났다. 산에 처음 올라올 때에는 막 해가 뜨는 시간이었는데, 지금은 어느덧 이 산속 구석구석까지 햇볕이 들 정도로 해가 높이 떠 있었다.

"큰일났네. 늦었다."

자리에서 일어나 주변을 확인한 만휘는 시간이 너무 많이 흐른 것 같자 서둘러 산을 내려갔다. 검법 수련을 할 시간에 늦을 것 같았기 때문이다.

산을 내려가는 만휘의 발걸음은 처음에는 빠른 걸음이더니 지금은 아예 달리고 있었다. 그런데 한 가지 평소와는 다른 점이 있었다.

만휘의 속도가 평소와는 달리 조금 더 빨라진 것 같은 느낌이었다. 만휘 자신은 시간에 늦었다는 생각에 잘 느끼지 못하고 있었지만 분명 속도는 빨라져 있었다.

이는 선기의 효과였다. 중단전에 선기가 어느 정도 쌓이면서 선기가 본격적인 활동에 들어갔기 때문이다. 지금까지는 쌓여 있던 선기가 얼마 되지 않아 만휘의 행동 하나하나에 영향을 주고 도움을 주기 힘들었지만, 지금은 어느 정도 양이 늘어나면서 만휘의 움직임 하나하나에 영향을 주고 있었다.

지금 역시도 만휘의 달리는 움직임에 선기가 움직여 영향을 주고 있는 까닭이었다.

그 덕분인지 만휘의 눈에 세가의 담벼락이 보였다. 세가에 가까워오자 만휘는 더욱 힘을 내서 그리로 달려갔다.

"응? 뭐야!"

경계를 서던 무사들은 갑자기 빠른 속도로 무언가가 달려오자 긴장했다. 하지만 곧 그 정체가 만휘라는 사실에 긴장을 풀었다.

"수고하세요!"

만휘가 빠르게 달려가며 무사들에게 말했다. 만휘의 표정이 올라갈 때와는 달리 밝아 보이자 한 무사가 중얼거렸다.

"표정이 밝으신 것을 보니 뭔가 해결이 된 것 같은데?"

그 무사의 말에 옆에 있던 무사도 입을 열었다.

"그러게. 혹시 저 산에서 기연을 얻은 건 아닐까?"

그 무사의 말에 무사 몇몇은 서로를 바라보며 눈을 빛냈다. 만약 그렇다면 자신들도 한번 들러볼까 하는 마음에서였다.

"설마……. 아까 가주님이 올라가셔서 안 내려오셨는데 둘이 만난 건 아닌가?"

한 무사의 말에 다른 무사들은 '아!' 하는 표정으로 고개를 끄덕였다.

"뭐, 어찌 되었든 밝은 표정을 보니까 내 속도 뭔가 뚫리는 것 같네."

그 무사의 말에 다른 무사들도 고개를 끄덕였다. 며칠 동안 찡그린 만휘의 얼굴을 보면서 근무를 서자니 자신들의 속도 무언가 막힌 느낌이 든 무사들이었다.

그런데 오늘은 만휘가 밝아진 표정으로 산에서 내려오니 자신들의 속도 개운해지는 것 같은 느낌을 받았다. 그러한 만휘의 모습에 그들도 흐뭇한 표정으로 계속해서 근무를 설 수 있었다.

만휘는 눈썹이 휘날릴 정도로 달려왔음에도 불구하고 결국 수련 시간에 늦고 말았다. 만휘를 가르치는 다섯은 이미 중앙 연무장에 도착해 있었고, 만호도 거기에 나와 만휘를 기다리고 있었다.

"죄송합니다. 늦었습니다."

만휘가 중앙 연무장에 도착하여 그들에게 말했다. 만휘가 늦게 와 사과를 하자 가운데에 서 있던 사내가 만휘에게 말했다.

"이렇게 늦게 오시면 곤란합니다. 앞으로는 이렇게 늦으시면 엄하게 벌을 내리겠습니다."

그 사내의 말에 만휘는 고개를 끄덕이며 대답했다.

"예, 알겠습니다. 앞으로는 늦지 않겠습니다."

만휘의 말에 고개를 끄덕인 그 사내가 입을 열었다.

"자, 그럼 시작하지요. 이제 각각의 검초는 많이 교정이 되었다고 봅니다. 이제 조금만 더 수련을 하면 될 것 같고, 앞으로는 그 검초들을 연결하여 제대로 된 은하유성검법을 펼쳐 보도록 하겠습니다."

그 사내의 말에 만휘는 고개를 끄덕였다.

"자, 그럼 도련님이 시범을 좀 보여주시죠. 일단 첫 번째 초식부터 보여주십시오."

사내의 말에 만호는 고개를 끄덕이고는 목검을 들고 공간을 벌렸다. 그리고는 은하유성검법의 제일초식인 은하비탄(銀河飛彈)의 초식을 펼쳐 보였다.

빠르고 강한 기운을 뿜어내는 초식이었다. 그리고 그런 초식을 펼쳐 보이는 만호 또한 평소의 모습과는 달리 상당히 강하고 멋있게 보였다.

만휘는 그 초식을 뚫어지게 바라보았다. 그 동작 하나하나를 머릿속에 새겨 넣기 위함이었다.

일초식 하나만 펼친 것이기에 만호가 보여준 초식은 그리 오래 걸리지 않았다. 만휘의 머리를 믿고 한번 보여주면 다 기억할 것이라고 생각한 만호였지만 혹시나 해서 한 번 더 시범을 보였다.

"자, 방금 보신 것이 은하유성검법 제일초인 은하비탄입니다."

만호가 초식을 모두 펼치자 사내가 말했다.

그의 말에 만휘는 만호가 펼쳐 보인 초식을 머릿속에서 다시 한 번 되새겨 보았다.

"머릿속에는 있는데 그것을 제대로 펼칠 수 있을지가 의문이네요."

만휘의 말에 사내는 고개를 저으며 만휘에게 말했다.

"도련님께서는 이미 각 초식의 부분부분을 익히고 계시기 때문에 그것을 연결하는 수련만 하시면 됩니다. 그러니 펼치는 데에는 큰 문제가 없을 겁니다."

사내의 말에 만휘는 고개를 끄덕였다. 그리고는 자신이 익힌 검법의 일부분을 떠올리며 방금 만호가 펼친 검법과 비교해 보기 시작했다.

"그럭저럭 연결이 되는 고리를 찾은 것 같아요. 한번 해볼까요?"

사내가 고개를 끄덕이자 만휘는 공간을 만들고는 자신의 목검을 들어올렸다.

"흐읍!"

크게 숨을 들이마신 만휘는 방금 전 만호가 펼친 초식과 자신이 익힌 검식 등을 비교해 보며 비슷하게나마 제일초식인 은하비탄을 펼쳐 낼 수 있었다.

"오, 상당히 비슷하군요. 첫 수련이 이 정도이니 앞으로 빠르게 익힐 수 있을 것 같습니다."

만휘의 검법을 지켜보던 사내가 만휘에게 말했다. 그리고 옆에 서 있던 만호도 만휘에게 입을 열었다.

"이야, 형 머리 좋은 것은 익히 알고 있었지만 이렇게 운동 신경까지 좋은 줄은 몰랐는데?"

만호의 말에 만휘는 쑥스럽다는 듯이 웃으며 답했다.

"뭘, 단순한 흉내 내기지."

만휘의 겸손에 다섯 사내 중 한 명이 만휘에게 말했다.

"아닙니다. 분명 완전하게 펼친 초식은 아니었지만 조금 더 수련하고 다듬으면 머지않아 완벽한 초식이 될 것입니다."

이런 칭찬의 말에 만휘는 쑥스러운 듯 고개를 들지 못했다. 오늘 여러모로 좋은 일이 많이 생기는 것 같았다.

"자, 그럼 다시 한 번 해볼까요? 이제 조금 더 세밀한 부분에 대해서 지적해 드리겠습니다."

그의 말에 만휘는 고개를 끄덕이며 열심히 수련에 임했다.

그날 이후 만휘의 수련은 상당히 빠른 속도로 진척됨을 보였다. 자신을 믿고 자신이 하는 수련을 믿으니 선기의 양도 전보다는 많아졌고, 검법 또한 만휘가 열심히 노력을 하기에 실력이 쑥쑥 늘어갔다.

특히 검법을 수련하는 데 있어서는 다른 일보다 만휘 스스로가 욕심을 많이 냈다.

만휘는 은하유성검법을 수련하기도 하면서 틈틈이 지하 연무장에 내려가 자신이 생각하는 대로 검식을 다르게 조합해 보기도 하였다.

반면, 수하들에게 만휘를 맡겨놓은 만총은 얼굴을 잊어버리지 않을 정도로만 세가에 들러서 안부를 묻고 가기에 보기가 힘들었다.

얼굴을 볼 때마다 야위어가는 만총을 보며 만휘는 걱정스런 마음을 가졌다. 이 세가에 있는 사람들 중에서 가장 처음 만난 만총이었기에 만휘가 만총에게 느끼는 감정은 다른 이들에게 느끼는 그것과는 조금 달랐다.

만휘뿐만 아니라 만호와 만화 역시 만총의 수척해진 얼굴에 많은 걱정을 하는 눈치였다. 하지만 그럴 때마다 만총은 웃으면서 그들을 안심시키고는 세가 밖으로 나가곤 했다.

그렇게 계절이 한 바퀴 돌아 다시금 봄이 가까워오는 시기가 되었다. 일 년이라는 시간이 흘렀음에도 만총은 여전히 가끔 세가에 들를 정도로 바쁘게 생활하고 있었다.

가끔 만나게 되면 만휘는 만총에게 도대체 무슨 일을 하시냐며 묻곤 했지만 만총은 그저 미소만 지을 뿐 아무런 대답도 해주지 않았다.

그런 만총의 반응에 만휘는 걱정을 하면서도 별일이 아닐 것이라고 생각하며 하루하루 열심히 수련에 임했다.

"그런데요, 이 부분이 조금 이상한 것 같아요. 호는 안 그러니?"

만휘가 은하유성검법의 여섯 번째 초식인 은하교격(銀河矯激)을 펼치다가 말했다. 만휘의 물음에 만호는 고개를 저으며 말했다.

"아니, 난 아무렇지도 않은데? 왜, 형은 이상해?"

만호의 물음에 만휘는 고개를 끄덕였다. 이 부분은 과거 무사들이 훈련하는 모습을 보았을 때부터 느꼈던 것이다. 그간 까맣게 잊고 있다가 지금 이 부분을 수련하다 보니 다시 떠오른 것이었다.

"어, 내가 생각하기에는 여기서 몸을 회전시키면서 검을 찌르기보다는 그냥 오른쪽으로 몸을 틀면서 검을 찌르는 것이 더 낫다고 보거든?"

만휘의 말에 만호는 고개를 저었다. 아직 성취가 높지 않은 만호가 그것에 대해 좋다 나쁘다 따질 만한 성질의 것이 아니었기 때문이다.

"물론 그것이 더 나을 수도 있습니다. 과거 이 무공을 창시하셨던 전 전대 가주께서도 이 부분에 대한 고민을 많이 하셨지요. 하지만 단순히 몸을 틀면서 공격을 가한다면 그 다음 공격을 이어감에 있어서 허점이 보일 수 있습니다. 그래서 지금의 초식으로 만들어진 것이죠."

만휘의 말에 만총의 수하 중 한 명이 대답했다. 그 말에 만휘는 고개를 저으며 말했다.

"솔직히 검을 이제 막 배우기 시작하는 제가 이런 말을 하는 것은 좀 우습지만 그냥 몸을 틀면서 공격을 하는 것이 어떻게 해서 더 허점이 많다는 것인지 잘 이해가 가지 않습니다. 몸을 회전시키는 것보다는 오히려 몸을 트는 것이 더 빠르고 간결한 공격 방법인데 말이죠."

만휘의 말을 시작으로 만총의 수하와 만휘 간에 느닷없이 초식에 대한 토론이 이루어졌다. 그런 모습을 옆에서 바라보고 있던 만호는 감히 그 대화에 끼어들 엄두도 내지 못했다.

만휘는 만총의 수하에게 자신의 생각을 관철시키기 위한 발언을 계속했고, 만총의 수하는 그런 만휘의 생각의 오점을 지적해 주면서 계속 토론을 해나갔다.

"그리고 가장 중요한 것은 그렇게 공격을 한다면 초식의 흐름이 흐트러지고 그것은 검법 전체를 보았을 때 오히려 더 큰 위험을 가져올 수 있다는 것이죠."

만휘가 말했다. 그 말에 만총의 수하는 잠시 말을 잇지 못했다.

"무엇들 하고 있는 것인가?"

그렇게 한창 만휘와 만총의 수하가 토론을 벌이고 있을 때 만진의 목소리가 들려왔다. 만진의 목소리에 만휘와 만호, 그리고 만총의 수하들은 만진을 향해 깍듯한 예를 차렸다.

그들의 인사에 만진은 고개를 끄덕이고는 다시 그들을 바라보았다. 그러자 만휘가 만진에게 먼저 물었다.

"할아버지, 여쭤볼 것이 있습니다."

만휘가 당당하게 만진에게 물었다. 과거 만진의 앞에만 서면 작아졌던 것과는 많이 달라진 모습이었다. 만진이 만휘의 답답함을 풀어준 그날부터 생긴 변화였다.

"무엇이더냐?"

흥미를 가지고 만진이 묻자 만휘는 은하교격의 초식을 펼쳐 보였다.

"은하교격의 초식이구나."

만진이 말했다. 만휘는 고개를 끄덕이며 만진에게 물었다.

"그런데 제가 생각하기에는 이 부분이 조금 이상하거든요?"

만휘의 물음에 만진은 만휘를 바라보았다. 만진의 시선에 만휘는 자신이 이상하게 생각하는 부분을 펼쳐 보이며 만진에게 말했다.

"이 다음 부분에서요, 몸을 회전시키는 것보다는 그냥 몸을 틀면서 공격하는 것이 더 간결하고 정확할 것 같은데요? 게다가 그러는 편이 검법 전체의 흐름도 깨지 않고요."

만휘의 말에 만진은 고개를 끄덕였다.

"그렇지. 하지만 왜 그렇게 하지 않는가에 대해서는 들었느냐?"

만진의 물음에 만휘는 고개를 끄덕였다. 만휘가 고개를 끄
덕이자 만진이 입을 열었다.

"그렇다면 말하기가 더욱 편하겠구나. 아니, 말보다는 실
제로 한번 해볼까?"

만진이 만호를 바라보았다. 만호는 자신이 들고 있는 목검
을 만진에게 건넸다. 목검을 받아 든 만진은 한 손을 뒷짐 진
채로 목검을 앞으로 겨누었다.

"네가 생각하는 대로 초식을 바꾸어 내게 공격을 해보아
라."

만진의 말에 만휘는 고개를 끄덕였다. 그리고는 자신이 생
각하는 대로 몸을 회전하는 대신 몸을 틀면서 만진에게 검을
찔렀다.

"헛!"

만휘는 깜짝 놀랐다. 만진이 별다른 행동을 하지 않고 그저
검을 앞으로 쭉 뻗었을 뿐인데 만진이 들고 있는 검끝이 자신
의 목 언저리에 있었기 때문이다.

반면, 만휘가 앞으로 찌른 검은 만진의 팔뚝 근처에 머물러
있었다.

"이 정도로는 잘 알지 못하겠지. 그럼 이제는 원래의 초식
으로 공격해 보아라."

만진이 검을 거두며 말하자 만휘는 다시 자세를 바로 하고

는 다시 만진을 향해 은하교격의 초식으로 검을 찔렀다.

이번에는 아까와 달랐다. 아까와 마찬가지로 만진은 검을 앞으로 쭉 뻗었다. 하지만 몸을 회전시켜서인지 어째서인지 확실하게 알 수는 없었지만 자신의 검은 만진의 목 언저리에 닿아 있었고, 만진의 검은 자신의 목을 비켜 나가 있었다.

"왜 이런 결과가 나왔는지 알겠느냐?"

만진이 자세를 바로 하며 물었다. 그에 만휘는 고개를 저었다.

"거리란다. 상대를 제압하기 위해서는 자신과 상대와의 거리를 얼마나 자신에게 유리하게 가져가느냐가 상당히 중요하단다. 일단 처음에 네가 한 것처럼 몸을 틀면서 공격하게 되면 진행 방향이 앞쪽이라기보다는 약간 사선이 된다. 그렇게 되면 네가 상대를 제압하기 위해 다가가야 하는 거리는 훨씬 길어지게 되지."

만진의 말에 만휘는 아까 자신의 검이 만진의 팔뚝 근처에 있었던 것을 생각하며 고개를 끄덕였다.

"게다가 단순히 몸을 틀면서 상대를 공격하게 되면 상대는 상대적으로 정확하게 나의 급소를 노릴 수 있다. 하지만 몸을 회전하게 되면 정확하게 나의 급소를 노리기 힘들어지게 되고 진행 방향도 사선이 아닌 정면이 되기 때문에 상대의 공격을 반감시키면서 내 공격을 성공시킬 수 있게 된다."

만진의 말에 만휘는 고개를 끄덕였다. 확실히 실제로 겪어

본 다음 부연 설명을 들으니 훨씬 이해가 잘 가는 것 같았다. 이를 지켜보고 있던 만총의 수하들과 만호 또한 감탄한 표정으로 둘을 바라보고 있었다.

"지금 너의 그런 자세는 아주 좋은 자세이다. 이미 만들어져 있는 것을 배우기만 하는 수동적인 자세는 실력 향상에 큰 도움이 되지 않는다. 이런저런 생각들을 하면서 비판적인 생각을 가져야만이 실력이 빠르고 높이 올라갈 수 있을 것이야."

만진의 말에 만휘는 웃으면서 고개를 끄덕였다. 비록 자신의 생각이 틀린 것이기는 했지만 그래도 확실하게 무언가를 안 것 같아 뿌듯한 느낌이 들었다.

그렇게 만휘의 생각을 정리해 준 만진은 다시금 가던 길을 가기 위해 발길을 돌렸다. 그리고는 몇 발자국 옮기다가 만휘를 돌아보며 말했다.

"가끔은 네가 생각한 것처럼 해보아라. 너무 원칙만 고수하는 것보다는 변칙적인 것이 더욱더 통용될 수도 있으니 말이다."

만진의 말에 만휘는 미소를 지어 보였다.

만휘에게 한마디 남긴 만진은 다시금 발걸음을 떼었다.

만휘가 매일같이 개심공을 수련하고 쌓이는 선기가 늘어나면서 한 가지 변화가 생기기 시작했다. 그것은 바로 만휘가 검법을 펼칠 때면 중단전에 있는 선기가 그 검결에 따라 움직인다는 점이었다.

그렇게 되면서 만휘가 펼치는 검법은 조금 더 생동감있고 위력적인 검법이 되어가고 있었다.

하지만 그에 따른 문제가 없지는 않았다. 선기의 양이 늘어나면서 검법과 함께 움직이는 양도 늘어나게 되었고 그것을 견디지 못하고 목검이 그대로 부러져 버렸다.

그런 일들에 만휘를 가르치는 다섯은 만휘가 산속에 살고 있을 때부터 어떤 수련을 하고 있었고, 그 수련이 어느 정도 효과가 있는 것으로 알고 있었기에 그러려니 했지만 놀라운 것은 사실이었다.

반면, 그런 사실을 알고 있음에도 만호는 호들갑을 떨었다. 가끔 찾아와 만휘가 수련을 하는 모습을 지켜보던 만화 역시 만휘가 목검을 부서뜨리는 모습에 경악을 금치 못했다.

계속해서 만휘가 목검을 부서뜨리자 만호는 엄청나게 강한 사람이 탄생했다면서 만휘에게 자신에게도 그 비결을 가르쳐 달라고 능청을 부렸다. 그런 만호의 행동에 만휘는 오히려 더욱 민망해져서 얼굴이 빨갛게 변할 뿐이었다.

만휘는 그날부터 선기의 흐름을 자신의 마음대로 조절하는 수련을 시작했다. 어떻게 하는지는 잘 몰랐지만 앉아서 참선을 할 때라든지 혼자서 검법 수련을 할 때에 선기가 움직이면 의도적으로 그 선기의 흐름에 제재를 가하는 훈련을 하기 시작한 것이다.

하지만 그런 것도 누군가의 도움 없이 혼자만의 생각으로 하는 수련이기에 쉽게 그 뜻을 이루기 힘들었고, 부서지는 목검은 시간이 지날수록 늘어만 가고 있었다.

콰지직!

낙엽이 떨어지는 가을이 되었다. 만휘는 오늘도 수련을 하고 있었다. 만총의 수하 다섯이 보이지 않는 것으로 보아 혼자만 하는 개인 수련인 것 같았다.

"음, 이걸로 백서른다섯 개째로군. 자, 여기."

만휘의 목검이 또다시 부서지자 만호가 만휘에게 미리 준비해 온 목검을 건네주며 말했다. 만휘는 자신의 옷에 묻은 목검의 조각들을 떨어내며 만호가 건네주는 목검을 받아 들고 말했다.

"이거 어떻게든 손을 써야 할 텐데… 이거 너무 위험해."

만휘의 말에 만호가 장난기 가득한 미소를 지으며 만휘에게 말했다.

"아니야. 그거 잘 수련해서 나중에 써먹으면 좋을 것 같은데? 상대에게 강한 기운이 가득한 검의 파편을 날리는 거지. 작은 파편이기에 암기와 같은 효과도 있을 테니. 부서진 조각이기에 그 속도도 빠를 것이니까."

만호의 말에 만휘는 진지하게 생각해 보았다. 아직까지 목숨을 걸고 싸워야 할 적을 만난 적이 없기 때문에 이런 것이

통할지는 잘 모르겠지만 효과적일 것 같기는 했다.

"뭘 그렇게 심각하게 생각해? 그냥 웃자고 한 이야기인데 그렇게 진지하게 반응하니까 내가 다 무안해지네."

만호의 말에 만휘는 머리를 긁적이면서 만호를 바라보았다. 만호의 말대로 자신이 너무 진지하게 생각한 것 같기도 했다.

"그나저나 요즘은 화 얼굴 보기가 힘드네?"

만휘가 묻자 만호는 머리가 아픈지 한숨을 쉬면서 이마를 매만졌다. 그런 만호의 반응에 만휘는 더욱 궁금해진 표정으로 만호를 바라보았다.

"요즘 애들 보느라 바쁘지."

만호가 짧게 대답했다. 만휘는 다시 만호를 바라보았다.

"숙부님들 아이들이 이제는 좀 커서 말도 하고 따라다니기도 하니까. 자기들끼리 안 놀고 꼭 나랑 누나만 따라다닌다니까. 얼마나 힘든데. 그나마 난 형 수련 핑계대고 이렇게 와 있는 거라고."

만호의 말에 만휘는 이상하다는 듯이 만호를 바라보며 입을 열었다.

"이상하네. 내가 생각하기에는 아이들이 그렇게 좋다고 달려들면 기분 좋을 것 같은데?"

만휘의 말에 만호가 이상한 눈으로 만휘를 바라보며 입을 열었다.

"난 형이 더 이상하다. 하긴, 나도 처음에는 좋았어. 하지만 그런 녀석들한테 몇 시진씩 시달려 봐. 기운이 쏙 빠진다니까."

만휘는 한 번도 겪어본 일이 아니기에 만호의 말이 잘 이해가 가지 않았다.

"그런데 걔네들은 왜 나한테는 안 오는 거야?"

만휘가 퉁퉁거렸다. 자신도 형인데 아이들이 자신에게는 오지 않는 것이 약간 서운했던 것이다. 만호가 만휘를 보면서 말했다.

"형이 너무 크니까 그렇겠지. 솔직히 형이 또래의 다른 사람들보다 훨씬 더 클걸?"

그런 만호의 말에 만휘는 처음으로 자신의 큰 키가 원망스러웠다. 하지만 만휘의 키가 작았어도 아이들이 만휘에게 왔을지는 또 의문이었다.

"모르겠다. 시간 나면 한번 가봐야겠어. 자주 보고 익숙해지면 나아지겠지."

"그러든지."

만호가 대꾸했다. 만휘는 다시 검법 수련을 시작했고, 만호는 옆에서 만휘의 수련을 지켜보며 조금 더 오랜 시간 휴식을 취했다.

그렇게 검법 수련을 하면서 만휘는 여전히 개심공의 수련에 박차를 가했다. 비록 지금도 쌓여 있는 선기의 횡포(?)를 감당하기 힘들었지만 그렇다고 해서 수련을 중단할 수는 없었다.

개심공은 수련을 하면 할수록 그 끝을 알기가 힘들었다. 처음에 만들어졌던 중단전의 그릇이 수련을 하면 할수록 커지고 있었기 때문이다.

그렇게 계속 커진다면 언제 그 그릇을 다 채우고 개심공을 완성할지가 의문이었다.

하지만 만휘는 스스로에 대한 믿음이 있었기에 느긋하게 하루하루 개심공 수련을 하고 있었다.

만휘는 오늘도 자신이 수련하는 바위로 향했다. 일 년이 넘게 계속 이곳을 오다 보니 조금 과장되게 말해서 세가보다도 이곳이 더 편안하게 느껴졌다.

"자, 오늘도 힘차고 활기차게 수련을 해보자고!"

괜히 들뜬 마음이 된 만휘가 수련을 시작하기 전에 기분 좋게 외쳤다. 그리고는 가부좌를 틀고 앉아 기분 좋은 미소를 지으며 눈을 감고 앉았다.

"흐읍!"

만휘는 숨을 크게 들이마셨다. 숲 속의 맑은 공기와 가을이라는 계절의 선선한 공기가 어우러져 만휘의 코를 타고 폐 속으로 들어갔다.

그런 맑고 신선한 공기를 만휘의 몸 안에 있는 선기는 마치 맛있는 음식을 먹듯이 순식간에 먹어치웠다.

만휘는 숨을 내쉬었다. 그리고는 다시금 배고프다고 아우성치며 온몸을 돌아다니는 선기를 위해서 숨을 크게 들이마셨다.

그렇게 수십 번 이상 반복하자 선기는 많은 양의 공기와 자연의 기운을 먹고 몸집을 불리기 시작했다. 만휘는 기분이 좋았다. 마치 자신의 자식들이 불어나는 것처럼 뿌듯한 마음도 느껴졌다.

하지만 과식을 했을까. 선기의 움직임이 조금 이상해졌다. 마치 너무 급하게 먹어서 체한 것처럼 요동을 치며 몸 안을 돌아다니고 있었다.

만휘는 걱정이 되었다. 평소와 다른 선기의 움직임에 조금씩 고통이 몰려오기 시작했다.

하지만 만휘는 최대한 안정을 유지하면서 계속 수련에 임했다. 그렇지만 안정을 유지하기에는 그 고통이 너무나도 커져 버렸다.

"윽!"

만휘는 단말마의 신음을 내뱉었다. 그 정도로 고통을 참기가 힘들었다.

설상가상으로 중단전에 만들어져 있던 선기의 그릇에 금이 가기 시작했다. 워낙 심하게 움직이는 선기이라 그 힘을 이기지 못하고 금이 가고 있는 듯했다.

만휘는 걱정이 되었다. 중단전을 받치고 있던 그 그릇이 깨지면 지금까지의 수련이 물거품이 될 것 같아 초조한 마음도 생겼다.

하지만 그렇다고 해서 수련을 멈출 수가 없었다. 이대로 그냥 놔버리면 선기의 난동이 더욱 심해질 것만 같았다. 그래서 만휘는 이를 악물고 계속 선기를 다독이며 진정시키려고 애를 썼다.

그러나 결국 만휘가 우려하던 일이 벌어졌다. 그릇에 가던 금이 점점 커지더니 결국에 가서는 깨져 버렸기 때문이다.

하지만 만휘의 우려가 현실이 되지는 않았다. 그릇이 깨지면 모든 것이 물거품이 될 것 같았던 만휘는 그릇이 깨지면서 색다른 경험을 하고 있었다.

평소 자신의 속이 무언가에 막혀 있는 컴컴한 세상이었다면 지금은 그릇이 깨지면서 바깥 세상과 하나가 되는, 그것을 가로막고 있던 장벽이 깨진 것처럼 밝아졌다.

그러면서 만휘는 눈을 감고 있음에도 그곳을 통해 바깥을 볼 수 있었다. 나무들이 높게 뻗어 있었고, 새들은 지저귀고 있었으며, 선선한 공기는 만휘의 주변을 돌며 만휘가 흘린 땀을 식혀주고 있었다.

'이것이 바로 자연과 마음이 하나 되는 것인가?'

만휘는 속으로 생각했다. 자신의 마음과 대자연을 가로막고 있던 자신의 몸이 사라진 것 같은, 자신이 자연에 녹아 있는 것 같은 느낌이 들었다.

파앗!

갑자기 만휘의 몸이 갈라지기 시작했다. 그리고 그 갈라진 틈을 비집고 밝은 빛이 새어 나오기 시작했다. 만휘의 몸에 생긴 균열은 점점 커졌으며, 그리로 새어 나오는 빛에 의해 옷 역시 눈 녹듯 사라져 버렸다.

결국 그 빛은 점점 더 많아져 만휘의 온몸을 감쌌다. 그러더니 잠시 후에 조금씩 그 빛이 사그라졌다.

뽀얗게 변한 피부를 비롯해서 만휘의 몸은 다시 태어났다. 무공을 익히는 것뿐만이 아니라 모든 일을 하기에 최적의 몸이 된 것이었다. 환골탈태(換骨奪胎)였다.

만휘는 알몸이었다. 하지만 자신은 아무것도 모르고 있는 듯 계속 가부좌를 한 상태로 눈을 감고 있었다.

잠시 후, 만휘는 눈을 떴다. 그리고는 다시 눈을 감았다가 떴다. 자신의 눈앞에 보이는 것과 자신이 눈을 감아도 보이는 광경은 똑같았다.

만휘는 희열에 휩싸였다. 개심공. 그 커다란 장벽 하나를 뛰어넘은 것이었다. 그릇이 깨지고 큰일이 일어날 줄 알았는데 오히려 지금까지 그 그릇이 더욱 방해가 되고 있었던 것이다.

"만세!"

만휘는 그 자리에서 벌떡 일어서며 만세를 불렀다, 그것도 한 번이 아니라 세 번을.

첫 번째 만세는 순수하게 기쁜 마음에 불렀고, 두 번째 만세를 부를 때에는 조금 이상한 것을 느꼈다. 그리고 마지막 세 번째 만세를 부를 때에는 확실하게 자신이 무언가 이상하다는 것을 느꼈는지 두 팔을 들어올린 채로 가만히 서 있었다.

만휘의 고개가 천천히 아래로 숙여졌다. 그런 만휘의 눈에 보이는 자신의 맨살. 무슨 일이 있었는지는 모르지만 더욱 뽀얗게 변한 것 같았다.

"으악!"

만휘는 그대로 다시 주저앉았다. 그리고는 주변을 둘러보며 무언가 가릴 만한 것이 있는지를 찾았다. 하지만 산속에 버려진 천 쪼가리 하나라도 있을 리가 만무했다. 만휘는 당황함에 어쩔 줄을 몰라 했다.

만휘는 온몸의 감각을 열었다. 그리고는 가까운 곳에 사람이 있는지를 확인하기 시작했다.

"아!"

만휘의 감각에 걸린 사람이 한 명 있었다. 누군지 확실치는 않았지만 이 산속에 있는 것이 세가의 사람이 분명했다.

만휘는 감각에 걸린 사람이 있는 곳으로 눈을 돌렸다. 그리고는 자신의 안력을 개방하여 그곳을 바라보았다.

"호야!"

만휘는 자신의 시야에 걸린 사람이 만호라는 사실을 알아내고는 반가운 마음에 크게 소리를 지른 것이다.

만호는 만휘가 산으로 올라간 지 벌써 네 시진이 넘도록 내려오지 않자 걱정이 되어 산으로 올랐다. 만화도 함께 오겠다는 것을 아이들 때문에 만류하고 혼자 올랐다.

평소 만휘가 가는 길을 잘 몰랐기에 만호는 만휘가 있는 방향과는 엉뚱한 방향으로 향했고, 만휘와 거리가 상당히 멀어지는 결과를 낳았다.

만호가 멀리 있음에도 만휘는 계속 큰 소리로 만호를 불렀다. 산속이었기 때문에 소리가 더욱 울려 퍼질 수 있었다.

"응?"

만호의 귀에 작게 자신을 부르는 소리가 들렸다. 그에 그 소리가 난 쪽으로 귀를 쫑긋 세우고는 소리를 듣기 위해 애를 썼다.

"호야!"

자신의 귀에 들리는 작지만 분명한 소리에 만호는 얼른 그쪽으로 향했다. 이 산속에서 자신을 부를 사람은 만휘밖에 없었기 때문이다.

"형, 거기서 뭐 해?!"

만휘가 있는 곳으로 온 만호는 만휘가 바위 뒤에 숨어서 자신을 보고 있는 모습에 물었다. 그에 만휘는 어색하게 웃으면서 만호에게 말했다.

"그건 이따가 말해줄 테니까 옷 좀 가져다줄래?"

만휘의 말에 만호는 만휘를 가만히 바라보았다. 바위 뒤에 숨어 있는 것 하며 옷 좀 가져다 달라고 하는 것이 분명 알몸인 것 같았다.

"아니, 거기서 옷 벗고 뭐 해? 산속이라 추운데."

만호의 말에 만휘가 어색한 표정으로 만호에게 말했다.

"이따가 말해준다니까. 그러니까 어서 옷 좀 가져다줘."

만휘의 말에 만호는 고개를 끄덕이며 일단 세가로 내려갔다. 그리고 잠시 후, 만호가 가져온 옷을 입은 만휘는 안도의 한숨을 내쉬면서 바위 뒤에서 나왔다.

"그런데 정말 거기서 옷 벗고 뭐 했어?"

만호가 물었다. 그에 만휘는 웃으면서 만호에게 말했다.

"그게 말이지, 나도 잘 몰라."

만휘의 말에 만호는 배신감을 느꼈다. 만휘는 분명 자신도 잘 몰라서 그렇게 말한 것인데 만호는 일부러 말하지 않는 것이라 생각했다.

"치사하게 말도 안 해주고. 옷 가져다주지 말 걸 그랬나?"

만호의 말에 만휘가 웃으면서 말했다.

"미안하지만 나도 정말 어떻게 된 일인지 잘 모르겠다. 그러니까 얼른 내려가자. 배고프다."

만휘의 말에 만호는 뒤에서 툴툴거리며 만휘를 따라 세가로 내려갔다.

제9장

가문의 위기

현재 감숙성에는 긴장감이 가득 흐르고 있었다. 사람들이 생활하는 모습은 예전과 똑같았으나 그 주변을 감싸고 있는 긴장감은 숨길 수가 없었다.

이는 바로 감숙성 내의 세력 다툼에서 기인한 것이었다. 감숙제일가인 감숙만가와 만가의 감숙제일가 등극과 더욱더 성장하려는 만가를 용납할 수 없는 감숙의 나머지 다섯 세가가 만든 감숙무림맹의 갈등은 점차 고조되어 가고 있었다.

감숙무림맹에 속해 있는 감숙송가와 감숙추가, 감숙설가와 감숙연가, 감숙진가는 조용히 칼을 갈며 결전의 날을 기다렸고, 만가의 경우도 자신의 불리함을 채우기 위해 감숙성 내의 문제에만 온 신경을 기울이고 있는 상황이었다.

하지만 감숙만가가 감숙 지역에서만 그 세력을 형성하고 있는 것이 아니었다. 곤륜이 버티고 있는 청해성의 일부 지역과 화산파와 종남파가 있는 섬서성의 일부분, 게다가 사천의 세 기둥인 당문과 청성, 아미가 버티고 있는 사천 지역에도 일정한 영향력을 미치고 있었다.

그랬기에 감숙무림맹의 다섯 세가의 힘으로는 만가를 상대하기가 힘든 것이 사실이었다.

"어서들 오십시오."

감숙무림맹의 맹주 격이라 할 수 있는 송가의 가주 송건웅이 나머지 가주들을 맞았다. 그에 가주들은 서로를 보며 인사를 하고는 준비된 자리에 앉았다.

"먼 길 오시느라 수고가 많으셨습니다. 다들 차 한 잔씩 하시며 이야기를 나누도록 하십시다."

송건웅이 말을 하면서 손뼉을 쳤다. 그와 함께 밖에서 대기하고 있던 하녀들이 차를 들고 와 각 가주들에게 차를 건넸다.

"다들 준비는 잘하고 계시겠지요?"

차를 한 모금 들이킨 송건웅이 가주들을 바라보면서 물었다. 그 물음에 감숙추가의 가주인 추도영이 찻잔을 내려놓으며 아주 자신감에 찬 목소리로 대답했다.

"물론이오. 우리 세가의 무사들의 사기는 하늘을 찌를 듯하며, 훈련도 아주 잘되어 있소. 지금 당장 만가와 붙어도 승산이 있을 것이오."

추도영의 말이 끝나자 설가의 가주인 설관악 또한 고개를 끄덕이며 말했다.

"우리 역시 준비가 착착 잘 진행되고 있소. 언제든지 시작해도 됩니다."

설관악의 말에 송건웅은 만족스러운 표정을 지으며 고개를 끄덕였다.

"가주 분들의 말씀을 들으니 아주 든든하군요. 정말 기분이 좋습니다."

송건웅의 말에 다른 가주들 역시 웃는 낯으로 고개를 끄덕였다.

"자, 그럼 본격적으로 회의를 시작하도록 하겠습니다. 일단 가장 중요한 것은 거사를 언제 치르느냐겠지요."

송건웅의 말에 추도영이 나서서 먼저 입을 열었다.

"그냥 내일이라도 당장 밀어버리는 것이 어떻겠소? 지금도 우리가 불리한 상황은 아니니 말이오."

추도영의 말에 연가의 가주인 연검천이 고개를 저으며 말했다.

"추 가주께서는 다 좋은데 너무 서두르는 경향이 있으신 것 같습니다. 아직은 우리의 힘이 만가에 못 미치는 것이 확실합니다. 만가가 감숙 지역 내에서만 그 힘을 뻗치고 있다면 상관없겠지만 불행히도 그 힘이 감숙 지역 내부로 국한된 것이 아닙니다. 사후의 득실도 따져 보아야 하고요. 아무래도 일을 벌이고 그 후에 우리에게 돌아오는 득이 최고조에 이르는 시기를 택해야겠지요."

차분한 연검천의 말에 추도영은 아무 말 없이 가만히 앉아 있었다. 비록 성미가 급하기는 했지만 상대의 말을 무조건 부정할 만큼 모자란 사람은 아니다.

"그렇습니다. 지금 당장 공격한다면 잘해야 양패구상일 것입니다. 그렇게 된다면 감숙의 주도권이 우리의 손에 들어온다는 보장이 없습니다."

설관악의 말에 진가의 가주인 진가락이 물었다.

"하지만 시간을 줄수록 만가 또한 그 힘이 커지지 않겠소? 그렇게 되면 지금이나 나중이나 마찬가지일 것이라 생각하오만."

진가락의 말에 송건웅이 고개를 저으며 말했다.

"그 부분에 대해서는 안심하셔도 됩니다. 일단 감숙성 내의 세가나 문파의 경우에는 만가에게서 마음이 돌아선 상태이며, 만가의 힘이 미치는 청해성과 섬서성, 사천성의 협력은 각 성에 위치한 곤륜과 화산, 종남, 당문, 청성, 아미 등이 맡아서 처리해 주기로 약조를 하였습니다."

송건웅의 말에 다른 가주들은 대단하다는 듯이 그를 바라보았다. 이런 일의 처리에 있어서 가장 뛰어난 능력을 보이는 사람이기에 수장을 맡을 수 있는 것이다.

"하지만 만가에서 다른 지역의 세가들에게 회유책을 써서 그들을 동원할 수도 있지 않겠소?"

평소 침착하고 냉철한 판단력의 소유자로 소문난 연검천이 송건웅에게 물었다. 그에 송건웅은 고개를 끄덕이며 말을 이었다.

"물론입니다. 그럴 가능성도 배제할 수는 없지요. 하지만 한 가지 분명한 것은 만가 스스로가 무덤을 너무 깊게 팠다는 사실입니다. 너무나도 평판이 좋지 않기 때문에 선뜻 돕겠다고 나서는 세가도 없고, 그에 대비해 이미 오래전부터 사람을 곳곳에 보내놓은 상태입니다."

송건웅의 말에 연검천이 고개를 끄덕이자 설관악이 송건웅에게 물었다.

"그리고 또 한 가지, 명색이 감숙제일가로 올라서면서 무림맹의 일원이 된 만가인데 우리가 만가를 공격하는 것에 대해서 무림맹의 반응도 살펴야 하지 않을까 합니다."

그에 송건웅은 그 말에 대해서도 고개를 저으며 나머지 가주들을 둘러보며 말했다.

"가만히 생각해 보십시오. 만가가 감숙제일가가 되고 나서부터 우리 다섯 세가가 만가에 적대감을 표시하고 있다는 사실은 공공연하게 중원 전체에 퍼져 있습니다. 그리고 만가가 감숙제일가가 되는 과정에서, 그리고 다른 지역으로의 세력

확장을 도모하는 과정에서 그 뒤끝이 깨끗하지 않았다는 것도 모두가 알고 있고요. 어찌 되었든 만가가 감숙제일가가 됨으로 인하여 정식으로 무림맹에 가입하게 되었는데, 아직까지 우리에게 어떠한 경고나 제재가 없었다는 것은 그들 또한 암묵적으로 우리의 움직임에 동의한다는 것입니다. 그것은 무림맹의 큰 의사와는 상관없이 곤륜이나 화산, 종남, 당문 등이 각 성에서 만가로의 협력을 막아주겠다고 은밀히 약조를 해준 것만 보아도 알 수 있습니다. 적어도 저는 그렇게 생각하는데 다른 가주들께서는 어찌 생각하지는지요?"

송건웅의 말에 다들 고개를 끄덕였다.

"저도 그렇게 생각합니다. 무림맹이 누구의 손을 들어줄지는 모르지만 지금은 적어도 만가의 손을 들어줄 것 같지는 않다는 생각이 듭니다."

연검천의 말에 진가락이 고개를 끄덕이며 입을 열었다.

"그렇다면 이제 남은 것은 우리들이 얼마나 철저하게 준비를 하느냐에 달린 것이로군요."

진가락의 말에 송건웅이 고개를 끄덕이며 말했다.

"그렇습니다. 모든 것은 우리들이 하기에 달렸다고 생각합니다. 현재의 만가는 이미 많은 사람들의 마음을 잃은 상태입니다. 우리가 잘만 한다면 충분히 주도권을 가져올 수 있습니다."

송건웅의 말에 다들 그날을 상상하며 들뜬 것 같았다, 마치 벌써부터 자신들이 승리를 한 것마냥.

"그럼 오늘은 이 정도로 끝내겠습니다. 그럼 이제 식사를 하러 가실까요?"

송건웅이 말하자 나머지 가주들은 자리에서 일어나 송가의 하인들의 안내에 따라 음식들이 차려져 있는 곳으로 향했다.

*　　　　*　　　　*

"너무나도 조용합니다."

만총이 만진에게 말하자 만진 또한 고개를 끄덕이며 말했다.

"그렇구나. 마치 폭풍전야와 같은 고요함이다."

만진의 말에 만총은 그저 만진을 바라보기만 할 뿐이었다. 만진은 자리에서 일어나 창가 쪽으로 갔다.

"무림맹에서는 어떤 반응을 보이더냐?"

만진의 물음에 만총이 고개를 저으며 입을 열었다.

"예상대로입니다. 대놓고 저들의 편을 들거나 우리를 돕지 않겠다고는 말을 하고 있지 않습니다만 생각을 해보겠다고 하는 것으로 보아 도움을 얻기는 어려울 것으로 보입니다."

만총의 말에 만진은 그저 창밖을 바라보기만 할 뿐이었다. 만진은 물끄러미 창밖을 바라보았다. 이 세가에서 가장 높은 위치에 사는 만진. 그의 눈에 세가 안의 모습이 눈에 훤히 들어왔다.

세가 안의 모습은 만가를 둘러싼 긴장감과는 달리 너무나도 평온했다, 마치 아무 일도 없는 것처럼. 물론 무사들은 긴장감을 바싹 세우고 있었지만 하인들이나 어린아이들의 모습은 평화 그 자체였다.

"나의 과오가 저들의 평화를 빼앗아가겠구나."

회의적인 만진의 말에 만총이 만진을 바라보며 물었다.

"후회되십니까?"

만총의 물음에 만진은 고개를 저으며 입을 열었다.

"이상하게도 후회는 되지 않는구나. 다만 그것들 또한 세가를 위한 노력의 하나였는데……. 그런 것을 알아주지 않는 세상이 야속할 따름이다."

만진의 말에 만총이 만진을 바라보며 입을 열었다.

"아직 이 세상은 바른 세상입니다. 형님께서 타락한 이 세상에 싫증을 느끼고 숨어 살아가셨지만 아직 이 세상은 바른 세상입니다. 그렇기에 바르지 않은 행동이 용납될 수 없는 것이죠."

만총의 말에 만진은 묵묵히 고개를 끄덕였다. 그리고는 만총을 바라보면서 말했다.

"어찌 되었든 일단 일은 벌어질 것이다. 하지만 지금은 아니야. 아직은 저들의 힘이 우리를 압도하지는 못한다. 그러니 앞으로 대비를 철저하게 해두어야 할 것이다."

만진의 말에 만총이 고개를 끄덕이고, 만진은 다시금 창밖으로 시선을 돌렸다.

만총은 그런 만진을 잠시 바라보았다. 자신의 과거 세가를 키우기 위해 좋지 않은 짓을 했던 것이 무섭게 다가오는 지금 만진의 진정한 속마음이 어떨까 상당히 궁금했다.

하지만 만총은 아무런 말도 하지 않고 그냥 밖으로 나왔다.

만휘는 개심공의 완성 이후 새로운 경험을 하고 있었다. 마음이 자연과 연결되고 보니 그 자신이 하나의 매개가 아닌 자연 그 자체가 된 것 같은 느낌이 들었다.

게다가 온몸의 감각은 극으로 발달하여 가만히 있어도 마음만 먹으면 많은 것들을 알아낼 수 있었다.

"이상하네. 이 이상스런 느낌은 뭘까?"

한창 검법 수련을 하고 잠시 쉬고 있던 만휘가 중얼거렸다. 이상하다는 만휘의 말에 만휘의 수련을 도와 함께 땀을 흘린 만호가 물었다.

"왜? 뭐가 그렇게 이상한데?"

만호의 물음에 만휘가 짧고 간단하게 대답했다.

"편안한 것 같으면서도 불편함."

만휘의 말에 만호는 머릿속이 복잡해졌다. 편안하면 편안한 것이지 불편한 건 또 뭐란 말인가.

"형, 지금 장난해?"

만호가 만휘를 흘겨보며 말했다. 만호는 장난기가 다분히 섞인 말투였지만 만휘의 표정은 사뭇 진지했다.

"장난이 아니고… 정말로 편안한 것 같으면서도 불편한, 이상한 느낌이야. 어떻게 말로 표현해야 할지 모르겠다."

만휘의 말과 표정에 만호도 작게 한숨을 내쉬며 생각에 잠겼다.

"아무래도 요즘 감숙성의 분위기가 심상치 않아. 우리 세가도 그에 관련이 되어 있는 것 같고. 아마도 그 때문이지 않을까?"

만호의 말에 만휘도 고개를 끄덕였다. 아무리 위쪽에서 말을 조심한다 하여도 퍼질 것은 다 퍼지게 되어 있는 법. 만휘도 요즘 감숙성의 분위기에 대해서 듣지 못한 것은 아니었다.

"그런가? 그나저나 자세한 전말을 모르니 답답하다."

만휘가 중얼거렸다. 분명 무언가가 있는데, 분명 세가와 관련이 되어 있는데 자신은 아무것도 아는 것이 없었다.

"그러게. 나도 너무 답답해."

만호가 고개를 끄덕이며 말했다. 만호 역시 자신의 아버지가 여기저기 분주하게 돌아다니는 모습을 보며 '도대체 무슨 일 때문에 저리도 바쁘실까?'라는 생각을 하곤 했다.

"형, 형의 그 뛰어난 청력을 이용해서 좀 알아내면 안 될까?"

만호가 만휘를 바라보며 말했다. 마음만 먹으면 전음까지도 들을 수 있는 만휘였기에 만호는 은근한 기대감을 내비치며 물은 것이다.

하지만 만휘는 고개를 저으며 만호에게 말했다.

"그건 안 되지. 내 능력이 되고 안 되고를 떠나서 옳지 못한 일이야, 남의 말을 엿듣는 것은."

만휘의 말에 만호는 다시 바닥을 보며 한숨을 쉬었다. 가장 유력한 방법이었던 만휘의 수가 사라졌으니 더 이상은 알기가 힘들어졌다.

"오라버니! 호야!"

둘이 그렇게 하늘과 바닥을 바라보며 답답한 마음을 해소하지 못하고 있을 때 만화의 목소리가 들려왔다.

만휘와 만호는 그쪽으로 고개를 돌려 그녀를 바라보자 동생들을 돌보느라 힘이 많이 드는지 조금 지친 기의 만화가 있이었다.

"괜찮아?"

만휘가 힘들어 보이는 만화를 보며 물었다. 그에 만화는 웃으면서 만휘에게 말했다.

"괜찮아요, 이 정도는. 자기 전에 운기 한번 하면 괜찮을 거예요."

만화의 말에 만휘도 웃으면서 고개를 끄덕였다. 그사이를 만호가 비집으며 입을 열었다.

"그러니까 나처럼 이렇게 피해오는 게 상책이라니까. 가만히 놔둬도 자기들끼리 잘 노는데 뭘 그렇게 힘들게 뒤치다꺼리를 해?"

만호의 말에 만화는 만호를 흘겨보며 말했다.

"너는 사람이 어쩜 그러니? 동생들이 놀아달라는데 도망쳐오기나 하고. 형, 오라버니가 되었으면 형답게, 오라버니답게 행동해야지."

만화의 말에 만호는 입을 삐죽 내밀며 고개를 돌렸다.

"그나저나 오라버니는 수련 잘돼가세요?"

만화의 물음에 만휘는 고개를 저으며 말했다.

"검법이 하면 할수록 어렵더라고, 오묘함도 느껴지고, 그래서 힘은 들지만 재미있어."

만휘의 말에 만화는 웃으면서 고개를 끄덕였다.

"그래도 대단하네요. 늦게 시작하셔서 이 정도 하실 정도면요. 저희는 힘들면 수련 안 하고 그랬어요. 그렇지?"

만화의 물음에 만호가 만휘를 보면서 입을 열었다. 입을 여는 만호의 표정은 마치 복수를 하겠다는 것 같은 표정이었다.

"그게 다 누나가 꽤어내서 그런 거예요. 전 수련하는 게 더 좋았는데 혼자 수련 빼먹기 그렇다고 억지로 절… 읍!"

만호의 말이 채 다 끝나기도 전에 만화는 서둘러 만호의 입을 막았다. 그리고는 어색하게 웃는 표정으로 만호에게 말했다.

"내가 언제 그랬니? 네가 그랬으면서. 호호호!"

그런 만호와 만화를 보면서 만휘는 흐뭇한 미소를 지었다. 언제나 둘을 보면 흐뭇한 마음이 드는 만휘였다.

"자, 그럼 오래간만에 이렇게 셋이 모였는데 뭐라도 조금 먹으러 나갈까?"

만휘의 말에 만호와 만화는 서로를 바라보더니 웃는 낯으로 고개를 끄덕였다.

"그래요. 우리 세가 숙주에게는 조금 미안한 말이지만 매일 같은 사람이 만든 것만 먹으려니 조금 질리네요."

"동감!"

만화의 말에 만호 역시 손을 들어올리며 외쳤다. 그에 만휘는 웃으면서 자리에서 일어났다.

"좋아, 그럼 내가 산다. 옷 좀 갈아입고 올게. 땀 냄새 난다."

만휘의 말에 고개를 끄덕인 만호와 만화의 표정은 행복 그 자체였다.

서둘러 옷을 갈아입고 나온 만휘는 정문 근처에서 기다리고 있는 만화, 만호와 함께 세가를 나섰다. 세가와 그다지 멀지 않은, 약 반 시진 정도 거리에 작지 않은 마을이 있어 셋은 그곳으로 향했다.

"어디가 좋을까?"

만휘가 마을을 돌아다니면서 중얼거렸다. 만화와 만호 역시 주변을 두리번거리며 맛 좋은 음식점을 찾기 시작했다.

"오라버니, 저기요!"

만화가 어느 한곳을 가리키며 만휘에게 말했다. 만화의 말에 만호와 만휘는 만화가 가리키는 곳으로 시선을 돌렸다.

"제가 예전부터 봐놨던 곳인데요, 건물부터가 멋지게 생기지 않았어요? 저기서 먹으면 참 맛있을 것 같은데…….

만화의 말에 만휘와 만호는 흔쾌히 고개를 끄덕이며 망설이지 않고 그 객점으로 향했다.

"어서옵쇼~!"

만휘와 만화, 만호가 객점으로 들어가자 문 앞에 대기하고 있던 점소이가 점소이 특유의 인사말을 날리며 셋을 맞았다.

"이쪽에 아주 좋은 자리 하나가 비어 있습니다. 이리로 오시죠."

점소이가 만휘와 만화, 만호가 입은 옷이 비싸 보이자 좋은 자리가 있다며 한 자리로 셋을 데리고 간 것이다.

"무엇을 드시겠습니까?"

점소이가 두 손을 마주 비비며 물었다. 그에 만호가 점소이에게 물었다.

"이 집에서 가장 맛있는 음식이 무엇이죠?"

만호의 물음에 점소이는 아주 좋은 질문이라는 듯 그럴싸한 표정을 지으며 입을 열었다.

"아주 많은 것들이 있지요. 저희 객점의 자랑거리라고 한다면 물론 청탕양육면이 있습죠. 청탕양육면은 양고기를 푹 삶아 우려낸 국물에 소면을 말아낸 것으로써 그 담백한 맛은 이루 말할 수가 없습니다요."

점소이의 표정과 그 말투를 들으니 맛이 없는 음식도 맛이 있을 것 같았다. 그에 만휘는 점소이에게 그 음식을 주문했다.

"그럼 그것으로 할게요."

만휘의 말에 점소이는 환하게 웃으면서 만휘에게 말했다.

"아주 탁월한 선택이십니다. 얼른 가져다 드리겠습니다. 잠시만 기다리십시오. 여기 청탕양육면 하나요!"

점소이가 물러가고 만휘와 만화, 만호는 서로 이야기를 나누었다. 그렇게 한창 웃으며 이야기를 나누고 있을 때 그들의 귀로 이상한 소리가 들려왔다.

"그러니까… 이번에 사단이 나는 것은 확실한 것이지?"

만휘가 앉은 식탁의 바로 옆에 앉은 중년 남자 둘의 대화였다. 만휘와 만화, 만호는 그 이야기에 신경 쓰지 않고 대화를 계속하려 하였으나 그럴 수가 없었다.

"그러니까… 그 다섯 세가가 만가 하나를 친다는 말이야? 그건 좀 심한 것 같은데……."

"그런데 지금까지 만가가 쌓아온 명성 뒤에는 전부 깨끗하지 못한 일들이 많았지. 그러니까 반항하는 무리들이 생기는 것 아니겠어? 애초부터 모든 이들이 승복할 수 있게 정당한 방법으로 감숙제일가의 명성을 얻었다면 이런 일도 없을 것이라고."

"그래도 만가가 좀 힘들겠구면."

두 중년인의 대화에 만휘와 만화, 만호는 더 이상 아무런 말도 할 수 없었다. 만가를 둘러싼 갈등 상황을 처음 접한 셋이 받은 충격은 이루 말할 수가 없었다.

"자, 여기 청탕양육면 나왔습니다!"

만휘가 주문한 청탕양육면이 담긴 큰 접시 하나가 식탁 가운데에 놓여졌다. 점소이의 말을 듣고 엄청 맛있을 것 같았던 음식이 지금은 전혀 맛있을 것 같지 않았다.

일단 시킨 음식이었기에 만휘와 만화, 만호는 한 점씩 입에 물었다. 하지만 역시 입에만 들어갔을 뿐 넘어가질 않았다.

"일어나야겠지?"

만휘가 만화와 만호를 보며 말했다. 만휘의 말에 만화와 만호는 입에 넣었던 것을 빼내며 고개를 끄덕였다.

"점소이, 여기 계산이요!"

만휘가 은자 두 냥을 식탁에 놓으며 자리에서 일어섰다.

"저기, 손님! 거스름돈 받아 가셔야죠!"

점소이가 빠르게 객점을 빠져나가는 셋의 뒤에다 대고 소리쳤다. 하지만 말과는 달리 은자 한 냥은 이미 그의 주머니

속으로 들어가고 있었다.

"뭐야? 하나도 안 먹었잖아? 쳇, 이래서 돈 많은 놈들은 안
된다니까."

은자 한 냥을 자신의 주머니에 챙긴 점소이는 음식도 다 먹
지 않은 채 객점을 빠져나가는 셋을 보며 욕지거리를 내뱉었
다.

서둘러 세가로 돌아온 만휘와 만화, 만호는 서로 짠 것처럼
만총이 있을 방으로 향했다. 방 앞에 선 만휘는 크게 심호흡
을 하고는 만총을 불렀다.

"숙부님!"

밖에서 들리는 만휘의 목소리에 만총이 입을 열었다.

"들어와라. 이렇게 한꺼번에 어쩐 일이냐?"

잠시 휴식을 취하고 있었는지 만총이 침상에서 몸을 일으
키며 셋을 맞았다. 만휘가 만총의 앞에 가서 서며 만총에게
물었다.

"숙부님, 자세하게 말씀 좀 해주세요. 도대체 세가에 무슨
일이 있는 것이죠?"

만휘가 묻자 만휘의 뒤에 서 있는 만화와 만호도 숨을 죽이
고 만총을 바라보았다.

만총은 처음 아이들이 들어올 때부터 그 표정이 심상치
않음을 알아차리고는 무언가 알게 되었음을 눈치 챘다. 그

에 작게 한숨을 쉬고는 셋에게 자리에 앉으라는 듯이 손짓
했다.

만휘와 만화, 만호는 방 중앙에 있는 식탁에 앉았고, 만총
은 침상에서 일어서며 입을 열었다.

"어떻게 알게 되었는지는 모르겠지만 일단 어느 정도 알게
된 것 같으니 말을 해주마."

만총의 말에 만휘 등을 고개를 끄덕이며 만총의 말에 주목
하기 시작했다.

"우리 세가가 감숙제일가에 올라서는 과정에서 참으로 많
은 좋지 않은 행위들이 있었다. 그에 감숙에 있는 크고 작은
세가들에서 반발이 거세어졌고, 결국 몇 년 전에는 그들과 우
리가 적대 관계가 되었단다. 그것이 최근에 와서 터질 것 같
은 기미가 보이는구나."

만총의 말에 만휘와 만화, 만호가 받은 충격은 결코 적은
것이 아니었다. 쉽게 말해서 자신의 세가가 다른 세가들과 싸
움을 벌이게 된다는 말이었기 때문이다.

"그럼 저희가 훨씬 불리한 것 아닌가요? 아무리 감숙제일
가라고는 하지만 다른 세가들이 연합하여 우리 세가와 싸움
을 벌인다면 불리할 것 같은데요?"

만휘의 물음에 만총이 고개를 저으며 말했다.

"그렇게 단순한 셈으로 생각할 것이 아니다. 다섯 세가의
합과 우리 세가의 힘을 단순 비교할 수는 없지. 일단 우리 세

가가 감숙에서 제일세가가 되었다는 말은 감숙에서 가장 큰 세력을 가지게 되었음을 의미하고, 그것은 주변의 다른 세가들을 억누를 수 있는 힘을 가지고 있음을 의미한다. 아무리 다섯 세가가 연합을 하였다고는 하지만 우리 세가를 쉽게 이기기는 힘들단다."

만총의 말에 만휘는 고개를 끄덕였다.

"그렇다면 저들도 쉽게 공격하지는 못할 것 같은데요? 지금 상태에서 맞부딪친다면 둘 다 비슷한 피해를 입을 테니까요."

만화의 말에 만총도 고개를 끄덕였다.

"그렇지. 그렇기 때문에 지금까지 끌고 올 수 있었던 것이란다. 하지만 이제 저들의 인내심에도 한계가 온 모양이구나. 아마도 머지않아 사단이 벌어질 것이야."

만총의 말에 셋은 고개를 끄덕였다. 모든 사실을 알게 된 그들의 표정에는 걱정 근심이 가득했다.

"그리 큰 걱정은 하지 말거라. 이번 일을 원만하게 해결하기 위해서 바쁘게 뛰어다니고 있는 중이니까."

만총이 셋의 표정을 보고는 웃으면서 말했다. 그럼에도 셋은 쉽사리 마음을 놓을 수가 없었다.

"이만 나가보아라. 조금 피곤하구나."

"예, 그럼 쉬세요."

만총의 말에 셋은 자리에서 일어나 만총이 쉴 수 있도록 방을 나왔다.

*　　　*　　　*

"이제 거사를 치러야 할 때가 온 것 같습니다."

송건웅이 자신의 세가에 모인 가주들에게 말했다. 그의 말에 다른 가주들 역시 고개를 끄덕이며 그 말에 동의했다.

"그럼 일단 첫 번째로 역할 분담이 있어야 할 것 같습니다. 솔직히 역할 분담이라기보다는 전략 회의나 다름없습니다만."

송건웅의 말에 연검천이 먼저 손을 들었다. 아무래도 가주들 중에서 전략이나 독특한 일들을 생각해 내는 데 있어서는 송건웅과 쌍벽을 이룬다 할 수 있었다.

"일단 아무리 우리 다섯 세가의 힘을 합친다 하여도 만가를 쉽게 공략하기는 어렵습니다. 이 점은 모두들 알고 계시리라 생각됩니다."

연검천의 말에 다들 고개를 끄덕였다. 잠시 그들의 반응을 살핀 연검천이 다시금 입을 열었다.

"그렇다면 우리가 최소한의 피해로 만가에 최대한의 피해를 줄 수 있는 허점을 찾아야 합니다. 그래서 생각한 것이 한 가지 있습니다."

연검천의 말에 다들 그의 입을 주목했다. 그 시선에 연검천은 천천히 입을 열었다.

"바로 뒤쪽 공략입니다."

연검천의 말에 추도영이 입을 열었다.

"내 생각에는 연 가주께서 말씀하신 뒤쪽이 만가의 뒤쪽을 말씀하시는 것 같은데, 맞소?"

추도영의 물음에 연검천은 천천히 고개를 끄덕였다. 추도영은 이상하다는 표정을 지으며 연검천에게 말했다.

"이상하구려. 연 가주께서 만가의 뒤쪽이 산으로 둘러싸여져 있다는 사실을 모르지는 않으실 텐데?"

추도영의 말에 설관악도 고개를 끄덕이며 말했다.

"그렇소. 다른 곳은 몰라도 만가의 뒤쪽은 산으로 둘러싸여 있어 많은 사람들이 천연 방어벽이라고 할 정도요. 그런데 그곳을 공략하자는 것이오?"

연검천의 뒤쪽 발언에 나머지 네 가주는 저마다의 생각을 이야기했지만 대부분이 뒤쪽 공략은 힘들다는 말이었다.

"잘 보셨습니다. 하지만 그쪽을 공략하지 않고 만가의 앞이나 측면을 친다면 말 그대로 불구덩이로 걸어 들어가는 꼴이 됩니다. 병력은 그쪽으로 집중되어 있을 테니까요."

연검천의 말에 다들 아무런 말이 없었다. 만가가 감숙제일가가 된 데에는 뒤쪽에서의 암투도 있었지만 그에 걸맞는 실력이 뒷받침되었기 때문이기도 했다.

"그렇다면 어떻게 공략하는 것이 효율적이겠소?"

송건웅이 연검천에게 물었다. 그의 물음에 연검천은 침을 한번 삼키고는 입을 열었다.

"다들 천연 방어벽이다 어쩐다 하지만 실상 그 산은 그리 험하지 않습니다. 다만 조금 가파를 뿐이지요. 일반인들이 올라가기는 쉽지 않겠지만 우리 같은 무림인이라면 약간의 힘으로 쉽게 오를 수 있습니다. 게다가 정상에서 세가 쪽으로는 완만한 형세를 띠고 있으니 올라가기만 하면 공략은 쉽게 할 수 있습니다."

연검천의 말에 다들 고개를 끄덕였다.

"하지만 정상에 올라간다고 한들 그들이 그것에 대한 방어는 하지 않겠소?"

진가락이 물었다. 그에 연검천이 고개를 끄덕이며 입을 열었다.

"물론 하겠지요. 다만 상대적으로 병력이 덜 집중되어 있을 것이라는 말입니다. 그리고 접근 또한 무더기로 우르르 몰려가 산을 타는 것이 아니라 조금씩 조금씩 산으로 접근하여 공략하는 겁니다, 큰 의심을 받지 않을 정도로."

연검천의 말에 다들 나름대로 생각을 하기 시작했다. 과연 뒤쪽의 산을 공략하는 것이 최상인지, 아니면 다른 방법이 나을 것인지에 대해서.

"그리고 중요한 것은 뒤쪽 공략을 위해서는 앞쪽과 측면의 공격도 중요하다는 점입니다. 앞쪽과 옆쪽의 공격으로 시선을 그쪽으로 쏠리게 만든 다음 뒤쪽을 공략한다면 더욱더 쉽게 허물 수 있을 것입니다."

연검천의 말에 송건웅은 고개를 끄덕이며 연검천에게 말했다.

"그렇겠군요. 솔직히 저는 뒤쪽은 아예 생각도 하지 않았습니다. 그저 정면과 측면의 공격만 생각했지요. 그래서 어떻게 공략을 해야 할지 상당히 난감해하던 차였습니다."

송건웅의 칭찬에 연검천은 살짝 고개를 숙여 보였다.

"자, 그럼 뒤쪽을 공략하는 것에 대해서 어떻게들 생각하시는지 말씀해 보십시오."

송건웅이 나머지 가주들에게 말했다. 하지만 다른 가주들은 다른 뾰족한 방법을 떠올리지 못했는지 순순히 동의를 표했다.

"자, 그럼 이제 본격적인 역할 분담에 들어가겠습니다. 그럼 뒤쪽 공략을 할 세가가 어느 세가입니까?"

송건웅이 말했다. 그때 연검천이 손을 들며 말했다.

"아무래도 내가 생각해 낸 것이고 제일 중요한 일이니 저희 세가가 맡도록 하지요."

연검천의 말에 송건웅이 다른 가주들을 바라보며 입을 열었다.

"그럼 연가에서 뒤쪽을 맞는다는 것에 모두들 이의가 없으십니까?"

송건웅의 말에 추도영이 제동을 걸고 나섰다.

"솔직히 이번 작전에서 뒤쪽이 가장 중요한 것은 사실이지만 피해가 가장 적은 곳이 뒤쪽인 것도 사실이요. 은근슬쩍 임무 수행 능력을 빌미로 뒤쪽을 맡고자 함이 아니오?"

추도영의 말에 연검천은 발끈하는 모습으로 추도영을 바라보자 추도영 역시 지지 않고 연검천을 마주 노려보았다.

"자자, 진정들 하시지요. 지금은 싸울 때가 아닙니다. 우리들끼리 힘을 합쳐야지 이렇게 갈라지는 모습을 보여서야 되겠습니까? 개인적으로 저는 연가에서 뒤쪽을 맡는 것이 제일 낫다고 생각합니다. 다른 가주님들께서는 어떠십니까?"

송건웅이 두 가주를 말리면서 자신의 생각을 내비쳤다. 설관악과 진가락 역시 연가가 맡는 것이 나을 것 같다는 의견을 표했다.

"그럼 뒤쪽은 연가에서 맡는 것으로 하지요. 그럼 나머지 정면과 측면 등에 대한 역할 분담을 하겠습니다. 솔직히 정면과 측면의 경우 큰 차이가 없기에 역할에 따른 불만 같은 것은 없을 것으로 보입니다."

송건웅의 말에 다들 고개를 끄덕였다. 정면이나 측면이나 만가의 힘이 집중되어 있는 것은 똑같았다. 결국 회의 결과 정면은 송가와 진가가 맡기로 하였고, 양 측면은 각각 추가와 설가가 맡기로 하였다.

"자, 그럼 날짜는 앞으로 한 달 보름 이후로 하겠습니다. 아무래도 연가의 뒤쪽 공략을 성공적으로 이끌려면 조금 더 시간이 필요할 것 같기 때문입니다."

송건웅이 말했다. 그에 연검천이 다시 입을 열었다.

"저희 연가에게 뒤쪽을 맡겨주셔서 감사합니다. 최대한 시간을 당길 수 있도록, 그리고 이번 거사가 반드시 성공하도록 최선의 노력을 다하겠습니다."

연검천의 말에 다들 고개를 끄덕였다. 송건웅은 만족스런 표정으로 자리에서 일어서면서 말했다.

"오늘 회의는 여기서 끝내도록 하겠습니다. 이제 거사가 코앞입니다. 모두가 힘을 합쳐 이번 일을 성공리에 끝낼 수 있기를 기원하겠습니다."

송건웅의 말에 다른 가주들 역시 이번 일을 꼭 성공하자며 굳은 다짐을 했다. 그렇게 거사를 치르기 전, 마지막 회의가 모두 끝났다.

그날 이후 연검천은 자신의 세가에 있는 무사들을 조금씩 조금씩 만가의 뒷산에 인접해 있는 곳으로 보내기 시작하였다. 무사라는 것을 들키지 않을 정도로 변장도 시키는 등의 치밀함을 보였다.

물론 각 세가에 만가의 시선이 닿아 있었기 때문에 사전에 그들을 색출해 내어 처리하는 것은 기본이었다.

다른 세가들의 경우는 연가처럼 어떤 치밀한 작전을 요하는 역할이 아니었기에 그저 자신들의 칼날을 더욱더 날카롭게 다듬을 뿐이었다.

물론 자신들의 세가 나름대로 만가를 상대하기 위한 전략, 전술 등을 연마하고 있겠지만 연가에 비하면 수월하다고 할 수 있었다.

그렇게 시간이 흘러 한 달이 지났다.

*　　　*　　　*

"왠지 불길해. 너무 불길해."

만휘는 요 며칠 동안 무엇이 그리 불길한지 연일 불길하다고 중얼거리며 돌아다니고 있었다. 그에 그것을 보다못한 만호가 만휘를 붙잡고 물었다.

"형, 정말 왜 그래? 뭐 잘못 먹었어? 뭐가 그렇게 불길하다는 거야?"

만호의 물음에 만휘는 아미에 천(川) 자로 생긴 주름을 만들어 보이며 입을 열었다.

"요즘 들어 수련을 하려고 오감을 극한으로 열어놓으면 자꾸만 좋지 않은 기운들이 내 전신에 날아와 박혀. 그런데 문제는 그런 좋지 않은 기운들이 우리 세가를 향해서 날아오고 있다는 거야."

만휘의 말에 만호는 고개를 설레설레 흔들었다.

"형이 무슨 점쟁이야, 아니면 예언가야? 무슨 이상한 소리야?"

만호가 말했다. 하지만 만휘는 만호의 말에도 아랑곳하지 않고 여전히 아미에 주름을 만들고 있을 뿐이었다. 그런 만휘의 모습에 만호는 작게 한숨을 쉬고는 그저 바라보기만 할 뿐이었다.

그렇게 만휘가 '불길해'를 외치고 있을 때 만가 뒤쪽 산 근처에 있는 연가를 제외한 송가와 추가, 진가, 설가는 만가를 향해 출발했다. 같은 감숙성 안에 있었지만 그리 가깝지만은 않은 거리. 그들은 발길을 재촉했다.

"큰일났습니다!"

만가의 한 무사가 만총과 만진이 있는 방으로 달려가며 소리쳤다. 그 소리에 이번 일에 대해서 의논을 하고 있던 만총과 만진은 동시에 일어서서 방문을 열어젖혔다.

"무슨 일인가?"

만총이 다급하게 달려오는 무사에게 물었다. 그 무사는 숨도 제대로 고르지 못한 채 만총에게 대답했다.

"다른 세가들이 이곳 만가를 향해 움직이기 시작했다고 합니다!"

그 무사의 말에 만총과 만진은 생각보다 빠른 그들의 움직임에 약간 당황한 표정을 지었다.

"그래, 어느 정도 왔는가? 이곳까지 도착하는 데 시간이 얼마나 걸리겠어?"

만총이 무사에게 물었다.

"대략 보름 정도 걸릴 것 같습니다."

보름 정도 걸릴 것 같다는 무사의 말에 만진이 침착하게 입을 열었다.

"보름이라면 상당히 긴 시간이다. 우리는 이곳에 앉아 상대를 기다리는 입장이고, 저들은 먼 길을 걸어 이곳으로 오는 길이다. 힘이 든 것은 저들이지 우리가 아니다. 그러니 남은 보름 동안 만반의 준비를 하면 된다."

만진의 말에 고개를 끄덕인 만총은 그 무사를 바라보았다.

"그런데 한 가지 이상한 점이 있습니다."

만총이 무사를 바라보자 무사가 다시금 입을 열었다. 이상한 것이 있다는 무사의 말에 만총이 다시금 그 무사에게 물었다.

"무엇이 이상하다는 말인가?"

만총의 물음에 무사가 대답했다.

"송가와 진가, 설가와 추가 이렇게 네 세가밖에는 없습니다. 연가가 보이질 않습니다."

무사의 말에 만총은 만진을 바라보았다. 그 말에 만진 또한 고개를 저으며 말했다.

"어떻게 된 영문인지 모르겠구나. 연가에 보낸 사람들은 어찌 되었느냐?"

만진의 물음에 만총은 고개를 끄덕였다.

"아무런 연락이 없습니다. 연가에서 아무런 움직임을 보이지 않고 있는 것일 수도 있겠지만 최악의 경우 그들이 우리 측 사람들을 제거하여 일시적으로 시선을 차단하고 일을 벌이는 것일 수도 있습니다."

만총의 말에 만진은 불안한 표정을 지었다. 그리고는 만총에게 말했다.

"지금 즉시 연가의 움직임을 면밀히 살펴야 한다. 서둘러라."

만진의 말에 만총은 고개를 끄덕이고는 무사와 함께 밖으로 나갔다.

그 보고가 있은 이후 세가 안은 분주해졌다. 적들의 공격이 코앞으로 다가온 만큼 분주하지 않을 수가 없었다.

무사들과 하인들의 분주한 움직임을 보면서 만호가 만휘에게 말했다.

"형."

만호의 부름에 만휘는 만호를 바라보았다. 만휘가 본 만호의 표정은 무언가 빠진 듯한 표정이었다.

"형은 정말 점쟁이였어."

만호의 말에 만휘가 피식 웃으면서 만호에게 말했다.

"뭐? 헛소리 그만 하고 우리도 어서 가서 준비를 하자. 잘
만 준비하면 충분히 이길 수 있을 거야."

만휘는 아직까지 이번 일이 얼마나 중차대한 일인지 알지
못했다. 게다가 이번 일로 인하여 목숨을 잃을 수도 있다는
것이 얼마나 두렵고 큰일인지도 실감하지 못했다.

그저 이번에 잘 준비하여 적들의 공격을 막아내기만 하면
다시금 예전처럼 평화롭게 생활할 수 있을 것이라고만 생각
했다. 하지만 만휘는 나중에 가서야 그 생각이 틀렸다는 것을
알았다.

그렇게 보름이 더 흘렀다. 만가의 모든 무사들은 정면과 측
면 등 적들이 공격해 오기 쉬운 곳에 집결하여 적의 공격에
대비하고 섰다.

"너희들은 피해 있거라."

만총이 만휘와 만호, 만화 등에게 말했다. 그의 말에 만휘
가 고개를 저으며 말했다.

"아니요. 저희도 싸우겠어요."

만휘의 말에 만총이 약한 미소를 지어 보이며 만휘의 머리
를 쓰다듬었다.

"이번 싸움은 정말 위험하단다. 자칫하면 목숨을 잃을 수
도 있어. 그러니 어서 피하거라."

만총의 말에도 만휘는 고개를 저었다. 옆에 있는 만호나 만화는 두려움에 피하고 싶었지만 가족들을 이곳에 놔두고 그럴 수는 없었다.

"괜찮다. 이번 싸움은 우리가 이길 것이야. 오히려 너희들이 있는 것이 더욱 방해가 된단다. 우리도 최상의 실력을 발휘하여 적들과 맞아야만 이길 수 있지 않겠니?"

만총의 말에 만휘는 결국 고개를 끄덕였다. 만총은 웃으면서 고개를 끄덕이고는 자신의 수하 다섯을 불렀다. 만총의 부름에 나타난 그들에게 만총이 말했다.

"이 아이들을 비밀 통로로 대피시키게. 절대로 적들이 이 아이들에게 손대지 못하도록 해야 하네."

만총의 말에 다섯은 고개를 숙이고는 만휘와 만화 등에게 말했다.

"자, 그럼 따라오시지요. 시간이 없습니다. 서둘러야 합니다."

수하 다섯의 말에 만휘는 그 뒤를 따랐다. 그 뒤를 만호와 만화는 물론이고 나이 어린 동생들도 따라갔다. 만총의 수하들을 따라가는 만휘는 불길한 예감에 자꾸 뒤를 돌아보았다.

하지만 그럴 때마다 만총은 미소를 지으며 만휘에게 손을 흔들어줄 뿐이었다.

결국 만휘는 다섯 명의 수하를 따라 어두컴컴한 비밀 통로로 들어가게 되었다.

"자, 드디어 결전의 날이 왔다!"

만가의 지척에 와서 송건웅이 세가의 무사들에게 외쳤다. 송건웅의 외침에 송가의 무사들은 물론 진가의 무사들도 조용해졌다.

"우리는 만가의 감숙제일가라는 명성을 마음에 들어하지 않는다! 정당한 방법이 아닌 더러운 방법을 썼기에 더욱더 용납할 수 없다! 이제 우리가 그 이름을 거두어들일 때가 왔다. 용맹한 송가와 진가의 무사들이여, 앞으로 나가자!"

"와—!"

송건웅의 외침에 송가와 진가의 무사들은 하늘을 울릴 정도로 엄청난 함성을 질렀다. 이는 양 측면에 있던 추가와 설가의 무사들 또한 마찬가지였다.

"공격하라!"

송건웅이 외쳤다. 그와 동시에 정면의 송가와 진가, 측면의 추가와 설가가 동시에 만가를 향해 달려들었다.

"적들이 몰려오고 있다! 우리의 보금자리를 위협하는 저들을 만가의 이름으로, 감숙제일가의 이름으로 처단하자!"

만진이 크게 외쳤다. 만진의 외침에 만가의 무사들 또한 크게 함성을 지르며 달려오는 적들을 향해 검을 빼 들었다.

"와! 와!"

"적들을 무찌르자!"

만가와 나머지 네 세가의 무사들이 외치는 함성 소리에 천지가 진동하고 있었다.

『난감천재』 2권에 계속…

무한 상상 · 공상 세계, 청어람 신무협&판타지

"검을 들었다는 건,
죽음을 각오했다는 의미이다."

무림공적(武林公敵) / 지천우 지음

그는…
무림공적(武林公敵)이었다.

『무림공적』
(武林公敵)

더없이 묵묵한 현상금 사냥꾼이자,
무(武)의 끝인 무극(武極)을 추구하는 휘인(徽人).

그리고 ……

"따라갈 거예요."

무림맹주(武林盟主) 검존(劍尊) 주청학(朱淸學)의 하나밖에
없는 금지옥엽이자 열혈여아(熱血女兒) 주화린(朱花潾)이 사라졌다.

일방적으로 시끄러운 무림행의 시작이다.

청어람 판타지의 재도약 *!!*

혁신과 참신함으로 무장한
새로운 판타지 전문 브랜드의 탄생!

「알바트로스」
Albatros

판타지계의 커다란 근간을 이뤄온 청어람 판타지 소설!
새로운 브랜드 「알바트로스」라는 커다란 날개를 달고
거대한 웅비를 시작합니다.

알바트로스는 판타지의, 판타지를 위한 개척자이자 도전자로 존재하겠습니다.
알바트로스는 형식적이고 나태해진 판타지계의 구습을 벗어나겠습니다.
알바트로스는 판타지계의 도약을 위한 든든한 날개 역할을 묵묵히 수행합니다.
알바트로스는 변화와 혁신을 통해 새롭게 태어날 환상 공간입니다.
알바트로스는 판타지를 아끼고 사랑하는 이들을 향한 청어람의 굳은 약속입니다.

화제의 베스트셀러 「삼성처럼 경영하라」의 저자가 제시한 제대로 사는 삶을 위한 성공 법칙!

Coordinated People Who Live Satisfactorily

이채윤 지음 / 값 8,900원

제대로 사는
통합형 인간

나는 여러분에게 지금보다 많은 것, 좋은 것을 찾는데 경주하기보다는 자신의 능력을 향상시키는데 주력함으로써 성취감을 느끼고 '제대로 살고 있다는 기쁨'을 느끼는 것이 중요하다고 강조할 것이다.
그렇게 함으로써 나는 여러분이 이 책을 읽고 자신의 능력을 하룻밤 사이에 두 배 이상으로 늘릴 수 있고 제대로 인생을 즐기며 살아갈 수 있는 방법을 제시하고자 한다!

제대로 사는 삶을 위한 5단계 성공 법칙!

◉ step 1: 자신의 재능이 선택한 삶을 산다
◉ step 2: 자신의 일 외에 다른 것에 집착하지 않는다
◉ step 3: 세상에 대해서 자신의 목소리로 말한다
◉ step 4: 심신을 조화롭게 유지하며 산다
◉ step 5: 뜻을 같이하는 멋진 동료들과 어울려 산다

입소문을 통해 아는 분은 다 알고 계십니다!
올 한해 공인중개사 최고의 화제작!

1~2권 합본 | 이용훈 지음
3~4권 합본 | 이용훈 지음
5~6권 합본 | 이용훈 지음
용어해설 | 이용훈 지음

수험생 기본 필독서
만화 공인중개사

제목 : 만화공인중개사 쓰신 분에게 감사드립니다.

학원을 두달 다녔어요. 근데 과연 그 숫자 와우기 그런게 몇 문제나 나올까 생각을 했어요.
아니라는 생각이 드네요. 학원강의를 뒤로 하고 서점을 갔어요. 내 머리에 가장 이해될 수 있는
책이 없나 하구요. 거기서 만화를 발견했어요. 무조건 세번 봤어요. 3개월 걸렸어요. 문제집을
보라고 했는데 그건 시행을 못했어요. 근데 합격을 했네요.

어떻게 감사의 말을 해야 될지…

도서관에서 만화책 들고 다니까 사람들이 비웃더라구요. 만화책으로 공인중개사를 공부한
다고 미친사람처럼 보더라구요. 근데 그거 다 감수하고 했던 내가 자랑스럽습니다.

어떻게 감사의 말을 해야 할지 정말 감사합니다.

부디 행복하세요. 제 나이 41살에 좋은 스승을 만난 거 같습니다.

엎드려 감사드립니다.

-본사 홈페이지에 독자분이 올린 메일 中에서 발췌-

2006년 7월 개봉 예정인 영화 다세포 소녀의
인터넷 원작 만화 전격 출간 결정!
300만 다세포 페인을 열광시킨 상식을 뒤엎는 엉뚱한 만화 세계!!

'다세포 소녀'는 인터넷에서 300만 명의 '다세포 페인'을 양산한 인기만화다. '무쓸모 고등학교'를 배경으로 '뽀사시한' 순정만화 주인공 같은 외모의 남녀 고교생들이 펼치는 엽기적이고 황당한 내용과 성(性)에 관한 발칙한 상상력을 보여주면서 네티즌들로부터 폭발적인 반응을 얻고 있다.
"제 또래들과 함께 나누고 싶은 성, 사회 문제 등을 짚어보고 싶었다"는 작가의 변에서 볼 수 있듯 만화 속 이야기의 절반가량은 주변에서 전해 들은 '실화'를 참고했다. 작품에서 보여지는 비꼬는 패러디와 냉소적인 유머에서 삶에 대한 진지한 성찰이 엿보이는 것은 그 때문이 아닐까!

외눈박이의 일기

오늘 영어 선생님이 성병으로 결근하셔서 담임 선생님이 대신 수업을 하셨다. 담임 선생님은 "뭐, 원조교제 하다 보면 그럴 수도 있으니 이해하라"고 말씀하시더니 여자 반장한테도 병원에 가보라고 하셨다. 반장은 눈물을 글썽이며 외쳤다. "너무해요! 선생님! 전 원조교제 같은 건 안 했어요!" 그러나 매독이라는 담임 선생님의 말을 듣곤 벌떡 일어나 후다닥 짐을 챙겼다. 그러더니 남자 부반장 면상에 욕과 함께 주먹을 날렸다. 부반장은 "습진인 줄 알았다"고 변명했다. 그걸 본 다른 아이들도 병원에 간다며 서둘러 교실 밖으로 나갔다. 결국 교실엔… "계… 제길! 나만 남았다. 그래, 나만 숫총각이다. 제기랄!" 담임 선생님은 자책하지 말라며 "세상은 용모로 살아가는 게 아니잖아" 라며 화를 돋우셨다. "뭐라구요? 지금 놀리시는 겁니까? 선생님! 그래! 나 외눈박이다! 그래서 한번도 못해봤다! 크아악!!"